양승언 장편소설

도시벌레

도시벌레

초판 발행일 / 2020.9.20.

지은이 / 양승언

펴낸곳 / 도서출판 아침
　　등록 제 1988-000027 호 (1988.6.1)
　　주소 서울시 마포구 토정로5길 23 (202호)
　　전화 326-0683
　　팩스 326-3937

© 양승언 2020
ISBN 978-89-7174-063-7　03810

양승언 장편소설

도시벌레

도서출판
아침

〈추천사〉

방황을 끝낸 모습

아로스 칼도라는 필리핀 닭죽은 주인공에게 '현실'을 소중하게 가르쳐 준다. 한국에서의 실패는 무엇이었던가. 그리하여 주인공은 방황을 끝내고 귀국 비행기 표를 예매한다.

양승언의 장편소설 〈도시벌레〉를 읽으며 작가가 새 삶에 새 자리를 마련한 모습을 볼 수 있었다. 소설은 소설로 끝나지만은 않기에, 그의 삶을 보아오고 들어온 나로서는 그가 방황을 멈춘 모습을 견고하게 나타내고 있어서, 여간 반가운 노릇이 아니었다. 그는 소설가가 되기까지, 또한 되고 나서도, '하늘을 우러러' 부끄럽지 않은 삶을 살아왔구나, 이 작품은 여실히 말하고 있는 것이다.

이러한 작업을 통하여 보여주는 문장의 진솔함은 값진 것이 아닐 수 없었다. 요즘의 우리 소설을 읽기 힘들어하던 나로서는 새로운 작가의 발현을 축하하며, 나 자신 힘을 얻는다.

2020년 8월
윤후명(소설가, 시인)

양승언 장편소설

도시벌레

미로

커피 맛은 입속에서 갯지렁이처럼 미끄럽게 움직였다. 혓바닥 위로 갯지렁이가 기어가는 듯 이물감마저 느껴졌다.

비행기 탑승시간까지는 여유가 있었다. 나는 투명한 플라스틱 컵에 든 커피를 들고 되도록 천천히 마셨다. 입맛을 잃은 환자가 억지로 식은 수프를 떠먹고 있는 기분이었다.

시간이 흐르자 커피에서는 또 알 수 없는 향기가 느껴졌다. 그랬다. 커피는 세상의 어떤 맛도 창조해낼 수 있는 마술적인 향신료 같았다. 같은 품종의 원두를 똑같은 방식으로 볶은 것이라 하더라도 커피는 때와 공간, 기분에 따라 맛이 다르게 느껴졌다. 삶의 달콤함이나 괴로움에 이르기까지 커피는 마실 때마다 제 각각 다른 맛이었다.

나는 창밖 활주로를 바라보았다. 흐린 대기 속에 서 있는 비행기들에게서 알 수 없는 엄포가 느껴졌다. 그 비행기에 오르는 순간 한 번도 경험해보지 못한 낯선 세계로 유배당하고 말 것 같았다. 눈에 보이는 물체처럼 절망이 다가왔다. 내가 탑승할 비행기의 몸체에 굵은 글씨로 각인된 〈JINAIR〉가 끔찍한 살인이라도 저지를 괴한으로 비쳐졌다.

필리핀 칼리보 국제공항으로 가는 항공권을 끊은 일은 무모한 짓이었다. 아름다운 휴양지로 알려진 보라카이로 여행을 떠나는 것도 아니었고 혹은 다른 어떤 목적이 있는 것도 아니었다. 더 이상 삶의 버거움을 견딜 수 없었다. 나는 물러나기로 했다. 아니, 물러날 수밖에는 없었다. 세상은 나에게 "더 이상 너를 필요로 하지는 않아"라고 말해주었다.

비행기를 탔던 기억은 아주 오래된, 유년기의 어느 때 일처럼 아득하게 느껴졌다. 6년 전 나는 LA공항으로 가는 UA 항공편에 올랐었다. 이십 대 초반에 미국으로 이민 간 친구를 내 식당에서 우연히 만난 뒤 그의 초청으로 미국을 방문하던 길이었다.

그는 캘리포니아 그라나다 힐의 단독주택에 살고 있었다. 미국에 살고 있던 그가 잠시 한국을 방문했고, 그는 점심을 먹으려고 식당을 찾아왔다.

"고기 말고 찌개 좀 해주실 수 없을까요? 한국에 오면 말야, 옛날 그 진짜, 어머니들이 담근 된장이나 고추장 넣고 자글자글 끓인 그런 찌개를 좀 먹고 싶은데 이제 그런 식당들이 없어졌어. 다 인스턴트야."

그는 동행인 금발머리와 또 한 명의 한국 여자와 서서 대화를 나눴다. 메뉴판에 없는 주문을 받은 홀 직원이 곤란해 하는 표정으로 나를 쳐다봤다.

"네. 진짜 시골에서 담근 재래된장으로 맛있게 끓여드릴게요."

나는 그가 미국에서 살다가 잠시 한국에 들어와 고유의 한식을 먹고 싶어 한다는 걸 알아차렸다. 주방에는 어머니가 담근 고추장과 된장이 있었다. 나는 식당을 운영하고 있었지만 내 음식에는 꼭 재래된장을 사용했다. 공산품으로는 깊고 개운한 맛이 나질 않았다. 다른 식당에 가서 선뜻 찌개류를 시켜 먹지 않는 이유였다. 공산품 장류를 쓴 음식은 들척지근했다. 맛이 깔끔하지 않았고 설탕 범벅인 꿀물을 빨아먹기라도 한 것 같았다. 담근 장으로 끓이지 않은 찌개에는 고춧가루를 넣고 캡사이신을 떨어뜨려도 칼칼하지 않고 맵기만 하여 기분이 나빠졌다.

"음식 맛은 장맛여. 장이 중요한 겨."

어머니가 일러준 말이었고 스스로 요리를 하면서 체득한 사실이었다. 물론 모든 손님에게 직접 담근 장류를 써서 음식을 팔지는 못했다. 대량으로 구입하기도 어려웠고 치열한 시장에서 경쟁하려면 좋은 재료를 썼다고 해서 높은 가격을 매길 수도 없었다. 대중식당이었다. 품질 이전에 가격은 중요한 경쟁요소였다. 특히 서울 신촌은 주머니가 가벼운 젊음의 거리였다. 싸고 푸짐하고 맛있어야 한다는 모순된 요구는 청춘의 특권이었다.

"막걸리 주세요. 우리 사장님이 양심적이네요. 이게 진짜거든. 이게 바로 한국 음식 맛이야. 이 맛이라고! 이런 식으로 음식 만들면 장사가 잘될 텐데 사람들이 뚝심이 없어."

"그러다가 망해요. 요즘 애들 이런 거 안 먹어요."

나는 그에게 막걸리를 건네면서 말을 붙였다. 그가 매우 맛있게 먹는 모습에 기분이 흐뭇해졌다.

"모르시는 말씀. 이렇게만 끓여서 팔아보세요. 저기 신촌 광장까지 손님들이 줄을 설 겁니다. 이게 진짜 음식이죠."

나는 그가 따라주는 막걸리 잔을 받았다. 고깃집이었기에 점심시간에도 손님은 많지 않았다.

"맛있게 드셔주셔서 감사합니다. 하하하."

누군가 맛있게 먹는 모습은 웃는 아이의 밝은 얼굴을 떠올리게 했다.

"이게 소위 어머니 손맛이라고 하는 거거든."

9

미국 여자도 한식이 입에 맞는 모양이었다. 몇 번이나 "딜리셔스!"라며 내게 고개를 끄덕였다.

"하하하, 이건 손님이나 우리 때 어머니들 손맛이고요, 요즘 애들 어머니 손맛은 다 미원과 다시다 맛이에요. 장 담글 줄 아는 젊은 엄마들 거의 없어요. 김치도 잘 안 담글 걸요. 못 담그는 엄마들도 많을 거고요. 요새는 다 사먹죠."

식당을 하면서 깨닫게 된 사실이었다. 세대마다 입맛이 달랐다. 1960, 70년대에는 공산품도 희귀했을 뿐만 아니라 집집마다 장을 담그는 게 일반적이었다. 조미료 자체도 생소했다. 1980년 이후부터 산업화의 영향으로 대량생산과 소비의 시대가 된 다음부터였다. 1990년대 이후 세대들이 비슷한 입맛을 갖게 된 건 대부분 공산품 조미료를 먹고 자란 까닭이었다. 그들은 개운하고 칼칼한 맛을 찾기보다는 부드럽고 달달한 음식을 선호했다. 느끼한 햄버거를 맛있게 먹는 세대들이었다. 그들에게는 고유한 어머니의 손맛이라는 게 따로 없었다. 또 다른 밥이 되어버린 라면부터 공산품을 피할 수 없는 시대를 살고 있기 때문이었다. 점점 장과 김치를 담그고 나물을 다듬는 가정식이 사라지고 있었다.

"우리는 다 똑같아. 고향은 산부인과 병원이고 어머니 손맛은 미원 맛이야."

식당에 왔던 청년들의 대화였다. 누군가 고향의 어머니 음식을 자랑하자 마주 앉아 있던 청년이 되받아친 대꾸였다.

막걸리를 마시면서 나는 미국에서 온 손님에게 한국 사회의 변화한 외식시장에 대해서 설명해 주었다.

"아 그러네, 맞네. 어쩐지 어디를 가도 식당 음식 맛이 다 비슷비슷하더라고요. 미국서 맥도날드 햄버거 먹는 거랑 똑같아."

그때까지도 우리는 서로 고등학교 동창이라는 사실을 알지 못했다. 고향이 어디고 대학교 2학년 때 "기냥 가방 하나 메고 뉴욕으로 날랐죠"라는 말을 할 때쯤 얼핏 내게도 그런 비슷한 친구가 있었다는 기억이 떠올랐다.

"성함이?"

"이명숩니다. 내가 그래도 한 때는 빨간 잠자리라고 날렸었는데…."

나는 그만 그의 어깨를 툭 치고 말았다. 유독 빨간 티를 즐겨 입었고 춤을 잘 추어서 붙은 별명이었다. 그의 얼굴은 잊었지만 '빨간 잠자리'의 기억은 또렷했다.

"나 박진섭!"

그와 다시 만날 줄은 몰랐다. 그는 한국에 머무는 한 달 동안 내 식당에 자주 들렀고 오래된 시간만큼이나 쌓였던 얘기들을 나누기 바빴다.

"이건 아니잖아. 미국에서 같이 살자."

그는 미국으로 돌아가면서 나를 초대했고 몇 번이나 다짐을 받았다. 진지하게 이민을 권유했다. 장사도 시원치 않고 힘들게 경쟁하면서 여유 없이 살아가는 내 모습을 측은하게 생각했다. 자신이 도와줄 테니 한식당을 열어도 충분히 성공할 수 있다고 했다. 겁먹지 말고 무조건 보따리 싸라고 강권했다. 그의 제안에 동요한 건 아내였다. 도무지 앞으로 나갈 기미를 보이지 않는 현실에 지친 아내는 한시라도 빨리 식당에서 벗어날 수 있기를 바랐다. 그가 떠난 뒤에도 "우리 미국 가자"는 말로 자주 나를 조르곤 했었다.

나는 그의 호의가 진심이라는 걸 느꼈지만 기대를 하지 않았다. 한국의 삶이 하루하루 버티기 힘들 정도로 숨이 찼지만 미국이라고 해서 달리 여유를 누릴 것 같지도 않았다. 경제적으로 여유 있게 투자 이민을 가는 것도 아니고 영어도 서툰데다 무엇보다도 우리는 맨주먹 이민을 떠나기에는 너무 나이가 들어있었다.

　　"마음만 받을게."

　　미국에 갈 생각도 없었고 그럴 여유도 없는 현실이었다. 식당 영업이 어려워져서 네 명이었던 직원은 서빙 한 명으로 줄였고 아내는 주방과 홀을, 나는 정육을 담당하며 주방을 거들었다. 미국이라면 짧아도 일주일은 다녀와야 할 텐데 식당 문을 닫아도 좋을 만큼 형편이 녹록한 것도 아녔다. 가게 월세든 전기세든 한 번이라도 제 때 끊어준 적이 없었다. 늘 건물주의 전화를 받으려면 긴장했고 도시가스회사나 수도공사에서 오는 전화는 일부러 받지 않곤 했다.

　　내 등을 떠민 건 아내였다.

　　"그렇게 배짱이 없어? 평생 마누라 설거지나 시키면서 남들에게 하인처럼 굽실대는 게 좋아? 누구는 가고 싶어도 못 가는데 성공한 친구가 도와준다는데도 망설이는 이유가 뭐야? 그냥 가봐. 가보면 생각이 변할 수도 있잖아."

　　그러나 나는 달라지지 않았다. 미국이 얼마나 축복받은 땅인가, 그들이 얼마나 강고한 세상을 구축해놓고 홀로 축배를 즐기는지를 확인했을 뿐이었다. 아름다운 말리부 바닷가라든지 언어로 묘사하기 어려운 그랜드 캐년을 여행하면서 미국의 자연에 대해서 감탄하지 않을 수 없었다. 한국에서 상상하지 못한 풍경이었다. 다저스 야구장에서 류현진이 등판한 샌디에고와의 야구경기를 보았는가 하면 라스베이거스의 카지노장에서 하룻밤에 1,300 달러를 잃어보기도 했다. 큰 기대를 하지도 않았지만 '혹시' 하는 정도의 여지를 남겨두었는데 2주 후 미국에서 돌아올 때 나는 "이민은 안 간다"는 결심을 굳혔을 뿐이었다.

"지겹다. 뭔가 변화를 찾아봐야. 제발 식당에서 좀 벗어나고 싶어."

장사는 더 어려워졌고 식당 일에 지칠 때마다 아내는 내가 이민을 감행하지 않은 것을 탓했다. 물론 더 잘될 수도 있었을 것이고 반대로 힘든 이민자 생활에 모든 걸 자포자기했을지도 몰랐다.

'그 때 미국으로 이민을 갔더라면?'

비행기들 사이로 사라진 꿈의 잔해들이 지나갔다. 아직도 입속에는 커피의 여운이 남아있었다. 안데스 산맥 어느 커피농장에서 수확한, 질 좋은 콩을 갓 볶은 듯 고급스러운 향이었다. 뜬금없이 콜롬비아나 페루로 가는 표를 끊을 걸 싶은 생각이 떠올랐다. 식당을 해서 돈을 벌게 되면 아내와 함께 1년쯤 중남미 여행을 갈 계획이었다. 하루에도 열 잔 이상의 원두커피를 마시는 나는 콜롬비아의 주 커피생산지인 마니살레스를 가보고 싶었고 현지의 수프레모 커피를 마셔보고 싶었다. 콜롬비아에서 맛있는 커피를 마신 다음에는 신비로운 페루의 마추픽추며 잉카제국 태양의 신전, 쿠스코, 엘도라도, 쿠바까지 화려한 여행을 떠나고 싶었었다.

나는 광장의 비행기들로부터 눈을 떼지 못했다.

미국 이민을 단념한 대신 나는 열심히 일했다. 요리를 연구하고 고깃집이었던 만큼 수입 소고기와 돼지고기, 국내산 한우나 한돈에 대해서 이론을 공부했다. 여느 정육점 직원 못지않게 날렵한 칼솜씨를 부릴 수 있을 만큼 실력도 갖추었다. 소갈비 한 짝쯤 40분이면 말끔하게 발골할 수 있었다.

"고기박사면 뭘 해. 장사를 못하면 다 헛똑똑이지. 월세도 못내는 형편인데."

때때로 아내의 힐난에 식탁을 엎어버리고 싶었지만 나는 아내의 어떤 비난도 감수해야만 했다. 나는 대출을 받아서 식당을 차렸지만 망하고 말았다. 남은 것은 빚이었고 사라진 건 우리 부부의 젊음이었다. 아니, 살집이 투실했던 고깃덩어리처럼 획득한 재산도 있었다. 아내와 나의 서로를 향한 악다구니였다. 오래 씹어도 삼키기 힘든 소고기 떡심처럼 결코 서로에게 양보할 수 없는 질긴 악다구니 말이었다.

"떠날 거야."

비행기 표를 끊고 나서 아무 일도 아닌 것처럼 아내에게 통고했다.

"미련 없어. 어차피 빚밖에 안 남았는데 차라리 잘됐지."

아내는 예전에도 이혼을 하자고 말한 적이 있었다. 아침부터 밤늦게까지 휴일도 없이 일을 해도 가망이 없는 삶을 지속할 이유는 없다고 했었다.

"표 끊었어."

"표?"

아내는 생각 밖이라는 듯 갑자기 목소리를 낮췄다.

"미안해. 어차피 우리가 지금 선택할 수 있는 것도 없잖아. 시간 있을 때 그냥 발길 닿는 대로 움직여 보려고. 당신 말 듣고 그 때 미국 이민이나 가보는 건데."

"죽은 자식 부랄 만지기지, 지금 그런 소리하는 게 무슨 의미가 있어.

이렇게 망할 줄 알았으면 아메리카 땅이나 밟아보고 망했으면 후회라도 없지. 몰라, 지금 와서 내가 당신이 무슨 일을 하든 어떤 말을 하겠어. 상관없어. 폐업하고 나니까 속이 시원해. 진작 망했으면 시간이라도 벌었지. 죽자 사자 밥 한 그릇 더 팔아가지고 기껏 건물주 좋은 일밖에 더 시켰냐고."

아내는 끝내 내게 어디로 가는 표를 끊었느냐고 묻지는 않았다. 모든 걸 포기하고 돌아서야한다고 하더라도 남편으로서, 가장으로서 최소한의 역할을 하려고 했었다. 전장의 폐허에 아내에게 모든 숙제를 남기고 혼자 도망가는 비겁한 짓을 하고 싶지는 않았다. 물론 끝날 때까지 끝난 것은 아니라고 했으므로 어딘가 다녀온 뒤 우리에게 새롭고 활기찬 삶이 다시 시작될지는 알 수 없는 일이었다.

비행기는 아침 여섯 시 출발이었다. 새벽 3시에는 집을 나서야 했다. 대중교통은 없었고 택시를 타자면 요금이 비쌀 터였다. 귀국하는 왕복표까지 끊지 않으면 비행기를 탑승할 수 없다는 규정은 뒤늦게 알았다. 필리핀 정부에서 관광객에게 1차로 30일 동안의 비자만 내준다는 사실도 모르고 나는 두 달 후 돌아오는 표를 끊었다.

특별한 목적을 갖지 못한 돌발성 외유였으므로 애써 챙겨야 할 짐도 없었다. 필리핀은 더운 나라였고 현지에서 얼마든지 값싼 T나 반바지쯤 쉽게 사 입을 수 있을 것이었다. 나는 소화제와 두통약만 빠뜨리지 않았는지 두 번씩 확인했다. 식당을 폐업하고 아버지가 떠난 뒤부터였다. 썩 당기는 음식도 없었지만 조금만 먹어도 체한 것처럼 속이 더부룩했다. 식욕이 사라진 대신 두통이 생겼다. 심한 편두통이었다. 왼쪽 뒤통수에서 시작한 두통은 두더지처럼 머릿속을 옮겨 다니다가 한 군데 자리를 정하고 나면 기필코 두개골을 뚫고야 말겠다는 듯이 나를 못 살게 굴었다.

거실 소파에 여행 가방을 세워놓고 나는 망설였다. 언제부터 아내가 생활하는 안방에 들어가서는 안 되는 것이 불문율이 되었는지 몰랐다. 가끔 옷장 문을 열 때 외에는 나는 결코 안방을 넘볼 수 없었다. 어쩌다가 문틈으로 속옷차림의 아내를 발견했을 때 낯선 여자를 훔쳐보기라도 하는 것처럼 두려웠다.

새벽 1시였다. 나에게 주어진 시간은 고작 2시간이었다. 나는 비행기를 타야 했다. 꼭 아내에게 공항에 데려다 달라고 부탁할 필요는 없었다. 그깟 얼마 남지 않은 돈, 이러나저러나 다 없어지고 말 것들이었다. 택시를 탄다고 한들 5, 6만 원 남짓할 것이었다. 떠난다고 했을 뿐 목적지를 말하지는 않았지만 아내에게 당장 보라카이로 간다는 사실을 알려줘야 할 필요도 없었다.

'끝낼 거야.'

나는 스스로도 알지 못할 말을 속으로 중얼거리곤 했다. 나보고 더 어쩌란 말인가라고 자문할 수 있을 만큼 나는 삶의 숙제를 해결하기 위해 노력했다. 그러나 나는 식당을 망했고 얼마 남지 않은 재산마저 모두 잃어야 할 처지였다. 비싸지 않은 아파트는 압류 당했고 경매 날짜가 다가오고 있었다. 근저당권 설정의 순서대로 빌려준 돈과 이자를 빼면 남는 게 있을지 몰랐다. 돼지고기를 거래하던 업체에서는 3백만 원의 미수금 때문에 가압류를 신청했다. 내 사정이 어려워지고 수금을 제 때 해주지 못하자 눈치 빠른 사람들은 미리 선수를 쳤다. 당장 식당 문을 닫을 수는 없는 내 형편을 이용해서 미수금을 갚지 않으면 물건을 주지 않는 방식으로 자신의 재산을 알뜰하게 회수해 갔다. 장사꾼에게 7년, 8년을 거래한 인연은 중요하지 않았다. 더 이상 거래의 실익이 없어 보일 때는 단호하게 관계를 끊고 새로운 거래처를 찾는 게 유능한 사업가였다. 내게 한우를 공급해주던 한 업체는 수금이 밀리자 "거래를 중단합니다"라며 바로 미수금 독촉장을 보냈다. 기한 내에 변제하지 않으면 법적절차를 진행하겠다는 친절한 고지와 함께.

나는 안방 문을 밀었다. 숨이 벅찼다. 일생일대의 중대한 순간을 맞는 느낌이었다. 거실 불빛이 따라와 안방 상황을 가르쳐주었다. 침대 머리맡 위쪽 창틀에는 소주병이 올려져있었다. 아내는 술을 마시지 못하는 체질이었다. 힘들고 넌더리나는 식당일에 시달리면서 조금씩 술을 늘여갔다.

'…?'

아주 짧은 순간 많은 생각들이 교차했다. 내가 무슨 까닭으로 안방에 들어왔는지도 알 수 없었다. 머뭇거리는 사이에 아내가 잠이라도 깨면 낭패가 될 것 같았다. 심장이 둥둥거렸다. 새벽 비행기를 타기 전 한 번쯤은 아내에게 어떤 행동을 해야 할 것 같은 알 수 없는 의무감에 시달렸다.

'자살을 할 건 아니잖아?'

나는 스스로에게 몇 번이나 물었다. 그 섬으로 들어가면 왠지 나는 다시는 한국으로 돌아오지 않을 것 같았다. 내가 그 섬에서 합법적으로 장기체류를 하는 게 아니라면, 내가 한국으로 돌아올 게 아니라면 달리 선택할 길은 없을 것 같았다. 자살이니 죽음이니 그런 표현은 거추장스럽고 불편했다. 나는 사라지고 싶을 뿐이었다. 나를 허용해주지 않는 내 삶으로부터 벗어나고 싶었고 그 행복의 축제에서 나만 빠지면 좋을 것처럼 자꾸만 내 등을 떠미는 세상을 미련 없이 버리고 싶었다. OECD 국가 중 대한민국이 10위권 선진국이라든지 전쟁 폐허에서 초고속으로 경제성장을 이룬 기적의 나라라는 호들갑 따위는 나와 상관없는 공허한 수사에 불과했다. 눈을 뜨면 어느 집 머슴처럼 일을 해야만 했다. 누군가는 믿지 않을 수도 있지만 10년이 넘도록 일요일 한 번 제대로 쉰 적이 없었다. 언제나 식당 문을 열었고 갈비탕 한 그릇, 삼겹살 1인분이라도 더 팔고자 노력했다. 내 장사의 방식이 아주 그릇됐다거나 생활태도가 불성실한 게 아니었다면 나는 최소한 한국사회에서 "밥"은 먹고 살아야 했다.

그러나 밥을 먹고 살기는커녕 나는 늘 누군가의 밥이어야만 했다. 건물주에게 월세를, 의료보험공단이나 연금공단에 보험료를, 정작 내 자신의 앞날은 장담할 수 없는데 타인의 산업재해를 대비하고 실직을 보호해줄 고용보험료를 내야만 했다. 실제 내 수중에 돈이 남든 안 남든 분기마다 국가에는 부가세를 내야 했고 소득세도 납부해야 했다. 돈을 벌지 못한 나는 무능했고 실패자로 규정 당했다. 하지만 그 모든 것을 내 탓으로 돌리고 다 받아들이기에는 어쩐지 수용할 수 없는 부당한 측면이 있다고 느껴졌다. 내가 사냥한 그 무수한 먹잇감들은 대체 누구의 식탁으로 사라진 것인지 알 수 없었다. 결코 대한민국은 가난한 나라가 아니라고 하는데, 나는 열심히 일을 했음에도 왜 점점 더 가난해져야 했는지 이해할 수 없었다. 물론 "그건 당신이 무능했기 때문이지"라고 세상 사람들이 비난할 것이라는 걸 알고 있었지만 받아들일 수 없었다.

"당신이 나만큼 열심히 일해 봤어?"

나는 누구에게라도 따져 물을 수 있었다. 어떤 행동을 하더라도 스스로에게 면죄부를 줄 수 있을 만큼 나는 이제 어떤 거리낌도 없었다. 내가 자살을 한다고 하더라도 그건 어쩔 수 없는, 당신들만 즐겁고 행복한 세상에서 발을 디딜 수 없는 자의 마지막 권리이자 선택이라고 항변할 수 있었다. 죽어라고 일만 하는 나의 노동의 대가가 나와는 상관도 없는 타인들의 축제를 위한 것이라는 사실이 명확해진 만큼 더 이상 들러리를 설 수는 없는 노릇이었다.

이불 속에서 모로 누워 있는 아내의 형상은 사체처럼 음산하게 느껴졌다. 어쩌면 아내가 죽었을지도 모른다는 불안한 상상마저 엄습했다. 마치 아내와 영영 결별해야 하는 순간이 온 것 같았다. 아내와 식당을 차린 일로부터 폐업에 이르기까지, 채널을 바꿀 때마다 달라지는 영상처럼 지난 기억들이 밀려왔다.

아버지는 내게 삶도, 죽음도 별 것 아니라는 단순한 사실을 가르쳐주고 떠났다. 담도암으로 세상을 떠난 아버지는 점점 숨이 가빠져갔고 마침내 숨을 쉬지 않았다. 죽음에 가까워지면서 식사를 할 수 없었으므로 몸이 야위어졌고 얼굴도 앙상해졌다.

"박장식이는 사람이 아녀. 꼬리만 없지 소여, 소. 꼬리 없는 소라고. 내 평생 그렇게 일만 하는 사람을 보지는 못했다니께."

소처럼 평생 일만 하는 사람이라고 해서 아버지는 주위 사람들로부터 "꼬리 없는 소"라고 불렸다. 아버지는 나보다 어려운 상황에서 더 고생했고 훨씬 열심히 살았다. 평생 땅을 파고 살았던 그는 농부였다. 그는 성실하고 농사기술이 뛰어났지만 늘 가난했다.

"인생이 뭐 있니? 제오(겨우) 목숨 붙이고 밥이나 먹고 사는 게지. 먹고 살믄 되능겨. 사업 망했다고 실망할 건 없어."

아버지의 사촌동생, 내게 오촌 당숙 중 한 명이 염색공장을 하다가 망해서 빈손으로 낙향했을 때였다. 당숙은 어느 날 농약을 먹고 자살을 기도했으나 이웃 사람에게 발견되어 죽지 못했다. 그때 아버지가 당숙을 위로하며 건넨 말이었다.

나는 바지를 벗었다. 어디선가 새롭게 기운이 났다. 둥둥거리던 심장의 떨림도 잦아들었다. 이제 세상 따위 무서워하지 않고 세상살이에 대해서도 긴장할 필요는 없을 것이라는 자신감이 생겼다.

아내는 몸을 벽 쪽으로 옮겼고 내게 자리를 내줬다. 잠들지 않았을 거라는 짐작대로였고 아내는 내 행동을 감지하고 있었다. 이미 아내는 준비하고 있었다. 내가, 우리가 그 밤을 어떻게 보내야만 하리라는 걸 예감하고 있었던 모양이었다.

"갔다가 빨리 와…."

아내의 목소리는 젖어있었다. 뜨거운 감정이 느껴졌고 나는 그동안 잊고 있던 아내의 옛 모습을 떠올리게 되었다. 우리는 망속사(忘俗寺)라는 사찰의 산중다원 끽다거(喫茶去)에서 만났다. 애기보살이라고 불린 아내는 신도들 가운데는 드물게 젊은 아가씨였고 누가 봐도 눈에 들어오는 선한 미인이었다.

"갈게."

나는 짧은 인사를 남긴 뒤 집을 나섰다. 새벽어둠을 뚫고 공항으로 달리는 택시 안에서는 오랜만에 아내를 품에 안아보았던 몽환적 느낌이 맴돌았다. 우리는 왜 좀 더 윤택하게, 행복한 삶을 지속하지 못하고 이런 파국으로 치닫는 걸까 하는 회한에 슬픔이 밀려왔다. 그저 모습만 바라보아도 만족스러웠던 "나는 은수가 제일 좋아!"라고 거침없이 외쳤던 사랑의 탄성들은 이제 어디에서도 흔적을 찾아볼 수가 없게 되었다. 쓸쓸했고 참담했다.

'모두 다 떠나는 거야. 우리가 행복했던 불행했던 상관없어. 사람들은 다 떠나니까. 아버지도 아무 흔적을 남기지는 못했어. 우리는 부지런히 일했고 나쁜 짓을 한 적은 없잖아. 이제 서로를 원망하지도 말고 미안해하지도 말자. 누군가 당신을 사랑하는 사람이 나타나거든 그 사람과 뜨겁게 연애해. 더 이상 세상의 눈치를 살필 필요는 없어. 이제 나에게도 무한 자유를 줄 거야. 돌아오지 않을지도 몰라.'

비행기를 기다리는 동안 지난 시간들이 배웅이라도 하려는 듯 다가왔다. 처음 길을 나섰을 때는 어디까지나 여행자로서의 낭만과 자유를 누릴 줄 알았다. 그러나 길 위의 날들이 멀어질수록 나는 미로를 헤매고 있다는 사실을 알게 되었다. 어느 순간 길은 아예 자취를 감춰버렸다. 나는 당황스러웠고 더 이상 앞으로 나갈 수 없게 되었다. 내 생의 신호등에 멈추라는 정지명령을 알리는 빨간불이 켜져 있었다.

나는 비행기를 타기 위해 출구로 다가갔다. 항공권을 보여준 뒤 탑승교 안으로 들어갔다. 곧 이륙할 태세인 비행기 프로펠러의 요란한 소리가 귀에 거슬렸다. 마치 내게 엄포라도 놓는 것 같았다.

'다시는 돌아올 수 없을 걸!'

비행기 안으로 들어서자 어둠 속 터널로 들어가는 느낌이었다.

보라카이 개

처음 보았을 때 느꼈던 탐비사안비치의 아름다움은 차츰 본 모습을 드러내기 시작했다. 피할 수만 있었다면 그 깨끗한 바닷가에서 개떼 따위를 만나고 싶지는 않았다. 새벽바다는 개떼의 몫이었다. 퍼런 숨을 내뿜으며 달려오는 파도를 향해 탐비사안비치로 다가갔을 때, 실제로 내게 무리지어 나타난 건 개떼들이었다. 여기 저기 모래벌판이 보이는 곳 끝에서 끝까지 개들 천지였다. 도리어 사람이 다가가는 것이, 신성한 의식이라도 치르는 듯한 개들에게 훼방을 놓는 기분이 들었다.

'가난한 나라에서 개도 안 잡아먹나?'

개들의 운명이 궁금했다. 그것은 나중에 오토바이 기사로 생계를 잇는 쉰 살 단티에게서 들은 이야기였다. 보라카이 원주민들도 개를 잡아먹는 사람들이 있다고 했다. 다만 불법이므로 몰래 잡아먹어야 하며 경찰에게 들키면 처벌받는다고도 했다. 손가락까지 치켜세우면서 개고기 바비큐 요리를 하면 아주 맛있다는 말도 덧붙였다.

나는 더 이상 개를 좋아할 수 없게 되었다. 아니, 개를 바라보는 것조차 께름칙했다. 개에 대한 불편한 과거 때문이었다. 죄를 진 것처럼 그것이 마음에 걸렸다. 한 때 지나간 일이고 짧은 기간이긴 하지만 나는 개고기 식당을 운영했었다. 오래된 일이고, 어머니가 가르쳐 준 말 "살림살이가 호랑이보다 무섭다"는 현실 앞에서 어쩔 수 없었지만, 부정할 수 없는 사실이었다.

늘 그렇듯 세상의 승패는 숫자로 판가름 났다. 누구도 더 많은 사람을 이길 수는 없었다. 그것만이 힘이었다. 지켜지지 않는 가치는 의미 없었고 사람들은 무력한 것들 따위는 신경도 쓰지 않았다. 세상의 이치란 그런 것이었다. 무엇이 옳으니 틀렸느니 다 소용없는 논쟁이 되어버렸다. 혼자 가는 길은 주목받지 못했고 많은 대중들이 선호하는 길 위로 나서야만 했다. 그 길 위에서도 돋보여야만 했다. 인기 있는 연예인이 되거나 어떤 남자처럼 전 방송사를 다니면서 먹는장사 얘기로라도 인기를 독차지해야만 했다.

사람들은 결혼을 하지 않는 대신, 아이를 낳지 않는 대신, 점점 더 많은 개를 기르고 있었다. 애견미용실·병원·카페는 물론 장례식장까지 생겨났다. 개는 더 이상 일반 동물이 아니었고 사람 이상의 반열에 오른 존재가 되었다. 사람처럼 똑같은 의미의 이름을 부여받았고 엄연한 가족으로 입양됐다. 조금 더 지나면 주민등록대장에 전입신고도 할 것 같았다. 방송사들은 주말의 시청률 높은 시간대에 개를 소재로 하는 프로그램을 배치했다. 개를 사랑하지 않는 사람은 미개인 취급을 받았다. 하물며 오래된 과거라고 하더라도 어디 가서 개고기 식당을 운영했다는 말은 꺼낼 수조차 없었다.

'나도 개를 사랑해!'

개고기 식당을 하고 있을 때 나는 세상을 향해 그렇게 외치고 싶었다. 개를 사랑할뿐더러 늘 개와 같이 살고 싶었다. 내가 시골에서 자랐을 때는 말할 것도 없고 도심의 넓지 않은 아파트에서도 나는 개를 길렸다. 치와와 잡종 흰색 개였다. 누가 이름 붙인 것인지 분명하지는 않았지만 "또순이"라고 불러주었다. 유치원에 다니는 아이들도 그랬고 나도 아내도 그랬다. 누구든 현관문을 열면 가족들보다 먼저 "또순아!"라고 개를 불렀다.

"보신탕집을 해. 보신탕집이 딱이야. 대박날 거야."

내게 개고기 식당, 보신탕집을 하라고 부추긴 건 고향친구였다. 나는 식당커녕 음식에 대해 아무 것도 아는 게 없었다. 장사라는 직업에 대해서도 생각해 본 적이 없었다. 내 아버지는 학교 문턱도 넘어보지 못한 무식한 농부였다. 농촌에서 평생 흙 벌레처럼 땅만 파고 산 사람이었다.

"니 애비는 핵교라고는 문턱도 밟아본 적 읎는 일자무식이여. 평생 흙버러지처럼 땅만 파고 살았어. 새끼들 안 굶길라고 죽을 똥을 싸고 살았어. 다방에 가서 내 돈 주고는 커피 한 잔도 사 먹은 적이 읎는 사람여. 정신들 차리고 허튼 짓들 하지 마. 가정을 꾸렸으면 절대로 처자새끼를 굶겨서는 안되능겨. 장가가서 애만 낳았다고 다 가장이 되는 건 아녀."

서른두 살에 결혼했고 서른네 살이 되었을 때 나는 아들과 딸 둘을 둔 가장이 되어있었다. 아버지의 훈계가 아니라고 하더라도 나는 먹고 살 궁리를 해야만 했다. 그때까지 나는 아버지 식으로 표현한다면 '장가가서 애만 낳은' 상태였지 마땅한 직업이나 돈을 벌 재주도 없었으므로 제대로 된 가장은 아니었다. 대학도 다니다 말았고 운동도 하다 그만두었다. 회사에도 사표를 냈고 삼십 대 중반이 되었지만 나는 아버지가 지어준 이름 빼놓고는 내가 누구라고 말할 수 있는 게 없었다.

처음부터 개고기 식당 같은 걸 할 생각은 상상한 적도 없었다. 이 궁리 저 궁리 하다가 전통찻집을 생각했던 건데, 그 발상은 내가 결혼 전 산중 절에서 부목노릇을 한 적이 있기 때문이었다. 부목이란 땔나무를 하는 사람을 가리키는데 내가 실제 나무를 했던 건 아니고 이것저것 닥치는 대로 중들이 시키는 잡일을 했다. 어쩌다가 장작을 패고 불을 땐 적도 있긴 했지만 대부분은 온갖 잡일이나 운전을 할 때가 더 많았다.

그 산중 절에 왜 찾아갔는지 이유는 분명하지 않았다. 그때까지 나는 되는 일이라곤 아무 것도 없었고 마땅히 머무를 거처도 없었다. 돈도 없었고 그렇다고 나를 뒷바라지해 줄 여력이 있는 사람도 없었다. 이미 스물일곱 살이 되어 있었다. 물론 1차 시험도 합격하지 못했지만 사법 시험도 준비를 했었고, 폼 나는 것들은 다 집적거려 보긴 했었다. 챔피언이 되고 싶어서 복싱체육관을 다니기도 했었다. 배우가 될 망상도 떨었고 제법 노래를 하는 것 같아서 가수가 되면 어떨까 그런 꿈을 꾸기도 했었다.

그러나 나는 늘 당장 그날 하루 먹을 것과 잠자리를 걱정해야 할 뿐이었다. 직장도 못 다니고 주로 건축현장의 일당 막일을 했는데 그 이유는 먹고 자면서 출퇴근을 할 수 있는 거처가 없었기 때문이었다. 직장은 요구하는 서류도 많았고 옷도 단정하게 입어야 했으며 한 달이나 기다려야 월급을 받을 수 있었다. 하루살이 처지인 나로서는 감당할 수 없었다. 인력사무실을 통해서 막일을 나가면 현장에서 바로 품값을 줬다. 그야말로 일당이었다.

"이놈은 희한한 놈야. 영어도 잘하는 놈이 노가다 일당쟁이를 다닌다니까."

인력사무실을 통해 같은 현장으로 일당을 다니다보니 친해지는 사람들도 생겼다. 사무실에서는 기능공 하나에 잡부 둘 셋을 따라 붙였는데 나는 주로 목수였던 사십 대 김씨와 함께 일을 나갔다. 그는 부인과 이혼한 사이였고 술은 마시지 않았지만 노래방 가는 걸 좋아했다. 항상 나를 데리고 다녔다. 그 시절 나는 임자 없는 물건처럼 누구라도 차지할 수 있었다. 밥이라도 한 그릇 사주면 아니, 그런 대가가 없어도 누가 불러주기만 해도 따라나섰다. 불러주는 사람도 없었고 갈 곳도 없었다.

'젊은이의 깊은 속은 노인보다 외롭다.'

나는 그 표현을 〈안네의 일기〉에서 읽은 걸로 기억했다. 안네의 일기가 주로 어떤 내용인지 별로 기억나는 것도 없는데 오직 그 한 구절만 오롯이 남았다. 내 처지를 대변한다고 느꼈기 때문이었을 것이다. 김씨와 함께 노래방에 가면 나는 Westlife의 My Love를 불렀다. 김씨가 주로 트로트를 불러서 혹시 팝송을 부르면 싫어할지도 몰라서 선곡을 하기 전에 물어보았다.

"팝송 불러도 돼요?"

"너 영어 하냐? 해봐."

내가 노래를 마쳤을 때 김씨는 신기하다는 듯이 더 노래를 부를 생각은 하지 않고 내 얼굴만 바라보았다.

"야, 너 뭐하던 놈야?"

도리어 내가 어리둥절해졌다. 되도록 누구한테서라도 그런 질문은 받고 싶지 않았다. 누구라도 만나기만 하면 몇 살이냐, 고향은, 학력은, 부모 직업은, 집은… 나는 그런 걸 묻는 사람을 만날 때마다 속으로 욕이 나왔고 충동적으로 주먹을 날리고 싶었다. 식당에서 아르바이트를 하려고 할 때도, 건축현장으로 막일을 나갈 때도 심지어는 돈 없어서 고시원 쪽방을 얻으려고 할 때도 사람들은 그런 것부터 물었다. 내가 그런 질문에 대답할 내용이 마땅치 않기도 했지만 각목을 나르고 합판에 박힌 못을 빼는데 혹은 식당에서 설거지를 하거나 쟁반을 나르는데 학력이며 고향이 무슨 소용이라고 그런 걸 따지는지 알 수 없었다.

"Y대학교 화학과 2학년 다니다 말았어요."

"영어를 좀 했어요. 웅변대회 나가서 상 탄 적도 있죠."

나는 김씨로부터 취조를 당했다. 노래방이 아니고 경찰서 형사계 같았다.

"그런데 임마 왜 노가다 다녀?"

"네?"

나는 도리어 반문했다. 나는 김씨에게 같은 질문을 돌려주고 싶었다. 그럼 아저씨는 왜 노가다 다니냐고.

"돈이 없어서요."

"그래도 딴 걸 해야지 이놈아. 한창 젊은 놈이 왜 인생 밑바닥을 기웃거려."

"그래도 일당 노가다가 제일 나요."

"진짜 이상한 놈일세. 야, 너 일 안 힘들어?"

"얼마나 힘든데요."

"그런데 왜 노가다를 다니냐고 이놈아."

"돈 없다고 했잖아요. 우리 아버지도 농사짓고 가난해요."

"명문대 다니던 놈이 딴 일을 해야지. 생긴 것도 반반하구만. 뭐 할 게 없어서 노가다를 다니냐."

"아저씨, 돈 없어서 다닌다고 몇 번 말씀 드렸는데."

"임마, 그러니까 딴 일 하라고. 그래야 비전이 있지. 너 앞으로 노가 다 하고 살 거야? 이건 인생이 아냐, 그냥 하루하루 때우는 거지. 앞날 이 창창한 놈이 뭐 할 짓이 없어서 노가다판을 쫓아다녀. 너 낼부터 당 장 때려쳐!"

나는 그가 두 번이나 반복해서 '왜 노가다를 다니냐?'고 물을 때부터 기분이 나빠졌다.

"아 진짜 씨이!"

나는 마이크를 던지고 그만 노래방을 뛰쳐나왔다. 김씨에게 주먹을 날리지 않은 게 다행이었다. 세상에 그런 미련한 인간이 또 있나 싶었 다. 처지가 어쩔 수 없으니 막일을 다니는 거지 누가 좋아서 힘든 일을 한단 말인가. 그런 뻔한 이치도 모르면서 왜 막일 하냐고 다그치는 김 씨야말로 정말 머리가 나쁜 사람이라는 생각이 들었다.

그러나 절은 달랐다. 어쩌다가 나는 산속까지 방황하게 되었고 망속 사(忘俗寺)에 머물게 되었다. 그때는 그러려니 했던 절 이름이 나중에 생각해 보니 우스꽝스럽고 특이하게 느껴졌다.

김씨 때문에 잘 다니던 인력사무실을 나가지 못하고 또 다른 곳을 찾 아 헤매야 했다. 인력사무실 위치는 노량진이었고 노량진은 지방에서 올라온 가난한 청년들에게는 복지의 땅이었다. 결국 멀리가지는 못했 고 그 근방의 다른 사무실로 일거리를 구하러 다녔는데 세상은 좁아서 며칠 되지 않아 이전의 사무실 소장과 마주치고 말았다.

"어린 새끼가 벌써부터 배신 때리는 것부터 배웠냐? 내가 임마 너 학 생 같아서 좋은 데만 골라서 보내줬는데 딴 사무실로 나가? 그것도 바로 옆으로? 사람이 의리가 없으면 설자리를 잃는 거야. 개놈의 자식!"

그는 내 발 앞에 침까지 뱉었다. 나는 아무 대꾸도 못하고 기분 나쁘기 짝이 없는 욕지거리를 들어야 했다. 김씨 때문에 그랬다고 어쩌고저쩌고 토를 달아볼까 하다가 말았다. 뭘 설명한다는 건 늘 불편하고 화가 났다. 한 가지를 말하려면 또 한 가지 이유를 대야 했고 그 한 가지를 위해서는 또 다른 한 가지를 끌어들여야 하는 악순환이 거듭되었다. 그리고 사람들은 남의 말을 곧이곧대로 믿지 않았다. 돈 없어서 막일한다는 내 대답을 듣고도 김씨는 재차 반문했다. 그것이 사실이고 현실인데 또 무슨 이유를 어떻게 말하라는 건지 알 수 없었다. 점점 군소리 하는 게 싫어졌다. 꼭 할 말조차 안 할 때가 더 편했다. 잠깐 어리석거나 말주변 없는 모자란 놈 취급당하는 게 더 유리했다.

나는 노량진마저 떠나야 했다. 마지막 끈이 끊어진 것 같았다. 동대문 쪽으로 옮겨서 같은 인력사무실을 찾아갔고 비슷한 막일을 했는데도 영 의욕이 나지 않았다. 모를 일이었다. 일이 더 힘든 것도 아니고 일당이 깎인 것도 아닌데 새벽마다 인력사무실로 나가자면 다리가 휘청거렸다. 점점 사는 게 싫어졌고 세상이 귀찮다는 생각이 늘어갔다. 김씨와 이전의 소장이 있는 노량진으로 되돌아갈 배짱은 없었다. 노량진 전체가 그들의 소유도 아닌데 무슨 몹쓸 잘못이라도 저지른 처지 같았다. 누구라거나 뭐라고 단정할 수 없었지만 보이지 않는 무엇이 내 등을 떠밀고 있음은 분명했다. 나는 늘 그런 이상한 감시자에게 쫓기는 신세였다.

"니미 중질이나 할 걸. 보살탱이 하나 잘못 만났다가 인생 조져부럿당께."

공사장에서는 여러 부류의 사람을 만날 수 있었다. 나는 처음으로 '중' 소리를 들었고 출가며 사문의 존재에 대해서 알게 되었다. 그의 말에 따르면 "중질 십 년"이라고 했다. 송씨였던 그는 참 때 막걸리를 마신 뒤 옆에서 사람들이 부추기면 기묘한 노래를 불렀다. 나는 그게 반야심경인지 천수경이 뭔지 알지 못했다. 어머니나 아버지는 종교를 갖지 않았고 뭘 믿지 않는 사람들이었다. 제 몸을 움직여야만 쌀 한 톨이라도 생긴다고 믿을 만큼 혜택 받지 못하고 살아온 사람들이었다. 절대 세상에 공것은 없는 법이라고 강조했다. 한 때 교회를 다녔던 나는 매일 힘든 일만 하다 지쳐서 잠들기 바쁜 아버지를 향해 예수를 믿어보라고 권했었다.

"아버지도 교회에 한 번 나가보세요. 마음이 평온해지실 거예요."

"나더러 교회를 댕기라구? 저, 누구냐? 농사꾼이 일을 해야지 집구석 일은 즈이 안식구한티 다 맽기고 교회서 아주 붙어 살잖냐. 이석건이 말여. 뭐 금식기도라나? 안 먹구 기도만 한다더니 엿새 만에 119 불러서 병원 갔단다. 목심 붙은 건 사람이고 짐성이고 밥을 먹으야지, 뭘 하나님이 지켜주고 워쨌다고 헛소리여. 금식기도 한다더니 병원이 갔다 와서는 엄한 개만 때려잡아먹었단다. 때꺼리가 웂고 살기가 대간하면 일을 해야지, 교회 가서 박수치고 노래하믄 다 딘다고? 너는 당최 그런 예배당 나갈 생각 말어!"

괜한 말을 꺼냈다가 나는 읍내로 가끔씩 교회 나가던 것마저 제지당했다. 아버지 생각으로 치자면 교회나 절에 나가는 건 정신 나간 사람들의 헛짓거리에 불과했다.

"송씨, 염불 한번 해주소. 끝나고 내가 족발 살랑게."

송씨는 장도리를 가로로 놓고 철근 토막을 집어 들었다. 그가 하는 것이 노래가 아닌 염불이라는 건 나중에야 알았다. 노랫가락처럼 송씨 방식으로 반야심경을 했던 건데 나는 처음 듣는 염불에 빨려 들어갔다. 철근 토막으로 장도리를 치면서 흥얼거리는데 각설이 타령 같기도 하고 또 어떻게 들으면 엿장수 가위 치는 소리 같기도 했다. 그런데 그 어떤 소리라고도 규정할 수도 없고 처음 듣는 소리인데도 귀에 익숙하기는 어머니 뱃속부터 들어왔던 가락 같았고 무엇보다 그 기괴한 노래를 듣자니 세상 그렇게 마음이 평온할 수가 없었다.

"중도 괜찮아, 이놈아. 일자무식도 머리 깎아서 승복만 입혀 놓으면 다 도인 되능겨. 검은 물 옆에 있으면 검은 물들고 부처님 끼고 살다보면 다 큰스님 되능겨. 노가다 댕길라믄 나 같으면 중질이나 하겠다."

나는 절에 한 번은 가보고 싶어졌다. 시간이 날 때마다 송씨에게 달라붙어 불교에 대해서 물었다. 그는 때로 우스꽝스런 농담을 섞기도 했지만 제법 진지하게 가르쳐줬다. 나는 절에 가더라도 승려가 되지 않고 허드렛일을 해주면서 기거할 수도 있다는 사실을 알게 되었다.

"거기는 아무나 가도 되나요?"

"머리 깎고 도 닦는데 뭘 따져 이놈아. 거기는 아무 것도 안 따져. 마음만 바르게 쓰면 돼. 마음공부는 세상 공부 하고 틀려. 명문 대학 다녔다고 깝죽거리면 쫓겨나. 거기는 모자란 놈은 용서해줘도 튀는 놈은 살 수가 없는 데여."

나는 "박처사" 또는 그냥 "부목"이라 불리며 절집에서 살았다.

절에는 찻집 '끽다거(喫茶去)'가 있었다. 사찰 신도들이나 산행하던 사람들이 들러서 차를 마시는, 깊은 산속에서 여느 사람들을 구경을 할 수 있는 곳이었다.

"차나 한 잔 들고 가시게나."

당나라 조주선사가 남긴 화두를 찻집 이름으로 빌려 쓰고 있었다. 내가 아내를 만난 곳이 끽다거에서였다. 아내는 애기보살이라고 불렸고 사람들이 그렇게 부르는 소리를 듣고 처음에는 아내가 무당인줄 알았었다. 사찰 신도들 중에는 젊은 아가씨들이 흔치 않았다. 애기보살이란 나이 어린 여신도를 가리키는 말이었다. 아내는 나와 동갑이었고 한번쯤 중이 되어볼까 하던 생각을 접고 2년 만에 망속사를 떠난 까닭은 아내를 만났기 때문이었다.

"니는 일마야, 딱 중 할 팔짠데 와 니려간다카노? 니 차실서 연애했제? 쪼매만 더 참으마 머리 깨껴가 중 만들어줄라 켔드만. 재색지화(財色之禍)는 심어독사(甚於毒蛇)인기라. 마 인사고 자시고 퍼뜩 가기라. 갈 길 다 정해놓고 무신 헛빠진 인사를 할라카노."

차실에서 아내와 연애를 하고 있었다는 사실을 주지가 다 알고 있었다는 게 놀라웠다.

나는 산을 내려왔지만 망속사와 끽다거를 잊지 않았다. 나는 여전히 돈도 없고 어떤 직업도 없는데 아내와 연애가 깊어졌고 결혼을 하게 되었다. 마치 그런 일들은 저절로 되어야 하는 일처럼 자연스럽게 성사되었다. 아내를 좋아하긴 했지만 한 번도 결혼을 해야 한다거나 혹은 하자고 조른 적은 없었다. 그건 아내도 마찬가지였다.

"어디서 만났어요?"

"연애예요 중매예요?"

"누가 먼저 대쉬한 거예요?"

우리는 실제 결혼을 하고 두 명의 아이를 낳기까지 했지만 주위 사람들은 여전히 우리의 혼인을 온전히 인정하는 눈치는 아니었다. 그런 불신의 근거는 내가 직업이 없기 때문이었다. 그리고 사람들은 알음알음 나는 빈털터리였고 아내 돈으로 전셋집을 구하고 생활비를 대고 있다는 사실들을 알게 되었다. 나중에는 망속사 끽다거에서 우리가 만났다는 것도 다 소문이 났다.

"사람들한테 우리가 망속사니 끽다거니 그런 데서 만났다는 말 하지 마. 불편해."

그러나 아내는 결코 그런 말을 한 적이 없다고 했다. 아내의 성격으로 보아 안 했다면 안 했을 사람이어서 나는 누가 우리 이야기를 퍼뜨리는지 궁금했다. 나중에는 내가 망속사 중이었는데 아내와 바람나서 환속했다는 말까지 나돌았다.

그러나 중요한 건 그런 것들이 아니었다. 아버지가 일렀던 말, 나는 처자식을 굶겨서는 절대 안 될, 돈을 벌어야만 하는 진짜 가장이 되어야만 했다. 우리는 아파트 전세금을 뺀 뒤 살림살이를 줄였고 아이들은 처가댁에 맡기기로 하였다. 결혼 전에 옷가게를 했던 아내는 내게 장사를 제안했다.

"뭔 장사를 해?"

나는 도로 아내에게 물었다. 내가 장사에 대해서 아는 건 없었고 그런 생각조차도 해보지 않았다. 아니, 딱 한 번 나중에 끽다거 같은 전통 찻집을 갖고 싶다는 상상을 했을 뿐이었다. 그건 망속사의 끽다거 분위기가 좋아서였지 장사해서 돈을 벌 대상으로 해본 생각은 아니었다.

"끽다거나 할까?"

어쩌다가 나는 그런 말을 뱉었다. 아니 더 머리를 짠다고 한들 그것 말고는 아는 것도 없었다. 그리고 정말 어쩌다가 떠올라서 우연히 아내의 질문에 대답을 한 것에 지나지 않았다. 그러니까 애초부터 뭘 모르는 사람한테는 묻지도 말았어야 하는 거였다.

끽다거 같은 전통찻집을 하기로 결정하고 가게까지 얻고 난 뒤 우리는 고민에 빠졌다. 아무리 생각해도 찻집은 아닌 것 같았다. 도심 곳곳에는 세련된 브랜드의 프랜차이즈 커피숍이 널려있었다. 조계사 부근이나 가면 어쩌다가 눈에 띌까 서울 여느 거리에서는 전통찻집을 찾아볼 수가 없었다.

"새 건물 말고 좀 오래 된 옛날 집 같은 분위기가 나는 가게면 좋겠어요. 전통찻집 할 건데 산속에 있는 것처럼 포근하게 꾸미려고요."

부동산 중개소를 찾아다닐 때만 하더라도 우리는 마치 뭘 좀 알고 세밀한 계획을 갖고 있기라도 한 사람처럼 자신 있게 말했었다. 내 설명을 들은 늙은 부동산 중개인은 마치 내가 올 것을 기다렸던 사람처럼 "딱이야. 가게는 다 임자가 있는 법이라니까. 박사장 만나려고 그게 어제 계약될 뻔했는데 삐그러진 거구만" 하며 호들갑을 떨었다. 가게는 큰 길을 돌아서 이면도로에서도 잘 보이지 않는 구석진 곳에 위치했다. 오래도록 장사를 하지 않은 빈 가게였다.

"전통찻집 하기는 기똥찬 자리지. 주인도 아주 양반이라구. 내가 잘 조정할 테니까 맘에 있으면 바로 결정하자고. 이거 놔두면 낼이라도 금방 나갈 자리야. 야, 여기다 전통찻집 차리면 끝내주겠다. 딱이야 딱!"

스무 곳 이상을 방문한 부동산 중개인 중에서 가장 나이가 많은 이였다. 도둑을 맞으려면 개도 짖지 않는다더니 내게는 노인이 인자하고 친절하게 느껴졌다. 닳아빠진 흥정꾼의 넉살조차 진심으로 받아들였다. 나는 그 자리에서 계약을 하고 말았다. 나중에 식당을 시작하고 어느 정도 장사며 상권의 속성에 대해 눈을 떴을 때에야 우리는 꾀 많은 늙은이에게 제대로 당했다는 사실을 알게 되었다. 가게에 비해 월세도 비쌌고 소개비도 많이 뜯겨야 했다. 물정 모르던 우리는 순진하게도 좋은 자리를 알아봐줬다고 식사도 대접하고 늙은이의 사무실에 음료수와 담배까지 사다 줬다. 그 늙은이가 우리의 생사여탈권이라도 쥔 것처럼 공손하게 대했다. 사실은 돈 받고 치워 줘야할 묵은 쓰레기를 가져가면서 도리어 돈을 준 꼴이었다.

"끽다거? 하하하하하!"

가게를 계약한지 두 달 되어가도록 우리는 손도 대지 못하고 있었다. 나는 이십 대 때부터 일찍 장사를 하고 있던 고향친구 태현을 찾아갔다. 그는 영등포에서 잘 되는 생맥주집을 운영하고 있었다. 전통찻집 끽다거 얘기를 하자 그는 내가 무안할 정도로 한참을 웃느라 정신 못차렸다.

"야 생각해봐. 현대인들이 얼마나 바쁘냐. 그리고 커피숍 디저트 카페 그런 건 트랜드에 굉장히 민감해. 무슨 도심 복판에 시골 외양간 같은 옛날 찻집을 차린다고 그래? 누가 거기 들어가서 한가하게 녹차 마시고 대추차 마시겠냐고? 그건 등산로 입구 같은 한적한 데서나 마시는 거지. 그리고 뭐? 뭐 뼉다구라고?"

"뼉다구가 아니고 끽다거. 차나 한 잔 마시라는 뜻이야."

"끽다거? 하하하하…."

생계문제를 놓고 진지한 고민에 빠진 나를 아랑곳하지 않고 그는 웃음을 참지 못했다. 이미 나도 마음속으로 서울 도심에서 전통찻집 끽다거는 아니라는 결정으로 기울어져 있었다. 망속사에서 좋았던 때를 떠올리고 바쁘게 사는 도시 사람들이 오히려 그런 곳을 좋아하지 않을까 하는 예측은 한낱 현실성 없는 공상일 뿐이었다.

"보신탕집을 해. 보신탕집이 딱이야. 대박날 거야."

가게자리에 와 본 그의 첫마디였다. 나로서는 처음 듣는 음식이었다. 그런 이름의 음식이 있다는 것도 몰랐다. 무슨 뱀탕인가 했었다. 어렸을 때 여름이면 한두 번씩 아버지는 기르던 개를 잡았다. 어머니는 개장국을 끓여줬고 그 해 여름에 먹은 음식 중에는 단연 개장국이 가장 맛있었다. 식구들을 잘 따랐고 같이 동네 골목을 뛰어다니면서 놀기도 했던 개 이름은 '따꾸'였다. 따꾸가 없어진 게 좀 아�섭고 생각은 났지만 나는 어떤 사람들의 이야기처럼 아버지가 기르던 개를 잡았다고 해서 울었다거나 정신적 충격을 받지 않았다. 개도 그렇거니와 닭이고 돼지고 기르던 가축은 마땅히 잡아먹는 게 당연한 줄로 알았다.

된장을 넣고 개를 삶은 뒤 건져내고 육수에 대파 부추 등의 야채를 데친 다음 가늘게 찢은 개고기를 고춧가루, 다진 마늘 같은 양념으로 따로 무쳐서 어머니가 한 주먹씩 뜨거운 국물에 말아줬는데 다 먹고 나서도 연신 입을 다셔야 할 만큼 그 맛의 여운은 오래 남았다.

"나는 개장국 먹었다!"

개장국을 먹은 날은 동네를 돌아다니면서 자랑을 했었다. 그 개장국을 보신탕이라는 이름으로 바꿔서 식당에서 팔고 있을 줄은 몰랐다. 개장국은 시골집에서 가정식으로나 끓여먹는 걸로 알았다.

나와 같은 개장국의 추억을 갖고 있는 태현의 설명이었다.

"장사는 상권이 가장 중요해. 뭐든지 결정하기 전에 자문을 구해야지. 결정 다해놓고 오면 선택의 여지가 없잖아. 니가 아무 것도 모르니까 이런 안 좋은 자리를 얻은 거지 이런 데서 무슨 장사를 하겠니? 할 게 없어. 왜 사람들이 억대 권리금 주면서 역세권 같은 자리를 얻겠어? 장사는 그만큼 자리가 중요한 거야. 나는 제수씨도 이해가 안 간다. 결혼 전에 옷가게 했었다며? 장사 경험이 있는 사람이 어떻게 이런 자리를 얻어?"

내가 사정이 다급하고 무지한 까닭에 자문을 구하고 있었지만 불쾌했다. 태현을 찾아갈 때도 썩 내키지는 않았었다. 어린 시절을 한 마을에서 나고 자란 터 없는 고향친구였지만 가까운 사이만큼이나 미묘한 경쟁의식이 있었다. 그는 돈으로 치면 가장 성공한 친구였다. 스스로 번 돈으로 산 아파트에 살았고 친구들 가운데 가장 좋은 차를 몰고 다녔다. 삶의 엄연한 현실에서 먹고 사는 것보다 중요한 문제가 있을 수 없었지만 내 감정은 그런 사실이 잘 받아들여지지 않았다.

어린 시절 그와 비교대상이 될 수 없을 만큼 나는 공부를 잘했다. 내가 1등이면 그는 40등쯤 했다. 나는 "공부 잘하는 아이"로 동네 근방까지 소문이 나서 어디를 가나 특별한 대접을 받았다. 그건 차라리 병이라고나 해야 했다. 그것도 내가 뭘 잘못 먹었거나 다쳐서 생긴 병이 아니고 남들이 그릇되게 덧씌워준 올가미와 같았다. 그놈의 공부를 잘했었다는 사실 때문에 나는 정의하기도 애매한 선민의식 같은 걸 갖게 되었음을 뒤늦게 깨달았다. 살아가는 데는 시험성적 말고도 매우 다양한 요소들이 많은데 모든 걸 학교 다녔을 때의, 과거의 어떤 현상에 불과했던 시험성적만을 평가의 전부로 한다는 건 큰 모순이었다.

태현이 경험과 실력을 바탕으로 아낌없는 조언을 해주고 있음에도 한때 내가 그보다 훨씬 공부를 잘했었다는 기억이 불쑥불쑥 대가리를 쳐들곤 했다. 그가 조언을 하면서 아내까지 들먹거리니 나도 은근 자존심이 상하고 부아가 났다. 어쩌면 태현도 비슷한 감정의 발로였을지 몰랐다. 조언이라는 미명하에 어린 시절 나보다 공부 못했다고 차별 당했던 잠재의식 속의 분풀이를 하고 있었던 것일지도 몰랐다.

"끽다거 자리로는 이런 데가 좋아. 전통찻집 할 계획이었으니까 이런 데를 얻은 거지."

"여튼 그 뭐 끽끽 소리는 그만하고 한 번 알아봐. 여기는 동네도 그렇고 자리도 그렇고 보신탕 하면 먹힌다. 보신탕은 안 먹는 사람도 많아서 이 자리처럼 좀 후미지고 으슥한 데가 분위기도 맞고 제격이야. 내가 장사는 촉이 있어."

그렇게 나는 뜻밖의 길을 걷게 되었다. 보신탕은 뱀탕이 아니었고 개고기를 삶아서 끓인 개장국이었으며 나는 개고기 식당 주인이 되었다.

"살림살이가 호랭이보다 무서운 겨. 정신 바짝 차리고 살어."

개고기는 뜨거운 감자였다. 먹네 마네, 반려네 식용이네, 말도 많고 탈도 많았다. 그러나 그건 생계의 절박한 지경에 부딪친 사람에게는 너무나 한가한 딴전에 불과했다. 논쟁을 할 여유가 있는 사람은 더 치열하게 논쟁을 하면 됐고 나는 어머니가 표현했던 것처럼 '호랭이보다 무서운 살림살이'에 붙잡혀 언제 죽을지도 모르는 판이라서 그것이 개든 소든 뱀이든 지렁이든 뭐라도 팔아서 먹고 사는 일부터 해결해야만 했다.

"산에서 중질하던 사람이 다른 것도 아니고 어떻게 보신탕집을 해요?"

한 때 내가 절집에서 불목하니로 살았다는 소문이 중이었다고 잘못 번졌고, 나는 낯선 사람들로부터 엉뚱한 공격 아닌 공격을 받아야 했다. 하긴, 나도 산중다원 끽다거를 좋아했던 인연이 개고기 식당 주인으로까지의 반연(攀緣)이 될 줄은 전혀 예상할 수 없었던 일이었다.

나는 서른다섯 살이 되었고, 바야흐로 삶의 지독한 전쟁은 시작되고 말았다.

***

보라카이 탐비사안비치에 널린 새벽의 개들은 온순했다. 먹을 게 변변치 않은 모양이었다. 살찐 개들을 찾아볼 수 없었다. 낯선 사람이 나타나도 서슴없이 다가왔다. 배가 고픈지 개들은 섬뜩하게 남의 장딴지를 핥아댔다. 탐비사안은 보라카이의 남쪽 끝자락이었다. 몇 개의 리조트를 빼면 가난한 원주민들이 모여 사는 마을이었다. 세계적 휴양지라는 보라카이의 이미지와는 거리가 멀었다. 새벽 바다를 헤집고 다니면서 똥을 싸대는 개떼들 천지라니 말이었다.

"갔다가 빨리 와. 그래도 당신이 없으면 불안해."

비행기를 타기 전날 아내는 뜻밖의 고백을 했다. 아내는 눈물을 흘렸고 내 품에 깊이 고개를 묻은 채였다. 늘 큰소리로 나를 타박하고 언제든지 법원에 가자고 선수를 쳤던 때와는 다른 모습이었다. 보라카이로 들어가는 칼리보공항 표를 끊어놓고도 나는 선뜻 그 사실을 알려주지 않았다. 내가 떠나겠다고 했던 말을 아내는 이혼하자는 뜻으로 받아들였다.

식당 폐업을 늦출 수 없었던 것은 아버지의 임종 때문이었다. 임대료를 여러 달 밀렸고 명도소송 진행 중이어서 버티는 것도 한계가 있었다. 단지 막판 협상을 통해 건물주한테 이사비 얼마라도 받아낼 수는 있었는데 — 중개인은 다른 세입자한테 권리금을 받아 챙길 셈이었고 그 돈은 본디 내 몫이었기에 얼마 정도 타협의 여지는 있었다 — 나는 백기를 들어야만 했다. 더 이상 머뭇거릴 시간이 없었다. 죽음의 경계에서 허덕이고 있는 아버지에게로 돌아가야만 했다.

식당을 폐업한지 일주일 만에 아버지는 세상을 떠났다. 나는 급격히 말을 잃었다. 밥 대신 소주를 마셨고 집에 붙어있지 못했다. 맹목적으로 시장을 돌아다니거나 무턱대고 차를 끌고 길을 나서야 했다. 아내는 무슨 일인가 저지를 것 같은 내 의중을 알고는 불안해했다. 무슨 일을 저지를지 무슨 일이 생길지는 나 자신도 알 수 없었다. 어디로든 떠나리라는 것뿐이었다. 어디서 꽉 막힌 내 삶의 출구를 찾아야 할지도 몰랐다. 내가 식당을 폐업하자 거처가 사라져버린 아르바이트생 정호처럼.

그는 식당 룸에서 먹고 자며 생활했었다. 그에게는 원룸이나 월세방을 얻을 보증금이 없었다. 어디로 갈 거냐고 묻는 내게 "아무 데로나 가죠 뭐"라며 별일 아닌 것처럼 심드렁하게 대답했었다.

아버지는 시월의 마지막 날 새벽에 세상을 떠났다. 세상에는 노력해도 되지 않는 일들은 많았다. 모든 것은 마지막을 향하여 달려가고 있었다. 결국 대학생이던 두 아이는 탐비사안비치의 개들처럼 떠돌이 알바가 되어버렸고 나는 여행이라는 미명하에 집에서 도망쳤다. 더 이상 아내에게조차 어떤 말도 하지 않을 셈이었다. 그냥 되는대로, 저 스물 몇 살 때 노량진 쪽방에 살며 노동판을 쫓아다녔을 때처럼 하루살이로 버틸 참이었다. 삶이 욕심을 내는 대로 이루어지는 게 아니라는 것쯤은 오래 전 경험으로 잘 알고 있었다.

아버지의 죽음, 식당 폐업, 보라카이 기행(奇行)까지 온전히 내가 선택한 일은 아니었다. 내 등을 떠미는 보이지 않는 손이 있었고 이해할 수 없이 벌어진 사건들일 뿐이었다. 나는 세렝게티 초원의 사자처럼 맹렬하게 살아왔다. 한껏 아가리를 벌려 얼룩말 모가지를 물어뜯고는 눈을 부릅뜬 사자처럼 말이었다. 치열하게 사냥했고 내가 잡은 먹잇감이었으니 마땅히 내 것인 줄로 알았지만 모든 것들은 어디론가 사라져버렸다.

그 많은 먹잇감들은 도대체 어디로 간 걸까?

나는 탐비사안비치를 걷다가 먼 바다를 쳐다보곤 했다. 하염없는 생각의 들판뿐이었다. 나무 한 그루, 꽃 한 송이 떠오르지 않았다. 모든 것들은 어디론가 사라졌고 나는 그것들의 행방을 알 수 없었다. 탐비사안비치 바다처럼 아득하게 멀어졌을 따름이었다. 내 삶의 알갱이들이 어디로 사라진 건지 궁금했다. 아쉬움이라거나 안타까움 때문은 아니었다. 그렇게 치열해야만 했고 앞으로도 또 그렇게 치열해져야만 가능한 삶이라면 이제는 달리 할 방법을 찾고 싶었다. 숨차게 달려온 20년의 시간들은 간밤의 헛꿈처럼 흔적조차 미미해져버렸다.

"보라카이에서는 이곳이 오래 된 식당이야. 자스퍼스. 1995년부터 자스퍼가 시작한 식당이지."

보라카이에 와서 사귄 토토는 내게 원주민 식당 〈JSAPER'S〉를 소개

해 주었다. 나는 현금카드와 신용카드를 겸한 비자카드를 소지하고 있었는데 은행 ATM기에서 돈을 찾기에 실패했다. 한화로 예금된 돈을 필리핀 페소로 찾으려고 했는데 Savings / Current / Credit 선택 버튼에서 Savings를 눌렀기 때문이었다. 그 버튼을 누르라고 가르쳐준 사람은 은행 경비원이었다. 몇 번이나 돈 찾기를 실패하고 돌아서는 내게 토토가 "도와 드릴까요?"라며 다가왔다. 그는 통장의 돈을 찾을 거면 Current 버튼을 눌러야 한다고 했고 나는 250 페소의 수수료를 물고 비로소 5,000 페소를 찾을 수 있었다.

리조트에서는 아침 식사만 제공했으므로 나머지 식사는 방안에서 컵라면을 끓여먹거나 밖에 나가서 사 먹어야만 했다. 리조트의 식당도 있었지만 셰프라는 늙은 여자는 쌀쌀맞고 불친절했다. 얼굴을 보는 순간 얄미워졌고 그녀가 만든 음식을 먹고 싶지 않았다. 가격이 비싼데다 음식도 부실했다. 물 한 컵 더 달라고 하는 것도 눈치를 봐야만 했다. 현지의 물이 석회수라서 정수된 물을 사먹는 형편이긴 했지만 물 한 컵 더 마시는 것까지 신경 쓰이게 하는 식당을 이용해주고 싶지는 않았다. 온갖 친절과 서비스를 다하고도 손님을 잡기가 힘든 한국의 사정과는 너무 차이가 컸다. 더구나 나는 그런 식당을 직접 경영했던 사람이었다. 외곽에 위치한 리조트라서 현지인 위주의 직원들은 서비스의 개념을 모르고 있었다. 마땅히 제공해야 할 비품조차도, 가령 "치약 좀 가져다주세요"라고 요구해도 "떨어졌어요"라고 대답하면 그만이었다.

자스퍼네 식당 손님들은 주로 현지 필리핀 사람들이었다. 나는 디몰의 즐비한 레스토랑이나 한식당을 피해서 주로 자스퍼네 식당을 찾았다. 일종의 뷔페식이었던 자스퍼네는 손님이 고르는 대로 반찬을 담아

주었으므로 먹고 싶은 것만 시켜먹을 수가 있었다.

이틀에 한 번 꼴로 자주 갔던 자스퍼네에 발길을 끊은 건 바퀴벌레 때문이었다. 반찬대 앞에 서서 손가락으로 음식을 가리키며 주문을 하려고 할 때 반찬통 사이를 기어가는 바퀴벌레가 있었다. 직원들은 잡을 생각도 없이 태연하게 손님들 주문받기에만 바빴다. 찜찜하고 더러워서 더 이상 무엇도 먹을 기분이 나질 않았다. 바퀴벌레는 한국의 식당에서도 종종 보았던 것이고 내가 운영했던 식당에서도 마찬가지였다. 전문 업체에 방역을 맡겼어도 아주 사라지지는 않았다. 필리핀이나 한국이나 바퀴벌레는 색깔도 모양도 똑같았다. 탐비사안비치의 개떼는 그렇지 않았다. 어슷비슷 닮은 것은 맞았지만 한국의 개들과는 달랐다. 몸매나 색깔도 그렇고 체형이나 살집까지 느낌이 달랐다.

자스퍼네서 나는 한 마리의 바퀴벌레를 보았고 그건 우연한 일이었다. 한국의 식당보다 청결과 위생이 떨어지는 나라의 원주민 식당이었으니 그런 일은 충분히 발생할 수 있는 일이었다. 나 또한 식당에서 바퀴벌레를 아주 없애지는 못했다.

작고 마른 바퀴벌레였다. 반찬통 사이를 지나가던 녀석은 이내 어디로 사라졌다. 그 작은 벌레의 동작이 그렇게 민첩하고 빠르다는 건 특이한 현상이었다. 어쩌다가 내가 식당에서 바퀴벌레를 발견했을 때 나는 번번이 녀석을 놓치고 말았다. 뭘로 때려잡거나 발로 밟을 새도 없이 순간적으로 사라져버렸다. 디몰로 나가 자스퍼네 앞을 지나갈 때마다 어김없이 거기서 보았던 바퀴벌레가 떠올랐다. 탐비사안 리조트로 돌아오는 셔틀버스는 패스트푸드점 졸리비 앞 광장에서 출발했는데 디몰로 나갔다 돌아올 때면 자스퍼네 식당 앞을 지나쳐야만 했다.

오토바이나 트라이시클을 타는 건 불편했다. 대부분의 운전기사들은 정직하지도 않았다. 50페소면 충분한 요금을 관광객에게는 100페소나 200페소씩 부르는 게 예사였다. 요금이 얼마인지는 손님이 물어봐야 하는데 그들이 먼저 "하우 마치?"라고 흥정을 시도했다. 비싸다 싸다, 탄다 안 탄다 실랑이를 벌이는 것도 번거롭고 짜증스러웠다. 게다가 차선도 없는 좁은 도로에는 오토바이, 트라이시클, 셔틀버스며 트럭까지 뒤죽박죽이어서 위험하기만 했다. 이렇다 할 신호등도 없이 그 모든 이동수단들이 뒤엉켜서 잘 다니는 게 신기할 정도였다.

디몰에서 탐비사안까지 돌아오려면 몇 번씩 기침을 하지 않을 수 없었다. 리조트에서 운영하는 셔틀버스가 자주 있는 것도 아니고 출발시간을 맞출 수 없어서 오토바이나 트라이시클을 아주 안 탈 수도 없었다. 바로 앞 차 옆 차에서 뿜어대는 매연을 고스란히 들이켜야만 했다.

탐비사안비치의 개떼들을 피해가며 바닷가를 산책할 때도, 리조트 방안의 침대에 누워 천정을 바라볼 때도 자스퍼네서 봤던 바퀴벌레가 떠오르곤 했다. 반찬통 사이를 지나 금방 자취를 감춰버렸던, 허기마저 싹 가시게 만들었던 더럽고 찝찝했던 벌레였다. 그 벌레는 어느 순간 내 안으로 침투했다. 벌레는 나를 조종하는 AI 바이러스로 변했고 나는 도무지 내키지 않는 어두운 사지로 끌려가지 않으면 안 되었다.

바퀴벌레가 사라진 곳

바퀴벌레 때문이었다. 아니, 벌레의 정체를 알 수 없었다. 멋대로 나를 조종하는 AI 바이러스라고나 해야 했다. 불편한 기억들이 다가왔고 나는 공황장애를 겪는 사람처럼 자주 불안에 빠지곤 했다. 애써 피하려고 하지도 않았지만 피할 수도 없었다. 비행기를 타고 먼 곳으로 떠나왔다고 해서 내가 안고 있는 삶의 채무들이 사라질 리는 없었다. 내 자신의 몰락을 바라보고 있어야만 하는 현실이 암담했다. 우두커니 선 채 누구라도 휘두르는 몽둥이를 얻어맞고 있어야만 했을 뿐 어디서부터 내 삶을 추슬러야 할지 몰랐다.

그랬다. 내 삶의 속도는 빠르게 추락했다. 아무리 힘차게 페달을 밟아도 더 이상 바퀴가 앞으로 굴러가지 않는 고장난 자전거 같았다. 바퀴에 구멍이 난 건지 원형 프레임이 찌그러져 모가 난 건지, 아니면 체인의 핀이 빠진 건지 고장의 원인을 알 수 없었지만 점점 무용지물이 되고 있었다. 처음의 기대와 달리 이제는 도리어 자전거가 짐이 되었다. 상쾌한 기분으로 달릴 수 있기는커녕 내려서 끌고 가야할 처지였다. 상황은 더 악화돼서 이제는 자전거를 어깨에 메야 할지도 몰랐다. 그러다가 끝내 자전거를 버리고 나는 빈 몸으로 언제 도착할지 알 수 없는 먼 길을 걸어가야만 할 것 같아 불안해졌다. 어쩌면 목적지에 도착하기 전에 쓰러져 죽을 수도 있겠다 싶었다.

"오까이 노 프라블럼! Okay, no problem!"

토토는 내가 어떤 말을 해도 그렇게 대답했다. 내가 쓰는 영어와 그가 쓰는 영어의 발음은 매우 달랐다. 유명하다는 표현도 "피머스(famous)"라고 해서 처음에는 무슨 단어인지 알아듣지 못했다. 여튼 토토는 내가 무슨 부탁을 하더라도 언제나 '오까이 노 프라블럼'이었다. 그래서 나는 더 이상 초급 회화 따위는 쓰지 않기로 했다. "Excuse me"라고 말할 때마다 왠지 멋쩍고 민망스럽기까지 했다. 서로에 대한 믿음만 있다면 그런 상투적인 수사는 빼버리는 게 더 친근함을 느끼게 해주었다.

"오까이 노 프라블럼!"

토토를 만난 뒤부터 나는 혼자 있을 때도 종종 그렇게 중얼거리곤 했다. 내 생에 대한 바람이었을 것이다. 그렇게 생의 모든 일들이 아무 문제도 아닐 수 있다면 좋을 것이었다.

그러나 어떤 문제도 아무렇지도 않거나 사라지지는 않았다. 고장난 자전거를 버리고 여행을 포기할 수도 없었다. 가는 데까지는 가보아야만 했다. 그 길은 돌아갈 수 있는 퇴로가 있는 것도 아니었고 주저앉아 발버둥 칠지언정 오직 앞을 향할 수밖에 없는, 결코 버릴 수 없는 숙명의 길이었다. 도착할 수 없는 요원한 목적지이며 달리 방법이 없다는 걸 알면서도 부서진 자전거의 페달을 밟지 않을 수 없는, 시지푸스의 형벌 같은 길이었다.

탐비사안비치를 걸을 때면 문득 건물주의 목소리가 되살아났다.

"사장님, 내가 왜 즌화를 드렸는지는 말 안 해도 아시겠지요? 부탁합니다."

건물주는 충청도 사투리를 섞어 쓰는 70대 아주머니였다. 느리고 점 잖은 말투 속에는 그러나 강한 압박이 숨어있었다. 식당의 월세는 4개월째 밀려있었다. 초기 치매 증세인지 한 번 전화를 걸었다하면 하루에 두세 번씩 월세를 재촉하기도 했다.

"댁의 사정이 어렵다는 건 알아요. 그건 댁의 사정이고 나는 또 내 사정이 있을 거 아니겠어요? 월세를 주셔야 나도 생활을 하지요. 영 안 되면 다른 방법을 찾는 수밖에 없습니다. 부탁합니다."

건물주의 낮고 느린 목소리를 들을 때마다 나는 몸이 얼어붙었다. '부탁합니다'라고 말미에 붙이는 특유의 표현이 "마지막 경고예요"라 는 협박처럼 들리기도 했었다.

식당은 점점 어려워져 갔다. 한 달 내내 휴일도 없이 이른 아침부터 자정까지 일했지만 돈이 모아지기는커녕 꼭 쓸 돈도 마련되지 않았다. 음식물을 잘못 먹은 것처럼 삶을 가로막는 체증이 쌓여갔다. 밀린 가스 요금을 막고 나면 다음 순서라는 듯 오토바이를 타고 한전에서 단전원이 쫓아왔다. 계량기 박스에다 아무 날까지 수납이 완료되지 않으면 단전하겠다는 딱지를 붙여놓고 갔다. 수도사업소에서는 친절하게도 직접 전화를 해줬다. 형편이 어렵다면 두 달 분이라도 먼저 내라고 부드러운 목소리로 권유했다. 30일 전까지 내지 못하면 공급을 중단한다는 서늘한 목소리로 말이었다. 전기를 끊든 가스밸브를 잠그든 수돗물 공급을 중지하든 그건 식당 운영하는 사람에게는 여지없는 삶의 파멸과 다름없었다.

"인생살이라는 게 말여. 깔짐은 한 짐 잔뜩 지고 쇠새끼를 끌고 가는

데 급하게 오줌이 마려워. 지게를 받쳐 놓고 볼 일을 좀 볼라고 하니께 작대기가 자빠질라고 햐. 그런데 하필 그때 쇠새끼까지 내뺀단 말이여. 거기다가 옹쳐 맨 허리띠는 풀어지지를 않어. 이러지도 저러지도 못하고 환장하는 거지. 그런 게 인생살이란 말이여. 그르케 심든 게 사람 사는 일이다 그 말이여."

시월의 마지막 날 새벽 다섯 시에 세상을 떠난 생전의 아버지 이야기였다. 삶이 뜻과 같이 이루어지지 않음이란 것쯤 알고 있었지만 그런 막다른 골목을 상상한 적은 없었다. 소꼴을 지고 가다 오줌이 마려워 작대기로 지게를 받쳤는데 작대기가 자빠져 지게가 쓰러지려하고 그 순간 소까지 고삐를 채뜨리고 달아난단다. 그뿐인가. 오줌은 싸게 생겼는데 꽁꽁 동여맨 허리끈이 풀어지지를 않는다는 거 아닌가. 아버지가 몸소 겪은 경험이었겠지만 삶의 난감한 상황을 그보다 적나라하게 표현할 수는 없을 것 같았다. 한 발자국 앞으로 나갈 수도 없고 뒤로 물러설 수도 없는 처지 말이었다.

나와 건물주를 잇는 끈은 언제 끊어질지 알 수 없었다. 문제는 돈이었다. 돈이 끈이었다. 돈이 있으면 끈이 이어지고 돈이 없으면 끈이 끊어졌다. 건물주가 언제까지 월세를 밀리도록 내버려두지는 않을 것이었고 나는 그쪽에서 먼저 끈을 놓지 않도록 갖은 노력을 해야만 했다. 세상을 만든 건 조물주일지 모르지만 세입자의 생사는 건물주에게 달려있었다.

"입바른 말 좋아하지 마. 제일 어리석은 게 힘도 없으면서 주둥이로 떠드는 거야. 있는 사람들은 무서워. 그 사람들은 세입자들이 욕하거나 행패하거나 전혀 신경 쓰지 않거든. 싸움은 명분인데 까불게 내버려

뒀다가 한방에 몰아서 죽이는 거지. 곱창집 김사장 못 봤어? 어떻게 쫓겨나는지?"

내가 어쩌다가 끽다거를 생각해내서는 구로동에서 개고기 식당을 차렸을 때 풍선생으로부터 들은 이야기였다. 그 동네에서 장사하는 사람들 사이에서 풍선생은 유명 인사였다. 노래방을 운영하던 풍선생은 지식과 경험이 풍부했고 인물이 빼어난데다 성품이 너그러웠다. 누구와도 껄끄럽게 지내는 사람이 없었고 술도 센데다 입담은 같은 얘기를 두 번씩 들어도 빨려들 정도였다. 모두들 풍선생을 인정했고 사소한 시비를 하다가도 그의 한두 마디면 없던 일이 되어버렸다. 재력이 있는데 노래방은 소일거리로 한다, 택견의 달인이다 등등 그에 관한 소문은 무협지 수준이었지만 사람들은 실제로 그의 내공을 믿었다. 풍선생이란 자유로운 도인의 의미로 붙여진 별명이라고 했다.

그러니까 세상의 공부는 따로 있었다. 그런 걸 생각하면 내가 잠깐 동안이라도 화학과를 다닌 건 어리석은 짓이었다. 복잡한 물질 분자의 구조라든지 눈을 뜰 수 없을 정도로 독한 시료 따위를 다루며 실험실에서 밤을 새운 짓거리들이라니 말이었다.

어느 시인은 '자화상'에서 스물세 해 동안 자신을 키운 건 팔 할이 바람이라고 했는데 나는 그보다 훨씬 더 오랫동안 바람의 사사를 받았다. 서른, 마흔이 넘어서도 나는 바람으로부터 세상 이치를 배워야 했다. 언제라도 한 방씩 뒤통수를 치면서 나로 하여금 "아!" 하는 짧은 비명을 지르게 만든 건 결코 온실 속의 선생들은 아니었다. 모두 들판에서 만난 사람들이었다. 꿈을 갖고 목표를 향해서 성실하게 노력하라는 따위의 진부한 이야기는 하지 않았다.

어쩔 수 없이 대학교를 중퇴하고 노량진 쪽방을 전전할 때, 그 때 이미 꿈은 사라져버렸던 것이다. 어떻게 그날 하루를 굶지 않고 비 맞지 않는 곳에서 견딜 수 있을까 하는 것만이 삶의 절실한 모습이었다. 보이지 않는 꿈을 찾아가기 위해서는 우선 여기, 이 자리가 안전해야만 했다. 선생들 누구도 꿈 타령만 했지 지금 여기에 발판을 마련하는 방법을 가르쳐주지 않았다. 두 시간 세 시간 젊음이 어떻고 미래가 어떻고 장광설을 늘어놓는 얼치기보다는 차라리 만 원 권 지폐 한 장 손에 쥐어주는 사람이 훨씬 고맙고 현실적으로 느껴졌다. 그 만 원으로 햄버거나 순댓국이라도 한 그릇 사 먹으면 힘도 날 테고 또 그 시간만큼 일을 하지 않고 그야말로 꿈을 향한 공부라도 할 수 있을 테니 말이었다.

조고각하(照顧脚下). 망속사 마루 아래 댓돌에는 어김없이 그 글귀가 붙어 있었다. 자기 발밑을 돌아보라는 뜻인데 다른 의미라면 지금, 현재에 충실하라는 뜻이었다.

"힘이 있을 때는 싸우고 힘이 없을 때는 고개를 숙이는 거야. 그게 싸움의 기술이거든. 야구 잘하는 선수하고 못 하는 선수의 차이가 뭔 줄 아나? 못하는 친구들은 아무 공이나 빠따를 휘둘러대다 삼진 당하는 거고 잘하는 친구들은 때를 기다릴 줄 알 아는 거야. 정확히 스트라이크 존에 들어오는 공, 그 중에서 지가 잘 칠 수 있는 직구나 그런 공 들어올 때 빠따를 돌린단 말이야. 그래야 안타도 치고 홈런도 치는 거란 말이지. 김사장이 장사 좀 된다고 까불어봐야 건물주한테는 새발의 피 아니겠나? 그런데 뎀벼? 강한 발톱이 생길 때까지 그걸 참고 견뎌야 하는 거야. 힘이 있는 사람은 본인이 어깨에 힘을 주지 않아도 남들이 먼저 알아보고 기는 법이거든."

그러니까 내가 식당을 하던 동네에서는 김사장이 장원이었다. 다른 식당은 손님이 없어도 저녁때가 되면 ‘황소곱창’만큼은 만석이었다. 바깥에서 대기하는 손님들이 줄을 이었다. 소곱창이 인기 있는 메뉴이기도 했고 자리도 제일 좋았다. 디지털단지에서 쏟아져 나오는 직장인들이 전철역으로 오고가는 길목이었다. 가게도 전면이 넓고 반듯해서 눈에 띄는데다 늘 손님이 차 있으니 곱창 먹을 생각이 없던 사람도 그 앞을 지나가다가 자기도 몰래 빨려 들어가는 것 같았다.

　“죽은 가게 살려서 월세도 두 배나 올려줬잖아요. 건물주도 가만있는데 왜 사장님이 자꾸 불을 질러요?”

　김사장이 시비를 붙은 상대는 부동산 중개인이었다. 관리인입네 하고 얼쩡거리던 그 중개인을 사실 상인들 누구도 좋아하는 사람은 없었다. 눈엣가시라면 바로 그런 사람을 두고 하는 말이었다. 풍선생도 그 점을 주의하라고 일렀다.

　“돈을 갖게 되면 저절로 단수가 높아져. 돈 없을 때는 모르던 것도 알게 되고 잘난 친구들도 생기고 전에 못 보던 세상이 보이게 되는 거야. 그게 돈의 힘이지. 그 사람들은 절대 자기 손에 피 안 묻힌다. 관리인 그 친구 조심해. 우리가 볼 때는 간에 붙고 쓸개에 붙고 하는 놈을 누가 좋아할까 싶지만, 사람은 다 필요한 구석이 따로 있는 거야. 말하자면 똥개라는 거지. 똥 덩어리 하나 던져주면 그냥 꼬리치면서 달려와서 주워 먹잖아. 건물주가 적당히 꽁지 좀 주고 궂은일은 다 시키는 거지. 절대로 무시하면 안 돼.”

　중개인들은 건물주 그 이상의 실세였다. 세입자가 고분고분하지 거나 뭐라도 하나 생기는 것 없고 제 맘에 수틀리면 그들은 작전을 개시했다. 단 돈 얼마치라도 더 팔아야만 하는 장사에만 몰두하다 임차인들이 영문도 모르게 내쫓기는 이유였다.

"내가 내 마음대로 하는 건가요? 김사장님 장사 잘 되는 거 동네가 다 아는데 내가 건물주라도 기간 되면 세 올리는 건 당연한 거지요. 나는 건물주 시키는 대로 하는 사람이에요."

답답한 노릇이었다. 사실은 중개인과 건물주가 암묵적으로 짜고 장난치는 걸 알고 있는데 정작 말을 꺼내면 서로 다른 사람 핑계를 대니 싸움의 대상마저 잃어버리게 되었다. 곱창집 사장은 건물주를 찾아갔으나 "관리인과 잘 상의하라"는 말만 듣고 돌아와야 했다. 서로 공을 넘기기만 할 뿐 누구도 책임을 지려고 하거나 나서지 않았다. 계약기간은 끝나 가는데 터무니없는 임대료 인상을 빌미로 재계약을 해주지 않으니 속이 타는 건 곱창집 사장이었다.

"건물주는 건물주니까 그런다지만 중개인은 뭐냐고요. 그 사람이 장사 좀 되니까 나를 내쫓고 다른 임차인 들여서 권리금 새치기 하려고 하는 거 뻔한데 환장하겠네요. 그런 비열한 인간한테 알랑거리는 것도 존심 상하고."

풍선생은 김사장을 다독였다.

"그 직업이 원래 그래. 뭘 흔들고 쑤셔야 돈이 생기는데 그 친구가 무슨 성인군자라고 가만있겠어. 잘 타협해. 구슬려서 월세 너무 올리지 않게 해달라고 하고 그 친구도 좀 집어주고. 주둥이를 틀어막아야지 맨입으로 놔두니까 징징대는 거 아냐. 괜히 고생해서 일군 가게 뺏기고 싶지 않으면 내 말 들어."

장사를 하면서 많이 변했다고 변했지만 김사장은 성품이 곧은 사람이었다. 강직했고 우스갯소리 따위를 좋아하지 않았다. 장사가 잘 되고 직원을 7명씩이나 쓰면서도 곱창 손질은 직접 다 하는 사람이었다.

"내가 직접 건물주 만나볼게요. 이 사람 저 사람 끼니까 일만 더 꼬이고 복잡해지네요."

"알겠습니다."

의외로 부동산 중개인은 쉽게 뒤로 물러났다. 그러나 김사장이 건물주로부터 들은 대답은 똑같았다.

"한동네서 다 서로 돕고 사는 거 아니겠어요. 부동산 사장하고 잘 협의해 보세요. 아무리 건물주라고 해도 가게 세놓을 때는 그 사람들 신세를 져야 하는데, 건물주라고 막할 수가 있는 게 아녜요. 동네 시세라는 것도 있고 남 눈도 있어서."

김사장은 문제를 풀어나갈 실마리조차 잃어버렸다. 직접 건물주를 만난다고 했을 때 중개인이 순순히 물러난 게 함정이었다는 걸 뒤늦게 깨달았다. 풍선생이 나서서 두 사람 사이의 앙금을 풀어주려고 했으나 중개인은 노골적으로 다음 수순을 밟을 따름이었다. 이미 승패는 갈렸고 결론은 자명했다. 중개인은 제 욕심의 포획이 확실해진만큼 능글맞은 여유까지 보였다.

"김사장님처럼 장사 수완 좋은 분이 남의 심부름이나 하는 우리 같은 하치들이 눈에 차기나 하겠습니까? 여기서 치이고 저기서 치이고, 나도 곱창집이라도 차리든지 해야지 원."

"지금 누구 염장 지르려고 작정한 겁니까?"

김사장이 목청을 높이는 걸 풍선생이 막았다.

"나도 처자식 있는 몸이고 한 집의 어엿한 가장입니다. 이제 수억을 줘도 곱창집 사장님 심부름은 하고 싶지가 않네요. 뭐, 김사장님이 직접 건물주 상대한다고 했으니까 잘해보십시오."

중개인은 작정하고 약을 올렸다. 판은 거기서 끝나버렸다. 이사비용을 주네 얼마간 말미를 주네 하면서 막판에 가서야 건물주가 인사치례로 얼굴을 내밀었다. 그 바닥의 모종의 공식 같은 것이었다. 부동산을 끼고 앉아서 지극히 합법적으로 남의 재산을 강탈하는 태연한 수법이었다.

"관리인 앞세워서 장난치고 세입자 내쫓으니까 속이 시원합니까? 먹고 살만한 분이 꼭 이렇게 비열하게 사람을 죽여야만 합니까? 누가 이기는지 한번 해봅시다!"

김사장은 울분을 토했지만 가게를 빼야만 했다. 황소곱창은 막을 내렸고 그 자리에 똑같은 곱창집이 들어왔다. 간판만 '풍년곱창'으로 바뀌었고 곱창요리방식은 이전의 김사장 것과 다르지 않았다. 오목한 불판에 곱창을 깔고 그 위에 새콤하게 무친 부추를 얹어 먹는 방식이었다. 1인분 가격은 도리어 2,000원을 내렸고 신장개업이라고 1개월 동안 소주 값도 통상 4,000원 하는 것을 1병 1,000원에 파는 행사를 단행했다. 개업 행사라고는 했지만 사실은 풍년곱창에서 겨냥한 것은 뒤편으로 옮겨서 다시 곱창집을 차린 김사장 가게였다. 김사장은 자리는 이전보다 좀 쳐지지만 인근에다 가게를 얻고 다시 곱창집을 차렸다. 황소곱창 상호며 이전의 자리에서 하던 집기들을 옮겨다 똑같이 꾸몄다.

"내가 꼭 성공해 보이겠습니다. 이대로 물러나기는 너무 억울하네요. 건물주, 중개인, 비겁하게 치고 들어온 인간들 내가 반드시 무릎 꿇게 만들겠습니다."

김사장은 개업식 날 주변 사람들을 초대했다. 그는 애써 분을 삭이고 있었다. 자본주의 사유재산이라는 이유로, 합법을 가장한 횡포에 저항하지 못하는 현실에 대해 억지로 울분을 참고 있었다. 내쫓긴 것도 억울한데 권리금 챙기고 동종 경쟁업체를 끌어들인 건물주와 중개인의 뻔한 수작에 대해 이를 갈았다.

"기분 가라앉혀야 돼. 중개인하고 건물주를 김사장이 어떻게 이겨? 그 사람들 세입자가 장사 잘 되든 말든 망하든 아무 상관없는 사람들이야. 그 사람들이 손해 볼 게 뭐가 있어? 중개인은 자꾸 손 바뀌어야 소개비 생기는데 김사장처럼 장사 잘돼서 십 년씩 깔고 앉는다고 생각해 봐. 중개인이 그런 걸 좋아하겠나? 건물주야 가만히 있으면 중개인이 다 알아서 세 올려주고 가게 비워놓으면 또 권리금까지 챙길 수 있는데 누구 편을 들겠나? 그 사람들은 악어와 악어새의 관계야. 그 고리를 끊는다는 건 힘들어. 새로 들어온 곱창집 사장도 미워할 거 없네. 김사장이나 그 사람이나 처지가 똑같은 사람들이야. 그 사람이라고 언제 또 김사장처럼 당하지 말란 법이 있어? 이런 악순환이 사라져야 하는데…"

풍선생의 이야기에는 늘 긴 여운이 따랐다. 그는 먼 훗날에 벌어질 일까지도 알고 있는 듯한 표정이었다.

"그리고 영원한 단골손님이 어딨나? 풍년곱창하고 싸우지 마. 물이 높은 곳에서 낮은 곳으로 흐르듯이 세상인심이라는 것도 그래. 값싸고 더 좋은 곳이 있으면 나부터라도 그런 데로 가지 않겠나."

풍선생이 암시한 대로였다. 풍년곱창으로 바뀌었어도 손님들은 그리로만 몰려들었다. 뒤편으로 자리를 옮긴 김사장은 장사가 되지 않아 결국 권리금 없이 가게를 내놓고 동네를 떠나야 했다. 음식장사라는 게 맛만 있다고 다 잘 되는 게 아닌 건 분명했다. 목, 상권이 그만큼 중요했고 그런 자리에 건물 갖고 있는 사람이 세입자의 장사 따위를 염려할 일은 없었다.

김사장 사건은 내게는 잊어서 안 될 반면교사였다. 무슨 수를 쓰든 나는 언제 끊어질지 모르는 건물주와의 관계를 기필코 유지해야만 했다. 월세를 독촉하는 전화일망정 건물주를 직접 대하는 게 훨씬 상황이 나은 편이었다. 법인회사 건물이라는 이유로 얼굴도 모르는 담당자로부터 "월세 안 들어왔습니다"라는 전화를 받든지 월세 입금하지 않으면 법적 절차를 따르겠다는 내용증명을 받는 것보다는 건물주의 목소리를 들으면 "죄송합니다" 또는 "조금만 시간을 주십시오"라고 인간적으로 매달려볼 수라도 있었으니 말이었다.

최악의 경우는 관리인이라는 명분을 내세워 월세미납을 근거로 재계약을 해주지 않고 가게를 매물로 내놓는 경우였다. 어떡하든 건물주와 연이 닿을 때 불씨를 살려야만 했다. 나는 지극히 불리한 입장이었으므로 어떤 경우에도 건물주의 심기를 건드려서는 안 됐다. 설령 월세를 독촉하는 것과 상관없는 엉뚱한 잔소리를 하더라도 꾹 참고 들어줘야 했다. 나는 되도록 건물주가 오래 전화기를 붙잡고 늘어지는 게 마음 편했다. 월세하고는 상관도 없는 영감 흉이나 자식자랑, 어떤 얘기라도 건물주와의 긴 통화를 가만히 듣고만 있었다. 말하자면 그건 몇 달씩 월세를 밀리고도 건물주와의 관계를 악화시키지 않고 끈을 이어갈 수 있는 방편인 셈이었다. 통화를 길게 할수록 처음의 월세 보내라던 매정했던 목소리가 막판에는 바람이 빠진 공처럼 누그러들었다.

물론, 언제까지나 그런 잔꾀로 버티거나 해결할 수 있는 문제는 아니었다. 시간을 벌 목적이었다. 식당의 임대 계약기간 만료는 다가오지 월세는 밀리는데 장사는 점점 엉망이라서 최대한 시간을 끌면서 가게를 팔 수 있는 기회라도 놓치지 말아야 했다. 장사도 그렇거니와 안 될 때는 최대한 버티는 게 능사였다. 버티다 보면 또 다른 기회를 잡을 수도 있지만 숫제 판을 깨뜨리고 나면 일말의 기대마저 사라질 테니 말이었다.

"잔인하게 들리겠지만 망하게 생겼으면 망하는 거지 무슨 뾰족한 수가 있겠나. 세상에 죽고 싶어서 죽는 사람 봤나. 죽게 되면 죽는 도리밖에 없잖아. 마음을 비워. 건물주한테 잘하고 주위 부동산들하고 척지지나 말어. 혹시 아나? 버티다 보면 또 무슨 수가 생길는지."

어느 날 퇴근길에 풍선생에게 들은 이야기였다. 물론 간절했다. 팔다리 하나쯤 잘리더라도 아주 숨통이 끊어지지 않기만을 바랐다. 상처투성이의 병신이 되더라도 살아남아야만 했다. 들어갈 때 준 권리금이나 인테리어며 집기 등 시설한 원금 따위는 잊은 지 오래였다. 진짜 아무것도 못 건지고 나오는 최악의 상황만이라도 면할 수 있으면 다행이었다. 식당 임대 보증금은 8천만 원이었고 이전의 주인에게 권리금 1억을 줬다. 고깃집이라 닥트며 숯불로스터, 육절기, 냉장고, 냉면기계 등등 초도비용이 전부 1억3천만 원이 들어갔다. 거기다 가게 얻을 때 복비 준 것, 자잘한 경비까지 합치면 2천만 원 이상이었다. 장부에 잡히는 것들만 따져도 3억3천만 원이 들어갔다.

내 살림의 전부였다. 물론 그 안에는 절반이 은행 빚이었다. 거래 은행에서 사업자 대출을 받고 모자라는 건 신용보증기금에서 빌렸다. 5년을 장사했지만 시쳇말로 목구멍 풀칠한 것 빼고는 은행 원금 한 푼

줄이지 못했다. 이자만 냈다. 그런 마당에 주인이 재계약을 해주지 않는다면 나는 4개월의 밀린 월세 2,200만 원을 제하고 5,800만 원만 들고 나와야 할 처지였다. 월세는 5백만 원이었고 10%의 부가세를 합쳐 한 달에 550만 원을 내야 했다. 그 돈으로는 은행 빚 원금의 절반도 갚을 수 없었다. 나머지는 고스란히 빚으로 떠안고 파산하는 길밖에 없었다. 어떡하든 시간을 끌고 버티다가 들어간 돈 반의 반이라도 건져야 했다. 식당이 팔려야 했고 누군가 구세주처럼 나타나 내 식당을 사줘야만 했다.

"임사장님, 좀 도와주세요. 손님만 모시고 오면 가격은 맞춰드릴게요."

나는 많이 비겁해져 있었다. 내 식당도 부동산 중개인이 관리하고 있었다. 점점 그를 보는 게 두려워졌다. 아직까지는 건물주가 직접 밀린 월세를 달라고 하기 망정이지 부동산 중개인이 얼쩡거리기 시작하면 모든 건 끝장이었다. 길을 가다가도 그를 만나면 싫다는 걸 억지로 끌어당겨 쥬스나 밀크티를 그의 손에 쥐어줬다. 괜히 그들 눈에 거슬렀다가 황소곱창 김사장 짝 날 수 있다는 걸 염려하지 않을 수 없었다.

"전부 가게 팔아달라는 사장님들뿐이지 손님이 안 온다니까요. 식당 열 개 중에 예닐곱 개는 다 내놨어요. 권리금 없는 것도 많고요. 예전 같지가 않다니까요."

5, 6년 전에 권리금 1억 주고 시설비 1억3천만 원 이상이 들어갔지만 나는 시설비와 권리금 합쳐서 4, 5천만 원 받으면 두 말 않고 물러날 생각이었다.

"소나기는 우선 피하고 보는 거야. 싸게라도 던지고 무조건 빠져나오라니까."

말은 쉬웠고 표현은 근사했다. 그렇게 헐값에 던지고 싶었지만 대체 그나마도 누가 받아줄 사람이 있어야 말이었다.

식당을 내놓은 건 장사를 시작한 지 일 년 남짓 지났을 때였다. 신촌에서 장사를 시작한지 얼마 지나지 않아 나는 내가 얼마나 험지에 들어온 줄을 알게 되었다. 장사는 되지 않았고 경쟁만 치열했다. 한시라도 빨리 도망치는 게 상수라는 걸 알아차렸다. 식당에 그나마 손님이 없으면 가게가 팔리지 않을 것 같아 소셜커머스 쿠팡이라든지 위메프에 할인 쿠폰을 올렸다. 한 푼이라도 남자고 하는 장사를 손해를 보면서 어처구니없는 연극을 해야 했다. 어서 식당이 팔리기만을 바랐다. 물론 언제 팔린다는 보장이 없었으므로 한편으로는 음식을 개발하고 광고라든지 지역 특색에 맞게 젊은이들 취향에 어울리는 트렌드를 연구했다.

"잘 될 거야. 시간이 흐르면 분명 기회가 올 거야."

불안했지만 아직 희망을 잃지는 않았다. 내가 그랬던 것처럼 또 누군가는 내 식당을 인수할 사람이 있을 것이라고 믿었고 한식에 자신 있어서 시간이 지나면 단골도 많아질 것이라고 기대했다.

처음 내가 부동산 중개인에게 제시한 금액은 권리금과 시설비를 합쳐 1억 5천만 원이었다. 그것도 매우 양심적으로 낮은 가격이라고 생각했다. 하지만 식당이 팔리지 않았다. 보러 오겠다는 사람도 드물었다. 한 해가 지났을 때 나는 가격을 조정해 1억 2천만 원을 제시했다. 그러다가 또 한 해가 넘어가자 마지노선이라면서 1억만 받아달라고 했다. 마치 선심이라도 쓰는 것처럼.

돌아보면 희망처럼 잔인한 고문도 없었다. 희망을 갖지 말았어야 했다. 애초부터 미련을 버리고 모든 걸 부동산 중개인한테 위임했었더라면 일찍 가게를 처분했을 확률이 높았다. 어차피 가격은 시장에서 결정하는 것이며 칼자루를 쥔 건 돈을 들고 있는 매수자의 몫인데.

"뭐 메뉴라도 좀 바꿔봐."

아내는 내가 신촌에 가게를 차린 걸 원망했다. 구로동에서 솔뫼식당을 열고 개고기 장사를 했던 우리는 곧 장닭백숙으로 메뉴를 바꿨다. 장닭은 수탉을 가리키는 사투리였지만 '장닭백숙'에서의 장닭은 닭백숙에 장류, 된장을 넣어서 끓인다는 의미였다. 개장국을 끓이면서 터득한 지혜였다. 개고기는 기호성이 강한 음식이어서 먹는 사람과 먹지 않는 사람이 극명하게 갈렸고 점점 확산되는 반려견 문화는 하나의 사회현상으로 퍼지고 있었다. 보신탕이 무엇인지도 모르고 식당을 시작한 우리는 대체 메뉴를 찾으려고 많은 노력을 기울였다. 생각 같아서는 식당을 처분하고 눈에 잘 띄는 대로변으로 나가서 다른 메뉴를 하고 싶었지만 솔뫼식당을 차린 것도 어렵게 돈을 빌린 처지였기 때문에 전혀 여력이 없었다.

식당자리를 어디다 정하느냐는 것, 장사하는 사람에게 상권이 얼마나 중요한 것인가 하는 것을 우리는 알지 못했었다. 되든 안 되든 있는 자리에서 일단은 최소한의 회생은 시켜야만 했다. 개고기는 안 먹는 사람도 많았지만 개고기 식당을 하고 있다는 자체만으로 소리 없는 비난에 시달려야만 했다. 또 여름 한 철 한시적으로 즐겨 찾는 계절 음식 성격이 강해서 1년 내내 꾸준한 손님을 필요로 하는 전문 식당의 메뉴로는 적합하지 않았다. 성수기 삼복 여름 하루 매출이 비수기 겨울의 한 달 매출보다 많을 정도로 장사의 편차가 컸다. 아내가 더 결정적으로 개고기를 다른 메뉴로 바꾸려고 매달린 데는 작은 사건이 있었다.

"엄마 성진이가 나하고 안 논대. 성진이 엄마가 우리가 개고기 먹는다고 나쁜 사람들이라고 놀지 말라고 했어."

유치원에서 돌아온 아이가 울상이 되어 뜻밖의 이야기를 꺼냈다. 성진이는 아들의 유치원 친구였고 두 아이는 다정한 사이였다. 우리가 개고기 식당을 한다는 이유만으로 아들까지 왕따를 당할 수 있다는 사실은 충격이었다.

"여보 난 닭백숙 먹을 때마다 처음에는 고소한데 조금 먹고 나면 닭고기 퍽퍽하고 금방 물리는 것 같아. 닭백숙에 재래된장을 섞으면 어떨까?"

아내는 새로운 요리에 매달렸고 그렇게 만들어낸 것이 닭백숙에 재래된장을 넣어 끓이는 '장닭백숙'이었고 '장닭죽'이었다. 장닭요리는 힘들게 만들기도 했지만 다른 식당에서 찾아볼 수 없는 독특한 메뉴였다. 과연 팔리기나 할까 싶었던 불안과 달리 의외로 손님들의 호응을 이끌어냈다. 장닭요리를 시작한 뒤로는 적어도 월세나 생활비 걱정 정도는 하지 않을 수 있었다. 아내가 솔뫼식당에 깊은 애착을 갖는 이유이기도 했다. 몇 년 동안의 힘든 노력으로 이제 겨우 정착되려는가 싶은 식당을 버리고 낯선 곳에다 빚까지 얻어서 새로운 식당을 시작해야 한다는 사실을 아내는 두려워했다.

하지만 식당을 옮겨야 하는 것은 나의 자발적 결정 때문만은 아니었다. 우리는 어쩔 수 없이 식당을 옮기지 않으면 안 될 처지가 되었다. 솔뫼식당 인근에 대형 어린이공원이 조성되는 바람에 공원진입로로 포함된 식당자리는 강제로 헐려야만 했었다.

"좀 가만있어. 안 되면 망하기밖에 더 하겠어! 당신이 옆에서 뭐라고 하니까 더 일이 안 되는 거 아냐!"

아내는 내가, 나는 아내가 만만한 상대였다. 남들 보기에는 평범한 식당 하나에 불과할 터였지만 식당은 우리 가정의 모든 살림이었기에 식당의 존립이 흔들리게 되자 우리는 서로 민감해지지 않을 수 없었다. 그나마 근근하게 버티고 있는 밑천마저 다 까먹을지 모른다는 불안감 때문이었다. 여느 때와 달리 소소한 일상의 대화를 나누다가도 서로에게 깊은 상처를 주는 독한 말을 주고받았다. 혀가 몸을 자르는 칼이 될 수 있다하듯 날카로운 말은 삶의 의지마저 뒤흔들었다. 매일 매일 몸속의 피가 마르는 것 같았다. 자칫 한 발만 헛디뎠다가는 추락을 피할 수 없는 낭떠러지 위에 서 있는 듯한 위태로움을 떨칠 수 없었다.

"내가 당신 때문에 절이고 어디고 안 다녀. 망 자 들어간 절깐을 다니지 말았어야 했는데. 다른 것들이 얼마나 많은데 하필 끽다거를 하자고 해. 끽하다가 꿱하고 죽게 생겼어."

망하려면 말부터 무너진다더니 아내는 거침없었다. 뱉고 싶은 말을 뱉었고 입에 대지 못하던 소주를 마시기 시작했다. 바람이 불면 사뭇 딸그랑거리던 망속사 풍경처럼 무시로 몸살을 앓았다.

"니미 중질이나 할걸. 보살탱이 하나 잘못 만났다가 인생 조져부럿당께."

역사는 반복한다더니 삶의 윤회도 마찬가지인 모양이었다. 내게 처음 불교를 알게 한 송씨의 말이 진언처럼 되살아났다. 도대체 어디서부터 무엇이 잘못된 건지 알 수 없었다. 나에게 술을 사주며 노래방을 데리고 다녔던 김씨의 호의를 받아들이지 않았더라면, 그래서 노량진을 떠나지 않았더라면, 막노동판에서 송씨를 만나지 않았더라면, 망속사에 들어가 끽다거를 들락거리지 않았더라면… 부질없는 후회였다.

"당신 안 만났으면 내가 이런 쫀쫀한 장사 같은 거 하지도 않았어. 먼저 장사하자고 바람 잡은 게 누군데."

어제도 오늘도 싸움이었다. 상처는 나을 기미도 없는데 덧나라고 서로의 심장을 후벼 파지 못해 안달이었다. 눈만 마주치면 잡아먹어야 할 상대처럼 서로 으르렁댔다. 그 정도면 한 사람쯤 돌아설 법도 한데 아무도 피하지 않았다. 이따금 뚝배기 몇 개씩 박살나는 건 예사였다.

"다 때려 쳐. 어차피 장사도 안 되고 당신하고 나하고 맞지도 않고 이럴 바에야 한 살이라도 젊을 때 기회라도 놓치지 말고 각자 갈 길 가자고."

"이혼해! 누가 하지 말재? 당장 하자고!"

손님은 식당 주인들의 사정은 알 바 없는 사람들이었다. 갈비탕 한 그릇이라도 먹고 싶으면 누구라도 식당 문을 열어젖힐 수 있었다.

"어서 오세요!"

극렬했던 전쟁 상황은 TV 속 드라마처럼 순간적으로 장면전환이 이루어졌다. 부부싸움과 이혼은 좀 더 뒤에 하기로 약속한 것처럼 나는 가스버너 위에 뚝배기를 얹고 아내는 반찬을 담았다.

'쿠오바디스?'

누가, 무엇이 우리를 그처럼 잔인하게 이끌고 있었는지 알 수 없었다. 희망이라면 그건 고문의 다른 이름에 지나지 않았다. 그렇다고 더 이상 우리가 보랏빛 화려한 내일 따위를 바라는 돈키호테 같은 망상을

갖고 있었던 건 아니었다. 희망이라고 한들 겨우 숨이나 끊어지지 않을
정도의 생존뿐이었다. 이제는 팔다리 하나에 더해서 눈 하나쯤 멀어도
좋으니 어서 그 지긋지긋한 늪에서 탈출하기만을 바랐다.

"이게 사람 사는 거야? 벌레만도 못한 거지."

이제는 그만 진저리나는 현실만큼이나 버거운 아내의 푸념을 멎게
해주고 싶었다. 아니, 피할 수조차 없이 한 집에서 동거해야만 할 천적
같은 운명의 아내로부터 나도 이제는 아주 멀리 달아나고 싶어졌다.

안젤린

바다는 바람의 모천인지도 몰랐다. 새벽에도 바람은 쉬지 않았다. 먼 바다 어디에서부터 불어오는 바람은 해안가에 줄지어 선 야자나무들을 흔들어댔다. 바람은 뭍에서 들어보지 못한 거칠고 음험한 비명을 몰고 다녔다. 어떤 때는 큰 비가 쏟아지는 줄 알고 리조트 방안에서 창문을 열고 밖을 내다본 적도 있었다. 야자나무 줄기들이 바람의 등살에 못 이겨 신음을 앓고 있었다. 오직 바람이었다. 긴 세월동안 감춰둔, 바다에서 불어오는 바람소리에는 무수한 사연들이 담겨있는 느낌이었다. 무언가 제 목소리를 내지 못하고 태풍이나 큰 파도에 휩쓸려간 원혼들의 아우성일지도 몰랐다.

그러나 한낮의 바다는 언제까지나 바람의 투정을 받아주지는 않았다. 정오의 태양이 뜨거워지면 탐비사안 아이들도 바다를 필요로 했다. 유럽이나 동양에서 온 외국의 나그네들에게도 그 품을 빌려줘야 했다. 바람이 욕심을 부리면 아무도 바다를 찾지 않았다. 바다는 모든 친구들에게 다정한 벗이어야 했으므로 바람을 위해서는 고요한 새벽 시간을 아예 통째로 내주는 선심을 쓴 것 같았다. 바다는 바람의 횡포가 얼마나 거칠고 사나운지 알고 있었다. 바다는 어떤 모진 생명도 잠재울 수 있는 자연의 어머니다운 도량을 품고 있었다.

리조트에서 주는 아침밥은 세 개의 빵이나 한 개의 토스트, 계란프라이, 햄 정도였고 우유나 커피는 선택할 수 있었다. 식사시간은 7시 30분부터 10시까지였다. 늘 혼자 밥을 먹는 사람은 나뿐이었다. 연인들이나 가족단위가 대부분이었다. 하긴, 혼자 밥을 먹는 건 오래된 습관이었다. 아내가 있고 아들과 딸 두 자녀가 있었지만 함께 밥을 먹은 기억은 언제인지 몰랐다. 리조트 식당에서 나 혼자 밥 먹는 게 불편한 건 아니었지만 혼자 밥 먹는 사람이 나 하나뿐이라는 사실이 신경 쓰였다.

"당신 혼자예요?"

리조트에 도착한 다음날 아침식사를 하려고 식당에 갔을 때 직원이 물었다. 그녀는 당연히 내가 또 다른 누군가와 함께 온 줄로 알고 있던 모양이었다.

리조트 마당에는 8자 모양의 넓은 풀장이 있었다. 보라카이에서도 탐비사안비치를 여행지로 선택한 사람들은 대부분 조용히 쉬려는 목적을 갖고 있었다. 보라카이의 끝자락이었고 리조트 빼고는 이렇다 할 편의시설도 없었다. 현지인 마을에 작은 상점들이 몇 개 있을 뿐이었다. 스테이션2의 디몰처럼 번화한 관광지와는 다른 곳이었다. 세계의 관광객들과 재밌는 여행을 즐기려는 사람들에게는 어울리지 않는 곳이었다. 탐비사안비치를 찾은 사람은 리조트 풀장에서 수영을 하거나 바닷가 산책을 즐겼고 온전히 밤을 맞을 줄 알아야 했다.

저녁 해가 지고 나면 탐비사안은 곧 어두워졌다. 리조트 건물 앞에 매단 몇 개의 가로등뿐이었다. 휘황한 불빛을 밝혀놓고 새벽까지 영업을 하는 술집도 없었고 땅과 건물을 흔드는 쿵쾅대는 음악소리도 들을 수 없었다. 낮과 밤의 경계가 분명했다. 낮에는 활동이 있으나 밤은 정적이었다. 낮은 해의 주관이었고 밤은 달과 별의 시간이었다. 낮이 과욕을 부려 밤을 범하지 않고 밤이 어긋나게 낮과 같은 행세를 할 생각 따위도 없어 보였다. 낮은 낮 밤은 밤이었다. 낮다웠고 밤다웠다.

그것은 자초한 선택이었지만 나는 한량없는 시간의 고아가 되었다. 더 이상 시간은 나에게 자신의 영토를 허락했다고 해서 내게 어떤 노동도 강요하지 않았다. 나는 식당 문을 열지 않아도 됐고 어깨가 아프도록 고기를 썰지 않아도 됐다. 언제 손님 한 명이라도 오는가 목 아프게 바깥 거리를 기웃거리지 않아도 좋았다. 삶이라는 이름으로 내 목까지 쳐들어왔던 밀물들이 서서히 빠져나가고 있었다. 나는 내 생의 바다를 가득 채웠던 밀물이 모두 사라지기를, 완전한 썰물의 때를 기다렸다.

그리고 나는 비로소 확인하고 싶었다. 내 생의 썰물 때, 갯벌의 썩은 조개껍데기 하나까지 모습을 드러내고 나면 무엇이 그토록 나를 지치게 만들었는지 살펴보고 싶었다. 나는 무엇에 그토록 시달리고 목을 매달았던 건지. 내 생의 바다를 잠식했던 밀물에 쫓겨 아무 것도 살펴볼 수 없었던 분망함을 쉬고 이제는 온전한 썰물 때를 누리고자 하였다. 그리하여 그동안 볼 수 없었고 감추어졌던 것들의 실체를 확인해보고자 하였다. 내 생을 자꾸만 내 뜻과 달리 어긋나게 만들었던 악의의 조종자를 밝혀내고 싶었다.

흐르는 시간의 가르침이며 서로 다른 공간으로부터의 분석일 것이었다. 멀리 집을 떠난 이유들이 조금씩 투명하게 드러나는 것 같았다. 보라카이의 시간들은 거꾸로 서울의 모습을 비춰주고 있었다. 리조트에서 주는 밥을 먹고 바닷가를 거닐다가 밤이면 잠을 잘뿐인, 나는 마치 탐비사안비치를 어슬렁거리는 보라카이의 게으른 개 한 마리가 된 기분이었다.

개는 이제 자신의 전생을 돌아보고 있었다. 보라카이 개는 전생에 서울의 달팽이였다. 매일 매일 죽어라고 발버둥 치며 질퍽거리는 길바닥을 벗어나 저기 바람 시원한 산 정상에 오르려고 하였으나 돌아보면 언제나 그 자리를 맴돌고 있을 뿐인 달팽이였다. 하루, 한 달, 일 년, 십 년이 흘러도 늘 제자리걸음인 것을 모르고 언젠가는 꼭 꿈꾸던 정상에 오를 수 있을 것이라는 어리석은 희망을 품고 살았던 슬픈 달팽이였었다.

나의 생활은 점점 탐비사안비치에서 만났던, 할 일 없는 보라카이 개처럼 변해갔다. 나는 느릿느릿 거렸고 영업시간에 맞춰 출근을 서두를 필요가 없어졌다. 나는 침대에 누워있거나 스마트폰을 만지작거리다가 바다로 나가곤 했다.

열흘이 흘렀지만 아직 아내는 어떤 메시지도 보내오지 않았다. 아파트 경매 개시 후 낙찰되고 집을 비워주게 되면 아내는 어디론가 떠나야 할 사람이었다. 물론 아내는 내가 그 전에 집으로 돌아올 것이라고 믿겠지만 나는 아무 계획도 세우지 못했다. 아내의 침묵이 길어질수록 나는 불안해졌다. 곧 아내는 어떤 식으로든 내게 결단을 요구해 올 것이었다. 시간이 결코 우리에게 언제까지나 관대할 수 없음은 운명이었다. 집조차 빼앗겨야 하는 처지였으니 서로 결별을 하든 길거리로 나가서 호떡을 팔든 우리는 무엇이라도 선택해야만 했다. 어떤 식으로든 내 생에 대해서 결정하지 않으면 안 되는 선고의 순간이 다가오고 있었다.

그러나 나는 의욕이 생기지 않았다. 모든 걸 시간에게 미루고 있었다. 차라리 삶에 대한 열정들이 사라지기를 기다렸다. 이를테면 이미 바퀴에 구멍은 뚫려있고 시간이 지나면 남은 바람마저 완전히 빠져나갈 것을 기다리는 셈이었다. 내 안에 남아있는 에너지가 거의 소멸될 때쯤, 나는 자유로워질 수 있을 것이라고 믿었다. 이제는 더 이상 미련한 희망을 붙잡으려는 따위의 헛된 노력을 하지는 않을 테였다.

"너무 힘들게 일하지 마라."

아들 준수는 1학년 1학기를 마치고 군대에 다녀왔다. 복학을 앞둔 준수는 타일공 보조라든지 택배 상하차 등 가리지 않고 막노동 알바를 하고 있었다. 이제 그도 자취를 해야 했고 스스로 등록금도 벌어야 했다.

"저는 걱정 마세요. 제 스스로 독립할 수 있습니다. 저는 노가다가 체질인가 봅니다. 이거 완전 꿀잼이네요. 일당도 쎄고. 군대 갔다 온 사나이가 이 정도는 해내야 하지 않겠습니까?"

아들은 명랑했다. 흙수저의 불행 따위는 알지 못하는 것 같았다. 그래야 할 것이었다. 벌써부터 삶의 층계를 규정하고 자기를 벗어날 수 없는 사회의 제물로 생각한다면 그의 청춘은 너무 끔찍할 것이었다. 아버지를 위해 짐짓 꾸민 목소리라 하더라도 아들은 마땅히 그래야 한다고 믿었다. 뻔한 거짓말이라도 믿을 수 없다면 아무도 제 생의 시계를 견딜수 없을 테니까 말이었다. 달팽이에게 꿈이 필요한 이유일지 몰랐다.

"제가 좋아하는 달팽이예요."

차를 몰고 네 식구가 을왕리를 다녀오던 길이었다. 아들은 직접 USB를 꼽았다. 패닉이 부른 노래 '달팽이'였다. 노래를 듣기 전에는 아들이 실제 달팽이를 좋아한다는 줄 알고 의아해 했었다. 아들은 개를 좋아했다. 또순이를 다른 집으로 입양 보낸 뒤 다시 개를 기르자고 졸랐었다.

집에 오는 길은 때론 너무 길어/나는 더욱더 지치곤 해/문을 열자마

자 잠이 들었다가/깨면 아무도 없어/좁은 욕조 속에 몸을 뉘었을 때/작은 달팽이 한 마리가/내게로 다가와 작은 목소리로 속삭여 줬어/언젠가 먼 훗날에 저 넓고 거칠은 세상 끝 바다로 갈 거라고/아무도 못 봤지만 기억 속 어딘가 들리는 파도소리 따라서/나는 영원히 갈래….

아들은 힘차게 노래를 따라 불렀지만, 아들의 노래를 듣고 나자 외롭고 쓸쓸해졌다. '아무도 못 봤지만 기억 속 어딘가 들리는 파도소리 따라서 나는 영원히 갈래'라는 노래의 끝부분이 긴 여운을 남겼다. 그냥 그렇게 달팽이는 죽을 때까지 어디론가를 향하여 끊임없는 제자리걸음만 할 것을 알고 있었기 때문이었다. 아들이 그런 달팽이의 삶을 답습할 지도 모를 거라는 불길한 예감마저 들었다.

스물세 살 때는 누구나 달팽이도 세상 끝 파도소리 들리는 바다로 갈 수 있을 것이라고 믿겠지만 서른 살이 되고 마흔 살이 되면 더 이상 달팽이의 꿈 따위는 기억하지도 못하게 될 수도 있는데 말이었다.

"느이덜은 애비보다 공부도 많이 하고 더 좋은 시상에 살고 있으니께 뭐 대단한 인생살이를 할 것 같아도 살어보면 그렇지 않은겨. 소도 언덕이 있으야 비비능겨. 애비가 뭐이가 있니? 애비라고 왜 내 새끼한티 뭐는 안 해주고 싶겠니? 그러나 뭐가 있으야 주지. 내 아들들이 태어나기를 못 배우고 아무 껏두 읎는 무식쟁이 농사꾼 아버지한테서 태어났는디 워쩌겠니? 세상이 그런겨. 송충이는 솔잎 먹고 사능겨."

아버지는 종종 큰며느리에게 탄식을 쏟아내곤 했다. 생활 습관이 사치스럽고 누구한테 내보이는 거 좋아하는 큰며느리는 당돌하게도 시부모에게 돈을 요구했다. 아버지는 열 마리의 소를 키웠는데 한 마리,

두 마리씩 큰며느리에게 다 도둑맞았다.

"개코나 뭐가 있어야죠, 어머니. 당장 내 새끼 입도 못 막겠는데 조상 제사가 다 무슨 소용이에요. 그렇다고 당신 아들이 돈을 잘 버는 것도 아니고. 저도 모르겠어요. 사는 데까지 살다가 못 살면 마는 거죠 뭐."

추석, 설 명절마다 어머니는 맏며느리를 기다렸지만 기대를 채우지 못했다. 왜 명절인데 오지 않느냐, 무슨 일 있느냐고 먼저 전화를 했다가 도리어 며느리한테 낯 뜨거운 면박을 당해야만 했다. 막내 남동생이 가만두지 않겠다고 차에 올라 운전대를 잡았지만 아버지가 가로막고 나섰다.

"다 애비가 못난 탓여. 느 형수 말 틀린 것도 읎고. 요새 어떤 여자가 돈 못 벌고 능력 없는 신랑이랑 살라고 하겄어. 안 도망가고 못난 내 아들하고 살아주는 것도 고맙지. 당최 나서지들 말어라."

아버지는 한 마리씩 소를 팔았고 소 판 돈은 며느리의 통장으로 들어갔다.

나는 나에게 이르러 더 이상 아버지의 지독한 가난이 대물림 되지 않을 것이라고 믿었다. 나만큼은 그런 굴욕적인 삶의 노예가 되지 않아야 겠다고 결심했다. 달팽이의 꿈이 이루어질 것이라고 확신했다. 지금은 비록 달팽이처럼 느리고 진척이 없어보여도 어느 날 높은 언덕에 올라가 있으리라는 꿈을 놓지 않았었다.

밀물의 때가 끝나고 썰물이 되었을 때, 바다는 민망하리만치 앙상한 몰골을 드러냈다. 달팽이의 꿈은 확실히 무모한 상상이었음이 차가운 현실로 증명됐다. 남들이 부러워하는 명문대학을 입학해놓고도 채 1년 남짓 다니다 말고 자퇴를 한 것도 돈 때문이었다. 하숙은커녕 자취할 형편도 못됐다. 늘 한 끼 식사와 하룻밤 잠자리가 고민이었고 그 문제는 서른, 마흔, 쉰이 되었어도 해결하지 못한 미완의 숙제로 남아있었다. 세상은 결코 쉽사리 달팽이에게 자리를 내주지 않았다. 달팽이는 그냥 달팽이처럼 땅바닥에 주저앉아 맴돌라고 억압할 따름이었다.

"인생이란 시간은 멀고 길어. 너무 서두르지 마라. 처음부터 너무 열심히 하다가 지치면 아예 포기할 수도 있어. 적당히 해."

나는 아들의 꿈을 깨뜨리고 싶었다. 달팽이 따위의 노래에 속지 말라고 가르쳐주고 싶었다. 내게 보다 뚜렷해진 꿈의 잔해를 아들에게 적나라하게 보여주고 싶었다. 탐비사안비치를 어슬렁거릴 때면 나는 노래하고 있었다.

화려한 도시를 그리며 찾아왔네/그곳은 춥고도 험한 곳/여기저기 헤매다 초라한 문턱에서/뜨거운 눈물을 먹는다/머나먼 길을 찾아 여기에/꿈을 찾아 여기에/괴롭고도 험한 이 길을 왔는데/이 세상 어디가 숲인지 어디가 늪인지/그 누구도 말을 않네….

더 이상 달팽이의 비극은 막고 싶었다. 인생의 수고는 아버지와 나에게서 멈춰지기를 바랐다. 아들만큼은 최소한 세상의 위장 그물에 붙잡혀 제 인생을 허탕 치지 않게 해주고 싶었다. 꿈이라거나 희망이라는 거짓말에 속아 엉뚱한 자들의 파티에 들러리나 서는 꼭두각시 노릇만큼은 막고 싶었다.

"아버지, 제가 하는 노가다가 보통 아저씨들 하는 노가다랑 틀려요. 저는 집에 있다가 사무실에서 전화 오면 잠깐 나가서 침대 같은 거 한 번 옮겨주고 3, 4만 원씩 받고 또 변기 고장났다고 하면 아저씨들이랑 같이 가서 잠깐 수리해 주고 일당 짭짤하게 받는 거예요. 다른 아저씨들처럼 하루 종일 뺑뺑이 치는 노가다가 아니에요. 이것도 다 꿀팁이 있습니다요."

"그래. 여튼 너무 힘들게 하지는 마라."

쓸쓸한 유전자였다. 꼬리 없는 소라는 별명을 들었을 만큼 평생 일을 손에 놓지 않았던 아버지, 십 년 동안 식당 문 한번 제대로 닫지 못하고 열심히 장사했던 나, 막노동 알바조차 즐겁게 받아들이는 아들….

나는 탐비사안비치를 걸어야 했다. 아니, 그것밖에 다른 할 일은 없었다. 아들마저 그 꿈의 노예가 되든 말든 내가 적극적으로 개입할 수 있는 여지는 없었다. 내 삶의 끈을 놓으려는 마당이었다. 나 하나도 버겁고 귀찮아하고 있었다. 그저 탐비사안비치나 거닐며 게으른 보라카이의 개들을 만나거나 가난한 탐비사안 사람들의 모습을 지켜보는 게 일과의 전부였다. 처음부터 그런 것까지 계산하고 온 것은 아니지만 탐비사안이 가난한 사람들이 살고 있는 빈촌이라는 사실은 내게 매우 위안이 되었다.

오후 2시쯤이면 안젤린은 다섯 살짜리 여자 아이를 데리고 탐비사안비치로 산책을 나왔다. 안젤린은 탐비사안거리 안쪽 주택가에 살고 있었다. 내가 하루 중 유일하게 시계를 쳐다보는 이유는 안젤린이 산책 나오는 시간과 맞추기 위해서였다.

"안젤린!"

"예스."

탐비사안비치로 인해 우연히 만난 안젤린이었지만 잦은 우연은 운명 같은 연대감을 느끼게 했다. 보라카이에 오게 된 이유가 안젤린을 만나기 위한 것이기라도 한 것 같았다. 언제나 안젤린은 오래된 친구처럼 나를 반갑게 대했다. 탐비사안 사람들은 그랬다. 다정하고 친절했다. 어쩌다가 담배를 사러 간 상점이나 바나나나 고추를 사러 갔을 때도 "하이!" 하고 밝은 목소리로 인사했다. 그냥 탐비사안 거리를 지나가다 눈만 마주쳐도 고개를 끄덕이거나 미소를 보냈다.

"심령이 가난한 자는 복이 있나니 천국이 저희 것임이요."

탐비사안 마을 사람들을 볼 때마다 성경 구절이 떠올랐다. 그들은 가난했지만 걱정이나 두려움이 느껴지지 않는 표정이었다.

열다섯 살 소녀 안젤린은 늘 어린 동생을 데리고 다녔다.

"안젤린 너 동생이니?"

"사촌이야."

그러니까 안젤린 이모의 딸이었고 안젤린은 이모의 집에서 보모역할을 하며 함께 살고 있었다.

"안젤린 넌 학교는 안 다녀?"

메이빌도 학교를 다녔고 재닌, 자이라 안젤린의 친구 모두 학교를 다녔다.

"난 동생들을 돌봐야 돼. 네 명이나."

안젤린은 왼손으로 엄지를 뺀 나머지 손가락 네 개를 펴 보이기까지 했다.

"왜?"

안젤린의 눈빛은 투명하게 반짝였다. 빛나는 눈빛만큼이나 마음이 맑아보였다.

"내가 야나네 집에서 살고 있어. 동생들을 돌보는 게 내 일이야. 우리 집은 여기서 먼 다른 섬이야."

안젤린이 데리고 나온 다섯 살배기 아이의 이름이 야나였다.

"학교 가고 싶지 않니?"

그것은 순간적으로 튀어나온 나의 어리석은 질문이었다. 이모네 집에서 어린 동생들을 돌보며 얹혀사는 형편이란 말을 이미 들어놓고도 말이었다.

"나중에."

안젤린은 힘주어 대답했다. 그러나 나중에라도 안젤린이 실제로 학교에 갈 수 있을지는 알 수 없었다.

나는 야자나무 아래 앉았다. 안젤린의 어린 동생 야나가 투정을 부렸다. 야나는 필리핀 현지 타갈로그어로 종알거렸기 때문에 무슨 말인지 알아들을 수가 없었다.

"미안해. 난 그만 가야겠어. 야나가 집에 가자고 조르잖아. 늦으면 이모가 화를 내거든."

"안젤린!"

나는 그만 돌아서려는 안젤린의 팔을 붙잡았다.

"탐비사안을 떠나. 마닐라처럼 더 큰 도시로 나가. 니가 할 수 있는 일들이 많이 있어. 넌 여기 남아 있으면 안 돼. 아무 것도 할 수 없다. 더 큰 도시로 나가면 더 많은 기회들이 있을 거야. 거기 가서 공부해. 집에 가서 내 이야기를 생각해봐."

안젤린에 대해서 알고 난 뒤부터 나는 아이에게 그 말을 해줄 기회를 엿보고 있었다. 비록 다섯 살배기였지만 야나는 나보다 훨씬 영어를 잘

했으므로 혹시 내가 안젤린에게 한 이야기를 제 엄마에게 전달해서 무슨 문제가 되지 않을까 하는 걱정이 되기도 하였다.

"알겠어!"

안젤린은 대답을 남기고 집으로 향했다.

나는 젊은 어부 칼젠의 집으로 향했다. 연안을 따라 산책하다 보면 끝에 이르러 칼젠의 집을 만날 수 있었다. 칼젠은 장인 루돌프의 집에 함께 살고 있었다. 데릴사위인 셈이었다. 스물여섯 살의 칼젠은 두 살배기 아기를 둔 아빠였고 탐비사안비치에서 내가 만난 현지인 가운데 가장 행색이 초라했다. 어디든 가난한 사람에게는 특유의 느낌이 있었다. 한국이나 베트남에서도 중국이나 미국에서도 마찬가지였다. 그가 얼마큼 큰 부자인가를 알지는 못했어도 나는 가난한 사람은 금방 알아볼 수 있었다. 그것도 어느 정도 가난한 상태인가까지를.

"미스타 팍!"

칼젠은 나를 만날 때마다 필요 이상 큰 목소리로 인사를 했다. 그리고 매우 반가운 척 했다. 그런 행동도 가난한 사람들이 갖고 있는 특징 중 하나라고 할 수 있었다. 탐비사안 거리 초입에서 상점을 하는 동갑나기 제이제이는 달랐다. 제이제이는 칼젠처럼 큰 목소리를 내지 않았고 과장된 동작으로 반가운 척하지는 않았다. 낮은 목소리로 손을 흔들며 "하이"라는 정도의 인사를 건넸다. 제이제이의 집은 칼젠네보다는 살림살이가 훨씬 윤택했다. 상점도 여느 집들보다 규모가 컸고 차림새에서도 티가 났다. 제이제이는 비싼 손목시계를 찼고 신형 오토바이를 갖고 있었다. 대부분 현지사람들이 생계 수단으로 오토바이나 오토바이를 개조한 트라이시클을 갖고 있었지만 제이제이에게는 단순한 자가용일 뿐이었다.

"빨래하는 거야?"

칼젠은 몇 개의 대야에 수북하게 담아 놓은 옷가지들을 빨고 있었다. 빨래나 음식을 만드는 일은 주로 칼젠 담당이었다. 물론 생계 수단인 물고기를 잡는 일도 당연히 그의 몫이었다. 장인 루돌프와 함께 그물 손질을 하거나 물고기를 잡으러 바다로 나가는 게 주업이었다. 가난한 루돌프가 자신보다도 더 열악한 환경에 처한 칼젠을 전략적으로 사위를 삼고는 일을 부려먹는 건지도 몰랐다. 루돌프의 인상이 그렇게 고약해 보이지는 않았지만. 어쩌면 그들 나라의 풍습일지도 몰랐다.

"어. 이거 다 빨아야 돼."

칼젠은 하던 빨래를 쳐들었다. 검은 개가 칼젠의 옆에 앉아있었다. 처음 그의 가족들과 생선을 구워 맥주를 마셨을 때부터 함께 했던 검은 개였다. 루돌프는 생선살을 발라 개 주둥이에 넣어준 뒤 그 손으로 또 생선 몸통 부분을 끊어 내 입에 넣어주려 했는데 하마터면 나는 그의 손등을 칠 뻔했다. 개에 대한 불편한 감정이 있는데다 도무지 비위가 상해 받아먹을 수가 없었다.

"가시가 있는 것 같은데?"

나는 루돌프의 손에 있던 생선토막을 낚아챘다. 그리고 실제 가시가 있나 없나 살피는 척하며 우선 맥주를 마시는 것으로 그 비위생적인 음식을 피할 수 있었다.

"예전에 목구멍에 생선가시가 걸려서 고생한 적이 있었거든."

혹시라도 루돌프가 기분 나빠 할까봐 나는 이말 저말 둘러댔었다.

"나중에 올게."

빨래거리를 보니 칼젠은 몇 시간은 그렇게 쪼그리고 앉아있어야 할 것 같았다.

"오까이 오까이!"

칼젠은 손을 쳐들며 여전히 큰 소리로 대꾸했다. 엄연히 아내가 있고 한 아이를 둔 가장인데, 칼젠의 모습이 때로는 우스꽝스럽게 느껴지기도 했다. 도무지 그 모습은 타당한 인간적 삶의 형태라고 받아들여지지 않았다. 어른 흉내를 내는 아이들의 어설픈 소꿉장난 같았다. 대나무 줄기 따위를 엮은 움막 같은 허술한 집이었다. 땅바닥이 방바닥이었고 쪽마루를 만들어 그 위에서 생활하고 있었다. 옹색한 그곳에서 루돌프 내외, 칼젠의 어린 세 처남과 처제 한 명 그리고 칼젠 부부와 아기, 거기다 검은 개 한 마리와 몇 마리의 고양이까지 함께 살아가고 있었다. 식구는 많은데 도무지 살림이라고 할 것들도 없었다. 쌀은 어디다 두고 반찬은 어디다 두는지, 주방이 있기나 한 건지 알 수 없었다. 하긴 칼젠은 돌멩이 몇 개 괴어놓고 솥단지를 얹은 뒤 불을 때서 밥을 했다. 지극히 원시적인 주거 형태였다.

나는 해안을 거닐던 발길을 돌렸다. 어떤 건물이 있는 것도 아니고 오토바이나 트라이시클, 셔틀버스들이 탐비사안에 도착하는 종점 정류장이었다. 탐비사안 터미널이라고 명명하기에는 이렇다 할 시설이 하나도 없었다. 넓은 마당에 불과했다. 디몰 시내로 나갔던 사람들이 돌아오고 디몰 시내로 나갈 사람들이 모이는 곳이었다. 탐비사안비치의 리조트에서 운영하는 셔틀버스 한두 대가 정차되어 있었고 오토바이나 트라이시클이 손님을 기다리는 곳이었다. 탐비사안 거리 안쪽에 사는 현지인들의 마실 장소이기도 했다. 탐비사안 터미널이 탐비사안의 시작인 동시에 끝이었다.

"하이, 미스타 팍!"

오토바이에 걸터앉아 있던 제이제이가 손을 들었다. 삭발머리에 N
자 홈을 파고 노란 염색을 한 제이제이는 탐비사안에서는 보기 드문 멋
쟁이였다. 그에게서는 항상 여유가 느껴졌다. 오토바이를 타고 어디든
지 떠날 준비를 마친, 그는 아름다운 보라카이 섬에 잘 어울리는 낭만
적인 청년이었다.

"어디 가려고?"

만약 제이제이가 디몰로 나가는 길이라면 그의 오토바이를 얻어 탈
참이었다. 물론 50페소를 주면 디몰까지 태워다 줄 오토바이 기사들은
여러 명 대기 중이었다.

"노!"

그는 허공에 손칼을 그었다.

나는 아무 볼일도 없었다. 리조트에서는 아침밥만 제공해 줬고 나머
지 끼니를 때우는 게 일이라면 일이었다. 커피포트로 물을 끓여 컵라면
을 먹을 수도 있었고 한 개 5, 6 페소 정도하는 빵 몇 개와 커피 한 잔으
로도 식사는 충분했다. 비싸긴 했지만 리조트 식당에서 김치찌개나 닭
도리탕 등의 한식을 시켜먹을 수도 있었다. 리조트를 운영하는 주인이
한국 사람이라는 건 정작 현지에 도착해서 3일이나 지난 뒤에 알게 되
었다. 사십 대 초반의 그는 투숙객이 같은 한국 사람이라고 하여 특별
한 호의를 베풀거나 하진 않았다. 그는 지나치게 사무적이었고 리조트
마당에서 어쩌다가 마주치는 경우에도 가벼운 목례뿐이었다. 마치 '한
국 사람과는 말을 하지 말 것'이라는 규칙을 지키는 사람 같았다. 사실

은 그쪽에서 먼저 시시콜콜 이것저것 묻고 번거롭게 하지나 않을까 하는 걱정을 했던 것은 나였다. 그러나 막상 그가 지나치게 건조하게 대하자 약간은 불쾌하기까지 했다. 어쩔 수 없는 인간의 이율배반이 아직도 내게 남은 모양이었다. 단순히 리조트 주인이 한국 사람이라는 사실을 알게 된 순간 나는 곧 숙소를 바꿀 생각을 했었다.

"안녕하세요. 한국 어디서 오셨어요?"

"무슨 일 하시나요?"

"보라카이에 와 본 적은 있나요?"

"요즘 한국 경기 어렵죠?"

나는 리조트 주인이 틀림없이 내게 그런 질문들을 쏟아 부을 것이라고 예상했다. 아내에게조차 표를 끊었단 말뿐 필리핀으로 떠난다는 걸 알리지 않았는데 돈을 주고 먼 길 찾아온 고객으로서 그런 불편까지 겪고 싶은 생각은 전혀 없었다. 리조트 현관에서부터 필요한 것은 모두 현지 직원들로부터 안내받았을 뿐 하다못해 그는 숙소가 마음에 드느냐는 등 의례적인 인사 한 마디 없었다. 시시콜콜한 개인의 사생활을 묻지 않는 것까지는 좋았으나 아예 손님에게 무관심한 태도를 보이자 무시당하는 것 같았다. 인상을 보아서는 누구에게나 다정할 것 같아서 유독 나에게만 무슨 유감을 갖고 있지나 않은가 하는 의심마저 들었다.

그러나 리조트 주인의 나에 대한 그런 태도가 설령 고의적인 것이라 하더라도 나는 그게 오히려 편하고 고마운 일이라는 것을 이내 깨닫게 되었다. 친절을 빌미로 한 마디 두 마디 섞다보면 결국 "당신은 누구냐?" 하는 질문이 닥칠 텐데 그런 불상사는 끝내 일어나지 않아야 했으니까 말이었다. 왜냐면 나는 내가 누구인지를 말할 수 없었기 때문이었다. 현재의 직업도 없긴 했지만 어느 한 가지도 분명하게 대답할 수가 없는 처지였다. 대학은 중퇴자였고, 기혼자였지만 별거 중이었고 이혼을 할지도 몰랐다. 또 28평짜리 아파트도 한 채 있긴 했지만 명의뿐 경매로 내 소유에서 벗어날 날도 얼마 남지 않았기 때문이었다. 내 삶이라고 했으나 내게 온전한 것들은 없는 것 같았다.

네 이름은 뭐냐?

너는 어떤 일을 하냐?

너는 어느 학교를 나왔냐?

네 고향은 어디냐?

너는 결혼을 했느냐?

너는 종교가 뭐냐?

너는 어느 동네 사냐? 집은 아파트냐 주택이냐?

너는 술을 마시냐?

너는 담배를 피우느냐?

사업은 잘 되냐?

하다못해 농담을 할 때도 '너의 어머니와 아내가 강물에 빠졌을 때 너는 누구부터 구해줄 것이냐?'라고 물었다.

대한민국이 존재하는 한 그런 질문들은 사라지지 않을 것 같았다. 스물 몇 살의 나에게 가는 곳마다 피곤하게 따라붙었던 바이러스 같은 것들이었다. 나는 함께 막일했던, 나를 데리고 노래방에 다녔던 김씨를 잊을 수 없었다. 그는 관심이나 사랑을 명분으로 내게 쓸데없는 질문을 하지 말았어야 했다. 서로의 삶이 다를 수밖에 없는 것인데도 그는 그의 눈으로 내 인생을 재단하려고 했다. Y대학교를 다녔던 S대학교를 다녔던 그것과 막일을 해서 돈을 버는 것과 연관시킬 하등의 타당성도 없는 것이었는데 말이었다. 평생 벽돌을 쌓는 조적공으로 살면 실패하는 것이고 고위직 공무원이 되면 성공하는 것이란 말인가. 노래방에서 김씨가 내게 집요하게 "왜 노가다를 하나?"라고 따져 묻지만 않았어도 어쩌면 나는 지금과는 전혀 다른, 되도록 내가 원하는 길을 가게 되었을지 몰랐다. 돌이켜보면 늘 보이지 않는 무엇이거나 누군가로부터 등을 떠밀려 내가 한 번도 희망한 적이 없는 엉뚱한 곳을 헤매는 느낌이었다.

내가 리조트 주인이 한국인이라는 사실을 알고 숙소를 옮길까 하던 생각을 고쳐먹고 도로 눌러앉은 까닭은 그의 무심함이 미더웠기 때문이었다. 언제 탐비사안비치를 떠날지는 내 스스로도 기약할 수 없었지만 그는 언제까지라도 불필요한 이야기를 나누려고 다가올 사람 같지는 않았다.

나는 해안에 정박해 둔 작은 보트 — 파라우에 등을 기대고 앉았다. 불그레한 색깔의 털을 가진 크고 작은 두 마리의 개들이 다가왔다. 해안이 개떼 천국이라는 사실을 알고 난 뒤부터는 모래 위에 마음 놓고 털썩 주저앉을 수 없었다. 바닷바람에 날리는 모래들이 개똥을 슬쩍 덮은 상태에 속아 밟거나 깔고 앉을 수 있기 때문이었다. 다행인 건 밤새 밀려왔다가 가는 파도가 개똥을 쓸어가곤 했다. 들끓는 개떼에 비하면 모래벌판에서 쉽게 개똥이 발견되지 않는 다행스러운 일이었다.

"가!"

나는 개를 쫓았다. 가족처럼 사람과 붙어사는 탐비사안비치의 개들은 낯선 사람에게조차 친근하게 굴었다. 그런 개들이 비굴해보이기도 했다. 늘 녀석들은 뭔가 먹을 걸 바라는 눈치였다. 종종 심한 피부병을 앓고 있는 개들이 다가올 땐 나뭇가지라도 들고 얼씬거리지 못하도록 해야 했다. 손만 한 번 휘둘러도 녀석들은 또 금방 물러났다.

야자나무 그늘이 태양의 직사광선을 막아줬다. 따뜻한 온기만이 내 몸을 휘감았다. 나는 그만 아내 생각에 빠지고 말았다. 칼리보공항으로 떠나는 비행기를 타기 위해 인천공항으로 나가던 날 새벽, 아내를 품에 안았던 뜨거웠던 기억 말이었다. 아내는 나에게 빨리 돌아오라는 말을 했지만 나는 정작 하고 싶은 말을 내뱉지 못했다. 어쩌면 그날의 뜻밖의 상황 때문에 나는 자칫 비행기 타기를 포기할 뻔했었다. 아내의 품이 그렇게 따뜻했다는, 따뜻하리라는 기대를 갖고 있지 않았기 때문이었다. 나는 그대로 아내와 밤을 새우고 싶었다. 비행기를 타고 싶지 않았었다. 어떡하든 다시 뜨거운 삶을 시작하고 싶었던 바람이 아주 사라진 것은 아니었기 때문이었다.

'사랑해. 다시 실패한다고 하더라도 언제나 당신과 함께 열심히 살고 싶어. 우리 절대로 헤어지지 말자.'

나는 그렇게 매달리고 싶었다. 그렇게 고백하고 싶었다. 민망하게 눈물이 나더라도 쑥스러움을 무릅쓰고 한 번쯤 아내에게 내 속내를 전해보고 싶었다. 실제로 아껴주지 못했고 편안한 삶을 지켜주지 못했지만, 마주보면 악을 쓰고 으르렁대기 일쑤였지만, 누구도 내가 자상하고 다정한 남편이라고 인정해주지는 않겠지만 나는 언제나 아내에게 "사랑해"라고 말하고 싶었다. 어쩔 수 없이 개고기 식당을 하면서도 세상을 향해 나도 개를 사랑한다고 외치고 싶었던 것처럼.

그러나 "갈게"라는 짧은 인사를 남기고 집을 나선 건 내 자신이었다. 내가 보라카이를 꼭 가야 할 어떤 이유나 목적은 없었다. 나는 아내를 안고 뜨거운 시간을 지속할 수도 있었고 얼마든지 미뤘던 마음 속 이야기를 털어놓을 수도 있었다. 아내 역시 빨리 돌아오라고 말하긴 하였지만 가지 말라고 붙잡지는 않았다.

여전히 무엇인가 내 등을 떠밀고 있었다. 한 번도 그런 상황을 바란 적이 없었는데도 아내와 나 사이에는 건널 수 없는 강이 흐르고 있었다. 서로에게 다가가려고 하거나 말을 붙이려고 할 때마다 불쑥 튀어나와 방해하는 무뢰한들이 있었다. 우리는 손을 잡고 서로를 안아주고자 했었다. 한 번도 아내를 향한 내 안의 뜨거운 감정이 사라진 적은 없다. 알 수 없는 장애들에 의해 사랑은 늘 가로막혔다. 우리에게 사랑은, 매우 어려운 대상이었다. 쉽게 다가갈 수 없는 높고 가파른 산등성이 같았다.

"고상 많이 했다. 니 에미한티 잘 혀. 부탁이여."

아버지의 유언이었다. 생전에 아버지는 한 번도 누구에게 다정하게 말한 적은 없었다. 일상적인 대화일 뿐인데도 모르는 사람이 들으면 저 사람이 왜 저렇게 화를 내는 걸까 하고 의아해할 정도로 소리를 질렀다. 어머니의 표현대로라면 "세상 멋대가리 없는 양반"이었다. 아버지의 유언을 들을 때까지도 나는 아버지에게도 누구를 사랑하는 감정이 있는 사람이라고 느끼지 못했었다.

"여친 아니고 여사친이예요."

식당을 폐업할 때까지 함께 일했던 정호로부터 배운 말이었다. '여사친'이란 이성적 감정을 품고 있는 여자 친구가 아니라 그냥 성별만 여자인, 여자 사람 친구일 뿐이라고 설명해 주었다. 아버지에게 어머니는 그런 여사친인 줄로만 알았었다.

"저 인간을 누가 거두냐고. 다리는 병신마냥 질질 끌고 댕기는 판에 워디 시 끼 때나 챙겨 먹을 수 있겠니? 꼭 부탁여. 에미 잘 보살펴. 아무 껏두 서운하고 미련한 거 읎다. 느이 엄니 하나가 맘에 걸려."

관절염이 심한 어머니는 방안에서 맴돌며 지냈다. 두 손으로 바닥을 짚지 않고는 일어날 수 없을 정도였다. 아버지는 끝내 눈을 감을 때까지도 어머니에 대한 염려뿐 다섯 명이나 되는 자식 누구도 걱정하지 않았다. 혈중 알코올 농도 면허정지 상태에서 두 명을 사망하게 한 죄로 구속되어 있는 큰형에 대해서조차 한마디 하지 않았다. 형편이 어려운 큰형은 피해자 측과 합의도 하지 못했고 그렇지 않아도 부부사이가 좋지 않아 별거하던 형수는 그 일로 시댁 쪽과는 연락을 끊어버렸다. 형수는 아버지를 찾아와 피해자와 합의해야 된다고 땅이라도 팔아달라고 부탁했으나 아버지가 그것만은 안 된다고 하자 "아버님 저도 이걸로 인연 끊을 게요"라고 한 뒤 아버지 밥상도 차려주지 않고 떠나버렸다.

"아버지, 하시고 싶은 얘기 있으면 다 말씀하세요."

나는 몰래 핸드폰 카메라로 아버지의 모습을 녹화 중이었다.

"그거배끼 할 말 읎서. 느이 어매 잘 챙기라고. 내 말은 그것 뿐여."

아버지는 어머니를 잘 챙기라는 당부밖에 어떤 유언도 남기지 않았다. 나는 내심 아버지로부터 듣고 싶었던 궁금한 이야기가 있었다. 차마 아버지에게 직접 물어볼 수 는 없었다. 가난한 아버지에게 세종 시 인근에 나대지로 남은 땅 230평이 있다는 사실을 알게 된 것도 불과 이 년 전의 일이었다. 그 소식조차 식구들이 아닌 동네사람들에게 전해 들었다.

"아버지 세종에 땅 사둔 거 있어요?"

"그까이 꺼 뭔 땅이라고도 할 수 웂는 겨. 그 전에 누가 농사 못 짓는 다고 해서 소작 짓다가 억지로 한 마지기 산 긴디, 메푼 오르기는 했 을 겨."

내가 궁금했던 것과 달리 아버지는 그 땅 이야기 들먹거리는 걸 싫어 했다. 들은 얘기로는 세종 시에 붙어있기만 해도 평당 2, 3백만 원은 갈 거라는 소문이었다. 아버지의 그 땅값은 어림잡아도 4억 이상이었 다. 장사가 어려워지자 나는 몇 번이나 아버지를 찾아가 그 땅을 담보 로 대출을 받아달라고 말하려다가 그만두었다. 큰형이 사고를 내고 구 속되기 전에 아버지가 아꼈던 막내가 그 땅을 팔아서 돈을 마련해 달라 고 했다가 심한 역정만 들었던 적이 있기 때문이었다. 큰형수가 거짓말 까지 보태서 노골적으로 돈을 달라고 했을 때마다 기꺼이 소라도 팔아 줬던 때와는 전혀 달랐다.

아버지는 어쩌면 자신의 몸에 대해서 알고 있었을지도 몰랐다. 아버 지의 장례를 치른 뒤에야 세종의 그 땅이며 집문서가 이미 한 해 전에 모두 어머니 앞으로 명의이전 되어 있다는 사실을 알게 되었다.

'아버지는 어머니를 아끼고 사랑하셨구나.'

아버지가 떠난 뒤에야 나는 처음으로 그런 생각을 하게 되었다. 아버 지의 어머니를 향한 마음은 도무지 어떤 말로 표현할 수 없는 깊은 동 굴처럼 아득하게만 느껴졌다. 어머니를 향한 아버지의 뜨거운 사랑과 안타까움을 비로소 알 것만 같았다. 그렇게 투박하고 거칠었던 아버지 에게 누구에게도 한 번도 꺼내 보인 적 없는 소중한 보물 같은 사랑이 간직되어 있을 거라고는 미처 생각하지 못했다. 아버지의 장례식 때 가장 서럽게 통곡한 사람도 다름 아닌 어머니였었다.

"아빠!"

한 번 집에 들어가면 다시 밖으로 나오지 않던 여느 때와 달리 안젤린이 나를 부르며 다가왔다.

"야나는?"

"메이빌에게 있어. 그 애는 정말 돌보기 힘들어. 변덕쟁이야. 마음이 금방 금방 바뀌거든."

안젤린이 내 곁에 앉았다. 나는 주위를 돌아봤다. 내가 그 아이를 어쩌겠다는 망측한 생각 따위를 한 적은 없지만 어쩔 수 없는 안젤린은 여자였고 나는 남자였다. 그런 우려스러운 일들이 종종 발생했다는 소문을 들은 적이 있었다. 유럽에서 온 늙은 남자가 열네 살 소녀와 성관계를 한 사실이 들통 났는데 필리핀의 법은 유독 외국인 남자들에게 엄격하다고 했다. 그는 여전히 감옥에 있다는 풍문이었다. 18세 이하의 현지 청소년들의 빈번한 임신과 출산에 대해서는 적당히 눈감아 주는 것과는 대조적이었다. 특히 혼자 여행 온 나이 든 외국 남자에 대해서는 처음부터 무슨 저의라도 가지고 온 사람처럼 현지인들조차 불편한 시선을 거두지 않았다.

메이빌이 내 노트북으로 BTS와 블랙핑크의 동영상을 보고 싶다며 리조트 룸 안으로 들어왔을 때 직원들이 쫓아와 화급하게 방문을 두드렸다. 메이빌은 K-POP에 빠져있었고 프로 댄서라고 할 만큼 춤 실력이 뛰어났다. 탐비사안비치에서 내 핸드폰으로 동영상을 틀어놓고 메이빌은 춤추기를 좋아했다.

"다른 사람, 동네 여자아이들이 당신 방에 들어가면 안돼요. 이 건 리조트의 규칙이에요."

나는 민망해서 아무 대답도 하지 못했고 메이빌이 "오케이"라고 대답한 뒤 룸을 벗어났다.

'젠장!'

나는 박물관에서 보았던 옥처럼 곱고 푸른 바다를 보면서 씁쓸한 감정을 내뱉었다. 세상이 별 시시한 것까지 나를 간섭하고 의심하는 게 못마땅했다.

"아빠, 나 엄마랑 통화했어."

"왜?"

"좋아하는 친구가 있어."

"남자친구?"

안젤린은 고개를 끄덕였다.

"안젤린 애인이구나."

"응."

스무 살에 아기 엄마가 된 미혼모 친구들도 적지 않았다. 태양의 열기가 식어가는 오후 3시쯤 바닷가를 산책할 때였다. 채 두 살이나 됐을까 싶은 아기가 바다 기슭에서 아장거리고 있었다. 아기와 한두 발작 거리를 두고 안젤린의 친구쯤 되어 보이는 소녀가 앉아 있었다. 나와 눈이 마주치자 그 소녀는 엷은 미소를 보이며 고개를 끄덕였다.

"여동생이니?"

나는 아기가 소녀의 동생인 줄 알았다.

"베이비."

아기는 그 소녀의 딸이었다.

"넌 몇 살인데?"

"스무 살."

"언제 아기를 낳은 거야?"

"2년 전에."

아기의 엄마는 조네디프였고 조네디프는 열여덟 살에 친구의 아기를 임신하게 되었다고 했다. 그건 비단 조네디프만의 특별한 사례에 해당하지는 않았다. 가난한 필리핀 청소년들이 빠지기 쉬운 함정이었다. 형편이 어려운 그들은 대학을 진학하지 못했고 피임 등에 대한 성지식이 부족했다. 한창 육체적으로 성숙하고 활기 넘치는 시기에 문화적으로 소외된 상태에서 그들이 원초적으로 부딪치는 문제가 이성교제였다. 그들은 쉽게 성관계를 갖게 되고 원하지 않는 임신을 하는 경우가 많았다. 필리핀의 의료비는 비싸고 가난한 사람들에게 병원 문턱은 높기만 했다. 임신을 했다고 해서 가정을 꾸리는 것도 아닌데 어쩔 수 없이 출산을 하게 되었다. 조네디프 역시 그렇게 미혼모가 되었고 부모와 함께 살고 있었다. 탐비사안 거리 골목에서 가장 눈에 띄는 게 아이들이었고 개들이었다. 탐비사안 골목을 돌아본 누군가는 "탐비사안은 개 반 애반"이라고 했었다.

"안젤린, 엄마가 뭐라고 했니?"

"좋은 친구냐고 물었어."

"그리고?"

"좋은 친구면 괜찮대."

"연애를 그렇게 일찍 하니?"

"좋아해."

안젤린은 수줍어하며 손톱을 물어뜯었다.

"어쩌면 나중에는 니 마음이 변할 수도 있잖아. 남자친구가 다른 여자를 사귈 수도 있을 텐데."

"변하면 할 수 없지."

"그러다가 아기가 생기면?"

"아직 몰라. 생각해보지 않았어."

"공부 하지 않을 거야?"

"하고 싶어."

안젤린의 목소리는 기운이 없었다.

"더 큰 도시로 나가지 않을 거야? 너희들은 너무 가난하잖아. 가난하면 불행해. 아기를 잘 키울 수도 없어."

나는 안젤린에게 벌레를 토하는 기분이었다. 내가 하는 말은 고스란히 나에게 되돌아와 나를 불편하게 만들었다. 안젤린의 표정도 언짢아지고 있었다.

'왜 쓸데없는 소리를 하는 거지? 내가 안젤린 아버지도 아니고 안젤린이 공부할 수 있게 도와주지도 못하는 주제에 왜 자꾸 헛소리를 하는 거야? 가난한 애들은 사랑하면 안 되고 애를 낳으면 안 된다는 거야? 누가 나에 대해서 묻고 따지고 참견하는 걸 제일 싫어하면서 나는 왜 이딴 소리를 지껄이고 있는 거지?'

머릿속에서는 아내가 움직이고 있었다. 가난한 건 나였고 사랑도 결혼생활도 제대로 하지 못하는 것도 나였다. 안젤린에게 조언하는 건 주제 넘는 소리였다.

"그래. 사랑은 아름다운 거야."

나는 드라마 속의 탤런트처럼 달콤하게 속삭였다. 안젤린에게 미안해졌다. 안젤린이 야나를 두고 내게 다시 달려온 까닭은 남자친구 이야기를 하고 싶어서였을 것이라는 사실을 뒤늦게 알아차렸다. 거기다 안젤린은 방금 전 엄마로부터 남자친구를 사귀어도 좋다는 허락받은 사실을 자랑하고 싶었을 텐데 말이었다.

"아빠, 나 보라카이를 떠나야 돼. 야나네 집에서 계속 같이 살 수는 없어."

"보라카이에 사는 게 좋아?"

"남자친구가 있잖아."

나는 더 이상 길을 찾을 수 없는 암흑에 빠진 기분이었다. 세상은 다 이렇게 부조리한 삶의 노예들로 채워져 있기라도 한 건가 싶었다. 안젤린의 어깨를 야멸차게 움켜잡고 흔들고 싶었다. 선반에서 떨어지면 산산이 깨져버리고 말 유리그릇처럼 위태로워 보이는 안젤린의 삶을 정지시키고 싶었다. 나는 다시 안젤린에게 큰 도시로 떠나라고 말하고 싶어졌다.

"안젤린, 꿈이 뭔 줄 알지? 잠들었을 때 꾸는 꿈이 아닌 미래의 네 모습 말이야."

분명 루돌프의 검은 개 같았다. 여러 마리의 개들이 내 발끝을 스치고 지나갔다. 태양이 뜨거울 때는 개들도 해안가를 피했다. 무슨 이유에서인지 점점 바닷물이 불어나고 있었다.

"생각해 보지 않았어."

"생각해 봐. 남자친구랑 사귀다 아기 낳고 그냥 엄마가 되면 아무 것도 할 수 없잖아."

"…."

안젤린은 시무룩해졌다. 한 번도 그런 상상을 해본 적이 없는 모양이었다.

"야나의 집과 나의 리조트를 비교해봐. 탐비사안 사람들은 너무 가난해. 세상에는 부자들이 많아. 부자들은 이렇게 살지 않아. 안젤린이 탐비사안에 살면 탐비사안 사람이 되는 거고 마닐라로 가면 마닐라 사람이 되는 거야. 마닐라는 더 크고 멋진 도시잖아. 아파트도 있고 높은 빌딩도 많고."

"돈이 없어. 내가 야나의 집에 사는 것도 집이 없기 때문이야. 마닐라로 갈 수가 없어."

나는 두 그루의 야자나무를 가리켰다. 하늘로 쭉 뻗은 키 큰 야자나무와 이제 막 땅 위에서 자라나고 있는 작은 야자나무였다.

"원래 이 언덕에는 아무 것도 없었을 거야. 그런데 씨앗이 자라나서 저렇게 작았던 나무가 그 옆의 나무처럼 큰 나무로 자란 거잖아. 처음에는 다 그렇게 아무 것도 없는 데서 시작하는 거야. 중요한 건 큰 도시로 떠나는 거야. 그리고 찾아봐. 두려워하지 마. 니가 야나를 돌보는 일보다 더 쉬울 수도 있어. 니가 떠난다면 내가 도와줄게."

그러나 나는 여전히 이율배반의 감정에 시달렸다. 그렇게 교과서적인 훈계대로 세상이 이루어지지 않는다는 걸 알고 있으면서 왜 나는 또 안젤린에게 확신도 없는 삶을 강요하는 건지 몰랐다.

나는 꿈을 찾아 화려한 도시로 떠나지 않았는가?

그곳은 춥고 배고팠고, 나는 도시의 초라한 골목을 전전하지 않았는가?

그러나 나는 도시에서 성공할 수 없었고 그 도시의 쓰레기나 뒤지고 다니는 넝마주이처럼 생활하지를 않았는가? 도시의 주인공이 되기는 커녕 그 도시의 벌레처럼 기어 다니다가 끝내 먼 이국으로 도피하지 않았는가?

부끄러워졌다. 만약 안젤린이 내 삶의 내용들을 알고 있다면, 내가 왜 필리핀 보라카이 탐비사안비치까지 떠밀려온 건지 그 과정들을 지켜보았다면 "차라리 보라카이 개가 낫겠다"고 말했을지도 몰랐다.

"모르겠어."

안젤린은 혼란스러워했다. 아니, 정말 혼란스러운 건 나 자신이었다.

"꼬치 먹으러 가자."

나는 안젤린과 함께 꼬치구이가 있는 터미널 쪽으로 이동했다.

"이게 뭐지?"

"치킨 헤드."

탐비사안 거리 곳곳에는 화덕을 내놓고 꼬치를 파는 길거리 음식장사들이 있었다. 돼지고기나 닭내장 등을 꼬치에 꿰어 야자나무 숯불로 굽는 건데 가격은 10페소씩이었다. 단맛의 소스만 빼면 먹을 만했다. 내가 한 번도 먹어보지 않은 둥그런 모양의 꼬치가 무엇인가 질문했던 건데 설마하니 닭대가리를 그렇게 구워먹을 거라고는 상상하지 못했다.

안젤린과 나는 세 개씩의 돼지고기 꼬치를 먹고 헤어졌다. 천천히 리조트로 돌아가면서 나는 여전히 안젤린이 너무 일찍 '엄마'가 될 수도 있는 불행을 막아주고 싶다는 생각을 떨칠 수 없었다.

밥

아내는 문밖에 아까운 소금만 뿌려댔다. 손님이 없거나 식당 안으로 들어왔다가 그냥 나가버리면 장사를 하는 사람들은 부정 타는 걸 막는다고 소금들을 뿌리는 습관이 있었다. 그렇게 해서 부정한 기운을 막고 장사가 잘 될 수 있다는 보장 따위는 어디에도 없었다.

장사는 점점 더 어려워져 갔다. 건물주 측의 압박이 아니라고 하더라도 우리는 더 이상 식당을 끌고나갈 여력이 없었다. 손실을 최소한으로 줄인 뒤 폐업하는 것 외에 달리 방법이 없었다. 식당을 시작한지 16년 동안의 긴 시간이었다. 점점 삶의 처연한 몰골이 드러나기 시작했다.

"난 숨 막혀서 죽을 것 같은데 당신은 이 마당에 술이 입으로 들어가?"

아내는 더 이상 목청도 높이지 못했다. 제대로 밥을 먹지 못했고 황폐해진 가계의 현실만큼이나 모습도 초췌해져 갔다. 차라리 악쓰고 소리라도 질렀으면 싶었다. 병든 짐승처럼 시름에 잠긴 아내의 모습을 지켜보는 일이란 또 다른 고문이었다.

"왜? 술 좀 마시면 안 돼? 나도 당신처럼 맥없이 손 놓고 퍼질러 앉아 있을까? 왜 자꾸 사람 힘을 빼고 그래!"

나는 부러 화난 척 소리를 질렀다. 장사가 안돼서 망하는 것보다 삶의 의욕을 잃어가는 아내의 모습이 더 불안했다.

"또 다른 기회가 있겠지. 살려고만 하면 얼마든지 살아갈 수가 있어. 제발 옆에서 기죽이지 말라고!"

어떡하든 아내를 자극하려고 나는 더 큰소리를 냈다.

"당신 하고 싶은 대로 해."

아내는 낮은 목소리로 대꾸했다. 나는 정말로 화가 났다. 아내 때문은 아닐 것이었다. 도무지 열리지 않는, 열어볼 수 없는 꽉 막힌 삶의 출구 때문이었다. 세상이라는 대상이 형체가 있다면 해머를 들고 마구 부숴버리고 싶은 충동이 치솟았다.

나는 음료 냉장고를 걷어찬 뒤 식당을 나섰다. 식당 입구에는 아내가 뿌려둔 굵은 소금 알갱이들이 볼썽사납게 흩어져있었다. 소금 뿌린다고 장사 잘 될 것 같으면 열 가마니 백 가마니라도 뿌리겠다며 매번 말렸지만 아내는 듣지 않았다. 어쩌면 그렇게라도 해서 아내는 속에 쌓이는 화를 풀었는지도 몰랐다. 음력 초하루나 관음재일에는 꼭 절에 나가던 아내였는데 장사가 안 되고 경제적으로 힘들어지자 재적 사찰과의 인연을 끊었다.

"교회나 가야 되겠어."

실제 교회를 다니지는 않지만 아내는 장사를 위해서는 교회에 나가는 게 낫겠다고 했었다. 교인들은 단결력이 강해서 분명 식당에 도움이 될 거라는 이유였다. 한 때 사찰에서 부목노릇을 했지만 나는 종교를 상관하지 않는 사람이었다. 교회를 가고 싶은 사람은 교회를 가는 것이고 성당을 가고 싶은 사람은 성당을 갈 수 있는, 그것은 헌법으로도 보장된 자유였다.

"검은 고양이든 흰 고양이든 쥐를 잘 잡는 게 좋은 고양이지 뭐. 절이든 교회든 무슨 상관이야."

아내는 혹시 교회라도 나가게 되면 내가 뭐라고 할까봐 지레 짐작이라도 하는 것 같았다. 나는 대꾸하지 않았다. 흰 고양이인지 검은 쥐인지 관심을 가질 만큼 마음의 여유가 없었다. 교회를 다니든지 사찰을 다니든지 어디서라도 손님을 데리고 오면 그만이었다. 그래서 장사 좀 된다면, 살아있는 순간순간을 돈 걱정만 하는 대신 아내와 오붓하게 두런두런 이야기를 주고받고 싶었다.

그러나 말을 잃어버린 지는 오래였다. 대학을 중퇴해야만 했고 공사장을 떠돌면서 점점 말이 줄었다. 어떤 이야기를 하고 싶었지만 세상은 내 시시한 잔소리를 들어주는 대신 공세적인 질문을 퍼부었다. 사람을 가만두지 않았다. 나는 세상에 행복한 이야기만 가지고 있는 사람이 있느냐고 되묻고 싶었다. 잘난 사람들의 세상이 싫어졌다. 별로 내세울 것 없는 서민들이 세상을 떠받치며 열심히 살고 있는데 없어도 될 것 같은 사람들이 설쳐대는 게 역겨웠다.

'누구를 위해서 종은 울리는가?'

내 살림살이만큼이나 세상이 어지러웠다. 대통령 탄핵을 언급했고 국민들은 잘 알지도 못하는 사람이 나타나서 나라를 혼란에 빠뜨렸다. 많은 사람들이 세상을 바꿔야 한다며 촛불시위에 몰려나가고 있었다. 한 사람의 대통령이 탄핵을 당하든지 감옥을 가든지 그것이 내 삶과는 아무 상관도 없을 것임을 나는 잘 알고 있었다. 다만 슬금슬금 다가오는 겨울이 두려울 따름이었다. 꽃 피는 봄에 폐업한다고 해서 무슨 좋은 일이 생길 것도 아니겠지만 추운 날씨가 더 마음을 가라앉혔다.

'어디로 가나?'

아내가 의욕을 잃고 무력해진 건 당연한 일이었다.

나는 백화점 골목에서 연거푸 담배를 피웠다. 계획은 아무 것도 없었다. 아니, 어떤 계획도 세울 수 없었다. 뒷수습도 벅찼다. 내가 자의적으로 할 수 있는 일들은 없었다. 은행에서는 시간을 줄 테니 경매 개시 전에 대출금을 갚으라고 선의 아닌 선의를 베푸는 척했다. 더 이상 다른 사업을 시도해 볼 수 있는 어떤 여지도 없었다. 밀린 월세, 고기값, 공과금을 다 정리하고 나면 손에 남는 게 있을까 싶었다. 투자금의 십분의 일도 건지지 못하고 쫓겨난다는 게 실감이 나지 않았다. 어디로 돈이 사라진 건지 알 수 없었다. 월세 보증금 정도나 건질 수 있을까 싶었다. 이제 서울을 떠나야 할지도 몰랐다. 아무리 월세라고 하더라도 그 돈으로 네 식구가 함께 살 수 있는 방을 구하기는 쉽지 않았다. 옥탑 방에 살더라도 서울에 남는 게 생계에 유리하다는 것쯤 알고 있었지만 현실은 또 나를 어떻게 팽개칠지는 알 수 없는 일이었다.

슬픔은 더 큰 슬픔에 의지해야 위로될 수 있는 것인지도 몰랐다. 내 곁의 행복한 어떤 사람에게도 전화를 할 용기가 나지 않았다. 나는 5개월 전 나보다 더 큰 사업체를 망한 뒤 인근의 원룸을 얻어 지내고 있는 김영호에게 전화했다.

"영호!"

"네, 사장님. 안녕하세요!"

실의에 잠겨있을 것이라는 예상과 달리 그는 활기찬 목소리로 대답했다. 그는 한 달 월세가 2,100만 원씩이나 하는 요지에서 핸드폰 액세서리 및 팬시점을 운영하다가 영업부진과 불법건축물 관련 분쟁을 벌이다 폐업을 했다. 점포를 얻을 때는 별문제가 없는 줄 알았다가 인테리어를 하면서 건물의 일부분이 불법건축물이라서 철거해야만 했다. 결국 건물 원형대로 복원한 뒤에야 사업자 등록을 할 수 있었다. 불법 증설 부분을 철거하고 나니 점포의 모양도 볼품없어지고 면적도 삼분의 일이나 줄어들었다. 건물주는 처음부터 제대로 알아보지 않고 들어온 세입자의 잘못이라는 주장을 폈다. 이미 월세 200만 원을 깎아주는 것으로 피해 보상을 마쳤으므로 그 외는 아무 것도 동의할 수 없다고 버텼다.

김영호에 의하면 건물주의 거짓말이라고 했다. 우선 공사부터 진행하라고 해놓고는 나중에 딴소리를 하더라는 것이었다. 일말의 의심과 불안이 전혀 없었던 건 아니지만 이미 많은 돈을 집행했고 중간에 공사를 포기할 수 없는 상태라서 개업하게 되었다고 했다. 계약무효소송을 제기했지만 1심에서 패한 뒤 항소하여 재판 계류 중이었다. 1심 패소 원인은, 세입자의 계약사항 점검의무 소홀과, 무효를 주장하고자 했다면 사업자 등록 전에 불법건축물임을 확인한 즉시 공사 중지 후 이의를 제기했어야 한다고 했다. 건물주가 제시한 월세 200만 원 인하를 받아들인 것도 당사자 간 합의로 볼 수 있어 동일 사건의 이중 제소는 정당성이 없다는 판결 내용이었다.

나는 김영호와 초등학교 뒤편 작은 돼지껍데기 식당으로 갔다. 재래시장 같은 곳의 허름한 주점에서 거의 공짜 안주로 주던 돼지껍데기가 한창 인기를 얻고 있었다.

"그만 폐업해야지 더 이상은 못 버티겠어."

"문 닫기로 한 거예요?"

전화 목소리와 달리 그는 한층 초췌해져 있었다. 파마를 했던 머리를 자르고 모자를 쓰고 있었다.

"닫고 말고가 뭐 있어. 벌써 접었어야 했는데 혹시나 권리금 얼마라도 건질 줄 알고 버텼던 거지. 항소심은 어떻게 됐어?"

"그냥 항소만 한 거고, 이제 변호사 살 돈도 없어요. 포기했어요. 건물주한테 똘똘 엮인 게 분하네요. 차마 어떻게 할 수도 없고."

그는 막걸리를 마셨고 나는 소주를 마셨다.

"분하지. 나도 하루에 열 번은 칼 들었다 놔. 현성부동산 임사장 그 자식이 장난치는 거 다 알어. 증거가 없으니까 뭐라고 말도 못하고. 원래 내 가게 보러 온 사람이 있었어. 밤에도 와서 살펴보고 시장조사도 하고 분명 계약할 사람 같은데 언젠가부터 안 오는 거야. 내가 삼, 사천만 줘도 넘긴다고 했거든."

나는 컵에다 소주를 따라 마셨다. 내가 폐업의 상심에 시달리는 순간 누군가는 그 상황을 즐기며 내가 떠나기만을 기다리고 있다고 생각하니 쫓아가 그의 목이라도 찌르고 싶었다.

"공사하다 불법건축물 있다는 걸 알았을 때 스톱했어야 됐는데 건물주한테 속은 거죠. 구청에도 같이 왔다 갔다 해서 믿었는데 막상 사업자등록증 나오니까 입장 바꾸더라고요. 몇 번이나 각서 받으려다가 세입자 처지에 따지다가 밉보이고 나중에 계약 연장 안 해줄까봐 순순히 응했던 건데, 완전 낚인 거죠. 그놈은 어떡하든 내가 사업자 등록하기만 기다렸던 거예요. 법원에서 아무리 설명해도 안 통해요. 왜 그런 중요한 내용을 계약서로 쓰지 않았냐고 하는데 할 말 없죠 뭐. 그리고 불법건축물을 왜 세입자가 와서 원상복구 하느냐, 그건 다 건물주와 협의를 했기 때문에 진행된 걸로 볼 수밖에 없다는데 환장하겠더라고요. 건물주보다 판사가 더 얄밉더라고요. 안 당해보면 몰라요. 법이 무슨 약자를 보호한다는 건 다 개소립니다."

말을 꺼낼수록 말하는 사람의 입만 아팠다. 모든 잘못은 약자, 패자의 몫이어야 하는 세상이었다. 불판에 익어가는 돼지껍데기의 기포가 터지면서 한 번씩 "펑" 소리를 내며 튀어 오르곤 했다.

"일찌감치 공사판이나 다닐 걸 괜히 장사를 해가지고 말이야. 내가 세상 원리를 몰랐던 거야. 우리 같은 서민들이 무슨 돈을 벌 수 있는 세상이라고."

생각하고 싶지 않은 기억들이 강물처럼 밀려왔다.

"다 순실이 잘못 아니겠습니까?"

김영호는 농담을 던졌다.

아무리 신촌 요지라고 하더라도 1층 40평 점포를 보증금 3억에 월세 2,100만 원에 얻었을 때부터 그의 배포를 알아보기는 했었다. 보통은 그런 특수 매장은 프랜차이즈 직영점이 입점하는 경우가 대부분인데 김영호는 개인 사업자였다. 물론 그는 이전에 특수 상권에서 성공한 경험을 갖고 있었다. 강남역 부근에서 15평 점포를 보증금 1억에 월세 1,400만 원씩 내면서도 한 번도 적자를 본 적이 없었다고 했다. 그 때는 중저가 귀금속 액세서리점이었다고 했다. 신촌에 들어올 때도 그는 주위의 우려와는 달리 자신감이 있었다.

"고위험 고수익이라고 하지 않습니까? 어차피 장사는 목이 생명인데 비싼 데는 비싼 만큼 가치가 있다고 생각합니다."

그의 점포는 골목 안쪽에 위치한 내 식당 초입으로 신촌의 가장 비싼 자리였다. 유명 프랜차이즈 디저트 카페들이 입점했다가 다 손들고 나간 자리였다. 그것도 개인 가맹점이 아닌 본사 직영이었다.

"안테나숍이에요. 일종의 낚시질이죠 뭐. 프랜차이즈 가맹하는 초보 점주님들은 잘 모르거든요. 그냥 손님만 많으면 장사가 잘 되는 인기 아이템으로 생각하고 계약하거든요. 본사에서도 손해나는 거 다 알면서 광고하는 거예요. 가맹점 몇 개만 잡으면 그래도 남는 장사잖아요."

이전 매장이었던 S 브랜드 점장의 이야기였다. 장사 꽤나 한 경험으로 아무리 따져 봐도 절대 이익이 날 수 없는 구조였다. 돈을 찍어내는 조폐공사가 아닌 이상 그런 월세를 감당할 수 있는 품목은 없을 거라는 게 장사꾼들의 판단이었다. 그런 곳에 상권, 손익 등 전문 회계사들의 분석을 기반으로 하는 유명 프랜차이즈 본사들이 적지 않은 돈을 투자할 때는 다 그만한 까닭이 있었던 것이다. 말하자면 미끼를 던진 셈이었다. 프랜차이즈 수익구조라는 게 가맹점 개설을 통해 이익을 취하기 때문에 번화가에 직영점을 내고 광고에 열을 올렸다. 아무래도 사람들이 익숙한 브랜드에 신뢰를 갖게 마련인 허점을 노리는 것이었다. 품질 개선을 위한 연구개발비보다 광고비를 훨씬 더 지출하는 게 기업의 현실인 이유이기도 했다. 검은 고양이든 흰 고양이든 쥐를 잘 잡아야 좋은 고양이라고 할 수 있듯 품질 여하를 떠나서 장사는 높은 매출이 대수였다.

"누구 하나 감옥 갔다고 세상 좋아질 것 같지는 않고. 대통령이 바뀐다고 한들 그건 우리하고 별로 상관없는 얘기지."

김영호가 최순실 얘기를 꺼내서 나는 별로 관심도 없는 시국 얘기에 맞장구를 쳤다. 내 머릿속에서는 불안한 식당의 앞날에 대한 걱정이 떠나지 않았다. 식당폐업까지는 받아들일 수 있었다. 자영업자가 과다한 한국사회의 구조적 모순 때문이든 내 식당에서 파는 음식이 맛이 없었든 그런 이유라면 수긍할 수 있었다. 문제는 내가 영업부진과 자금난으로 식당을 매매하려는데 중개인과 건물주가 결탁하여 엄연한 내 돈을 탈취해 가는 것을 멍하니 지켜보고만 있어야 한다는 사실이었다. 구로에서 황소곱창을 운영하다 쫓겨난 김사장의 사례를 똑똑히 지켜보았으면서도 나 역시 비슷한 방식으로 당하면서 전혀 손을 쓸 방법이 없다는 게 더 괴로웠다. 권리금 한 푼 못 받고 무력하게 쫓겨나는 사정을 생각하면 치솟는 분노를 견디기 어려웠다.

"이 정권은 끝났습니다. 그래도 사업하는 사람들한테는 좀 부패한 정권이 좋은 건데."

"아니 영호, 건물주한테 그렇게 당하고도 어떻게 그런 소리를 해? 더구나 판사를 죽이고 싶었다는 사람이 부패한 정권이 좋다니 말이 되는 소리야?"

정치에 무관심해진지 오래였다. 정치 얘기에 응대한 건 울화가 치미는 식당 일을 잠시나마 잊고 싶었기 때문이었다. 중개인 생각만 하면 회칼이 눈에 어른거렸고 참기 힘든 살기가 뻗쳤다.

"두고 보세요. 정권 바뀌면 결국은 서민들만 더 힘들어질 겁니다."

"세상이 좀 더 깨끗해지고 공평해야 우리 같이 힘없는 사람들도 좀 보호받고 살 수가 있는 거 아냐?"

김영호는 어이없다는 표정으로 잠시 나를 바라보았다. 100만이 모이네 150만이 모이네, 날마다 촛불집회에 대한 뉴스가 넘치고 있었지만 나는 그런 집회에 참석할 생각을 한 적은 없었다. 관심도 없었고 기대도 하지 않았다. 행동으로 참석하기는커녕 그런 것 생각할 만큼 내 생활이 녹록치도 않았다. 단지 건물주나 기득권층은 왜 보수 정당을 지지하는지 궁금했다. 아니 정말 궁금한 건 내 자신이었다. 무엇을 두고 진보라고 하고 또 무엇을 두고 보수라고 규정하는가에 대한 정확한 개념도 없었지만 나는 어느 정당을 지지해야 좋을지 몰랐다. 따지고 보면 나 역시 저임금 근로자만도 못했지만 노동법상의 분류로는 사용자였다. 저녁에 아르바이트생 하나 두고 부부가 주 1회 휴무는커녕 365일 식당 문 한 번 못 닫는 처지였다. 하루 12시간 이상 일하는데도 가게 월세 내기도 빠듯했다. 명목상 사용자일 뿐이지 실질적 내용은 최저 임금을 보장받는 근로자만도 못했다.

"우리 같은 영세업자들은 범털도 아니고 개털도 아냐. 범털은 힘 있으니 걱정 없고 개털은 약자라고 국가에서 보호라도 해주지 우린 뭐냐고? 완전 잡털이야. 아무 데도 끼지도 못하고 국민 취급도 못 받고 힘도 없고 보호도 못 받고."

결코 무능력한 장사꾼의 넋두리는 아니었다. 국가는 은행대출금이나 금융거래의 조건으로 국세나 지방세 완납을 선결조건으로 장치했다. 빚 없이는 결코 장사를 할 수 없는 영세자영업자들에게 단 한 번의 주민세나 부가세 1기분도 밀리지 못하도록 통제하는 수단이었다. 폐업하거나 파산해서 도피하지 않는 한 세금만큼은 반드시 납부해야만 했다. 국세나 지방세 완납 증명서는 은행거래의 필수서류였다. 민간기업과 민간사업자 간의 거래에 국가가 세금징수의 편리를 위해 부당한 권력을 행사하고 있었다.

그런 의무를 강제당한다고 해서 국가로부터 어떤 보호도 받지 못하는 법의 사각지대에 놓인 계층이 바로 영세자영업자들이었다. 1시간 알바를 하다 말도 없이 사라져도 임금은 줘야 했고 그런 피해를 유발한 근로자에게는 어떤 제재도 할 수 없었다. 편파적인 근로기준법이었지만 지켜야만 하는 불합리한 의무만을 강요받고 있었다.

나는 식당 월세도 밀리는 형편에 국민연금은 말할 것도 없고 의료보험료를 낼 수 없었다. 의료보험공단에서는 수차례 보험료 납부를 독촉했고 미납 시의 강제조치를 문자메시지로 통보했다. 결국 의보 측에서는 장사를 해서 얼마씩 입금 되는 내 사업자 거래 통장을 압류하였다. 거의 100 퍼센트 신용카드 결제 사회에서 통장을 압류하는 건 나에게 이 나라 국민으로서 더 이상 존재할 수 없다는 강제 출국 명령과 같은 의미였다.

"통장을 압류하면 제가 어떻게 장사를 하나요? 그거 얼마씩 들어오는 돈으로 겨우 식재료 구매하고 하루하루 간신히 장사하는데요."

나는 의료보험공단을 찾아가 통장의 압류를 해제해 달라고 사정했다. 최소한 1주일만 시간을 주면 밀린 의료보험료의 일부라도 내겠다고 했다.

"저희가 선생님께 충분히 시간을 드렸잖아요. 저희 마음대로 하는 거 아닙니다. 독촉장 보내고 절차대로 하는 거예요. 체납 보험료를 내시지 않으면 압류해제는 안됩니다."

나는 참담했다. 나 자신을 위해서도, 자식과 아내를 위해서도, 내 부모를 위해서도, 사회나 국가를 위해서도 존재할 아무런 가치가 없는 무용지물의 쓰레기 같다는 비애감을 떨칠 수 없었다.

"…"

가뜩이나 말주변이 부족했고 구구한 사정을 늘어놓기를 싫어하는 성미여서 나는 다음 행동을 어떻게 해야 좋을지 몰랐다. 입이 타들어갔고 얼굴이 붉게 달아올랐다. 나는 의보공단 건물 2층 안에 있었고 만약 그곳이 9층이나 10층의 높이만 되었더라면 창문을 열고 뛰어내리고 싶었다. 의료보험료를 체납했다는 사실이 그렇게 한 인간의 자존감을 송두리째 무너뜨릴 것이라고는 생각하지 못했었다. 의료보험공단을 찾아갈 때만 하더라도 나는 내심 목청을 높여 따지려고 했었다.

"…해제 좀 해주세…."

한참 말을 잇지 못하고 서 있던 나는 가까스로 용기를 내서 다시 한 번 담당자에게 부탁하려던 순간이었다. 나는 왈칵 감정이 북받쳤고 그만 눈물을 쏟고 말았다. 그렇게 뜨겁고 걷잡을 수 없는 눈물을 흘리기는 처음이었다. 나는 부끄러웠고 차마 그 자리에 더 이상 서 있을 수 없었다. 사무실을 나와 급히 화장실로 향했다. 그리고 나는 세면기에 고개를 숙인 채 한참을 흐느껴야만 했다. 그 순간 죽고 싶은 마음뿐이었다.

'나 지금 마트야. 통장 풀렸어?'

몇 번이나 울리는 핸드폰을 받지 않았다. 상대방이 누구인지 확인할 필요도 없었고 확인할 기운도 없었다. 시장바구니에 물건을 담아놓고 카운터에서 내 전화를 기다리고 있을 아내의 모습에 생각이 미치자 비참함으로 압사당할 것 같았다.

나는 세면기 앞의 거울에 비친 세상에서 가장 못난 사내의 얼굴을 쳐다보았다. 비로소 이제 모든 것을 내려놔도 좋겠다는, 더 이상의 희망고문은 당하지 않아도 되겠다는 안도감이 들었다.

'그래 망하자. 세상이 받아주지 않는데 뭘 더 억지를 부려. 할 만큼 했어. 내 능력은 여기까지라고 증명됐잖아.'

수돗물을 틀어 세수를 한 뒤 나는 그만 의보공단 화장실을 나왔다. 알 수 없는 상쾌함마저 느껴졌다.

"박선생님."

내가 1층 계단으로 내려가고 있을 때 의보 측 담당자가 쫓아왔다. 나는 대답대신 잠시 그를 쳐다봤다.

"네?"

나는 자칫 욕을 뱉을 뻔했다.

'내가 내는 세금으로 월급 받아먹는 놈들이 니들이 뭔데 내 상전노릇을 하냐. 진짜 돈이 없어서 못 내면 밀릴 수도 있고 봐줄 수도 있는 거지, 없는 돈을 어떻게 만들라는 거야? 장사하는 사람 통장을 압류하면 그냥 죽으라는 거지, 사람 손발을 묶어놓고 뭘 어떡하라는 거냐고? 미친놈들! 재산이라고 빚밖에 없는데 명의상 집 있고 사업장 있다고 보험료는 높게 매겨놓는 게 정상이냐?'

의보공단을 찾아올 때만 하더라도 사실은 그런 말들을 퍼붓고 싶었었다.

"잠깐만 사무실로 올라오시겠어요. 국장님이 찾는데."

나는 그만 고개를 돌렸고 차를 몰고 의료보험공단을 나왔다.

'선생님 형편 되는대로 2개월 치는 바로 납부해 주십시오. 사정이 어려우신 것 같아서 저희가 규정을 어기면서 선생님 통장만 해제해 드리는 겁니다. 아무쪼록 장사도 잘되시길 바랍니다.'

웃어야 할지 울어야 할지 몰랐다. 의보공단 직원이 보낸 문자였다.

그 정부가 보수정권이든 진보정권이든 나는 상관없었다. 올바른 정부라면 내가 경험했던 그런 비상식적이거나 법의 사각지대에 놓인 힘 없는 서민들만큼은 국가가 보호해 줘야 한다고 믿었다. 의료보험료 한 가지를 체납했다고 해서 어떻게 한 개인의 삶을 국가가 통째로 강제하는가를 받아들일 수 없었다. 나는 재산을 숨기고 탈세를 한 고의적 조세범도 아니었고 경제적 어려움을 당하고 있는, 그러나 매일 매일을 열심히 일하고 있는 성실한 시민일 뿐이었다. 차라리 의료보험료를 체납했으니 보험료를 완납할 때까지 의료보험의 수혜를 박탈한다면 모를까, 국가의 권력을 동원하여 어떻게 힘없는 개인의 삶을 전체적으로 말살시킬 수 있는 것인지 전혀 동의할 수 없었다. 더구나 나는 반사회적인 불량 국민도 아니고 내 재산이 없을 뿐 그래도 단 한 명이라도 직원을 고용하며 사회의 밑바탕을 떠받들고 있는 선량한 국민인데 말이었다. 내 것은 챙기지 못해도 국가의 세금은 징수 당해야 하는, 더 없이 만만한 국가의 밥이었는데.

"지금 상황으로 보면 어쨌든 정권은 분명히 바뀔 것 같아요. 촛불시위 하는 사람들이 주장하는 게 뭐예요? 부정부패 없애고 공정한 사회를 만들라는 거잖아요. 만약 다음에 진보 정권이 들어서면 이 사람들이 시민들에게 빚 진 게 있는데 가만있겠어요? 적폐청산이다 뭐다 요란할 거 아녜요? 아마 엄청 흔들어낼 겁니다. 그럼 누가 피 볼 것 같아요?"

김영호가 무슨 말을 하려는지 감이 잡히지 않았다. 내 생각은 건물주와 부동산 중개인에게 빠져있었고 언제 문 닫을지 모르는 식당에서 벌레처럼 꼼지락거리고 있을 아내가 신경 쓰였다. 삶의 작은 끈 하나라도 놓지 않으려했던 아내의 지난날들이 안타까웠다. 망속사의 주지는 그런 법문을 했었다. 기왓장을 간다고 해서 거울이 되는 건 아니라고. 결과적으로 아내도 나도 너무 오랫동안 무모한 짓을 하고만 꼴이었다.

"장사하는 사람들이 놓치는 게 있어. 투자한 돈만 생각하고 접을 줄을 몰라. 아닐 때는 하루라도 일찍 빼야 되는 거야. 안 되는 곳에서 붙잡고 늘어져봐야 돈은 돈대로 깨지고 더 중요한 건 기회를 놓친다는 거지. 기회비용을 가볍게 생각하면 안 돼. 장사고 뭐고 한 살이라도 젊을 때 하는 거지 나이 먹으면 사람도 안 따르고 돈도 안 붙어."

풍선생의 일갈이었다. 열 번 백 번 지당한 말이었지만 삶의 실상이라는 건 노름판 화투장처럼 그렇게 쉽게 넣었다 뺐다 할 수 있는 것은 아니었다. 모가지까지 물이 차오르는 걸 알면서도 포기하기 어려운 게 살림살이였다. 더구나 쥐고 있는 게 그 게 다인 영세한 식당 주인으로서는 별다른 선택의 여지도 없었다.

결국 폐업 목전까지 오고 말았지만 나는 식당을 살리려고 노력한 것만큼이나 식당에서 벗어나려고 애썼지만 발을 빼지는 못했다. 발을 빼나마나 별반 상황이 다를 게 없었기 때문이었다. 손해가 나더라도 얼마씩 팔아서 급한 데부터 일부라도 돈을 돌려야만 하는 구조적인 모순에 갇혀있었기 때문이었다. 은행이자와 세금 등이라도 내면서 시간을 끌어야 다음 기회라도 엿볼 수 있었다. 문을 닫으면 모든 것은 동시에 멈추게 되고 나는 실업자가 된 순간 은행 빚부터 갚으라는 독촉에 시달리다가 강제로 법적조치를 당해야 하는 예정된 순서를 밟아야만 했다.

Cash flow — 물결처럼 돈은 흘러야만 했다. 나는 일시적인 응급처방이라는 걸 알면서도 버틸 수 있을 때까지는 버텨야만 하는 처지였다. 이미 실질적인 내용상으로는 부도상태에 빠져있었다. 서둘러 폐업을 한다고 해서 다른 대책이 있는 것도 아니어서 그나마 희박하지만 가망이 있는 곳에 기댈 수밖에 없었기 때문이었다.

"뭐가 바뀌어도 바뀌어야지. 점점 장사하기가 힘들어져. 십 년 전에 삼계탕 한 그릇에 1만 원 받았어. 그때 아줌마들 월급 130만 원 줬어. 지금 삼계탕 한 그릇 13,000원야. 아줌마들 월급 240만 원이야. 월세도 2,3백만 원 하던 게 4,5백만 원으로 다 두 배 가까이 올랐잖아. 이게 정상야? 직원 1명만 써도 최저임금 지켜줘야 되고 퇴직금 지급해야 되고 정부에서 세금만 뜯어가고 자영업자들이 봉이냐고. 매출은 전부 카드 써서 십 원도 누락시키는 것도 없고 고스란히 세금 떼 가면서. 최저임금도 못 버는 구멍가게 주인하고 삼성전자 대표랑 어떻게 같은 사업자냐고?"

나는 괜한 핏대를 올렸다. 물론 삼계탕 가격이나 직원 임금, 월세 등은 내가 운영했던 식당의 실제 비교 수치였다. 경험적 사례들이었다.

삶의 현장으로 다가갈수록 국가는 서민보다는 더 가진 사람이나 권력자를 보호하는 존재라는 게 여지없는 사실로 드러났다. 상가임대차보호법만 해도 그랬다. 정부에서 영세자영업자를 보호한다고 입법화하자 법령이 공표되기 전에 임대인들은 미리 월세를 올려버렸다. 차라리 입법 전에는 건물주와 세입자 간 인간적 소통의 여지라도 있어서 장사가 안 될 때는 임대료를 동결하기도 했다. 그러나 임대료 상한선을 입법화 하자 건물주들은 매 년 상한선만큼은 꼬박꼬박 임대료를 올리라는 취지로 받아들였다. 결과적으로 임대료 폭등을 불러일으켰다. 서민을 보호하려는 정부의 입법 취지와 달리 어떤 정책을 내놓을 때마다 현실은 서민만 더 죽이는 결과를 초래했다. 알 수 없는 일이었다.

"이번처럼 국민들이 피 한 방울 안 흘리고 권력을 끌어내린 적은 없을 거예요. 4.19나 5.18 때 얼마나 많은 사람들이 희생됐어요? 독립운동하다 죽은 애국지사들도 많잖아요. 결과가 어떻게 됐나요? 옳은 일을 위해 희생된 사람들이 나중에라도 보상을 받고 우리 사회의 리더로 자리를 잡았나요? 광복 후에도 친일파들이 득세했잖아요. 자본주의사회는 정의 이런 거 하고는 거리가 멀어요. 괜히 또 무슨 서민들 위해서 입법한다고 요란 떠는 순간 거꾸로 서민들은 다 죽었다고 복창해야 됩니다. 지금 대기업들이 유보금 쌓아놓고 풀지를 않는다잖아요. 태풍이 지나갈 때까지 기득권자들은 안 움직일 겁니다."

"그건 맞는 얘기야. 노무현 정부도 아무 것도 못했잖아."

나는 김영호의 얘기에 공감했다. 상황은 또 그렇게 흘러갈 것 같았다. 상가임대차보호법처럼 서민들 위한다고 새로 집권하는 진보 정권에서 뭘 만드는 순간 예상과 달리 엉뚱한 결과가 나올 것 같았다.

"고래싸움에 새우등 터지는 것밖에 없어요. 기득권자들은 버틸 힘이 있어요. 새로운 정부가 들어서서 뭘 한다고 하면 기득권자들은 바싹 엎드려서 꼼짝도 안 할 거예요. 그나마 돌던 돈도 숨어버리면 서민들만 더 힘들어지는 거죠. 하루 벌어서 하루 먹고 사는 게 서민들인데 서민들이 무슨 힘이 있나요? 아무리 촛불시위를 하고 지지한 세력이 집권해서 새로운 정치를 펼친다고 해도 당장 내가 죽게 생겼는데 버틸 재간이 없죠."

사실은 나는 정부고 건물주고 탓할 계제도 아녔다. 모든 것은 결론이 났고 나는 강물에 떠밀려가는 짐승의 사체처럼 이제 또 어디로 흘러갈지 모를 암담한 현실을 마주해야 할 뿐이었다. 김영호의 이야기는 토씨 하나 그른 게 없다고 생각했지만 한편으로는 공허한 기분을 떨칠 수 없었다. 정부나 세상을 비토 한다고 해서 내 삶이 달라질 것도 아니고 그런 기대라면 버린 지 이미 오래였다.

"보수 언론들이 진보세력이 경제 망쳤다고 떠들기 시작할 거고 그럼 또 보수정당들이 진보정당을 흔들어대겠죠. 늘 그런 식이었잖아요. 진보정권이 국민을 위해 개혁을 하고자 하는 의도를 알고 있어도 서민들은 그 때까지 기다려줄 힘이 없는데 어떡해요. 결국 여론이 다시 혼탁해지고 진보정권은 경제에 무능하다는 프레임에 갇히면 게임은 끝나는 거예요. 진보정당이 집권하면 살기 힘들다는 여론에 휩쓸리게 되면 개혁은 물 건너가는 거죠. 그때쯤 되면 샤이 보수들이 슬슬 기어 나와서 다시 활동할 거고요. 이래저래 깨지고 터지는 건 서민들이예요. 서민들은 진보도 보수도 될 수 없어요. 그냥 밑바닥인 거죠. 진보를 위한 밥, 보수를 위한 밥이라니까요. 그냥 아무 것도 아닌 좃밥이에요. 내가 볼 때 이런 악순환이 더 심해질 것 같습니다. 더 가난해지고 더 부자 되고 양극화 되는 거죠. 이제는 예전처럼 작은 식당 하나 차리는 것도 쉽지 않을 거라고 봐요."

나는 더 이상 돼지껍데기 식당에 앉아 있을 수 없었다. 아내의 전화가 없는 게 더 불안했다. 돼지껍데기 주점에도 우리 외에 손님이 없었다. 여주인이 다가와 "맞아요. 진짜 점점 없는 사람들만 죽어라 죽어라 한다니까요" 하고 맞장구를 쳤다.

나는 김영호를 식당 주인에게 떠맡기고 그만 일어섰다.

'밥? 좃밥?'

통장 압류 해제를 위해 의보공단에 갔을 때도 그렇고 나는 비로소 이제깟 내가 먹고 살겠다고 식당을 차려서 고생한 결과가 무엇인지를 분명하게 알게 되었다. 세상 어디에도 내 밥은 없었다. 나는 그동안 누군가의 밥이 되었을 뿐이었다.

시골 친구 중에 키가 작고 체구가 왜소해서 이름대신 "쪼맹이"라는 별명으로 불린 친구가 있었다. 그는 늘 친구들에게 만만한 상대여서 좋은 샤프 펜을 뺏기기도 했고 다른 아이의 가방을 들어주기도 해야 했다.

"쪼맹이는 내 밥이야."

쪼맹이 만큼이나 약골이었던 한 친구도 그를 보면 늘 의기양양하게 큰소리를 쳤다. 나는 내 자신이 그 때의 친구처럼 또 다른 '쪼맹이'가 되어 세상 누군가의 만만한 밥이 되었다는 사실에 씁쓸함을 견딜 수 없었다.

탐비사안, 디몰

리조트의 어설픈 아침 한 끼를 먹고 나면 나는 야자나무 줄기처럼 시간의 바람에 흔들려야만 했다. 탐비사안비치를 개떼처럼 어슬렁거리다 탐비사안 원주민 마을을 얼쩡거리곤 했다. 상점을 기웃거리면서 점심이나 저녁거리를 염탐하기도 하였다. 바다처럼 무량한 시간을 깔고 앉아서 부실한 아침 한 끼로 버틸 수는 없었다. 컵라면이라도 사야 했고 바나나든 망고든 땟거리를 챙겨야만 했다.

나는 성지순례라도 온 것처럼 탐비사안을 걷고 걸었다. 탐비사안에서 삶의 중요한 깨달음이라도 얻을 수 있을 것처럼 마을 곳곳을 찬찬하게 살펴보았다. 상점들은 옹색했다. 물건을 팔고 있으니 상점이라고 할 뿐이었다. 어둡고 침침한 작은 가게들이었다. 그나마 건물 안에 자리를 잡은 상점은 나은 편이었다. 건물 외부에 처마를 낸 뒤 달랑 매대 하나 놓고 장사하는 곳들도 있었다. 냉장고커녕 얼음도 없이 대야에 놓고 파는 생선이나 돼지고기는 상하지 않았나 의심하지 않을 수 없었다. 파리가 달라붙었고 어김없이 몇 마리의 개들이 모가지를 길게 뺀 채 쪼그리고 앉아있었다. 화이트비치나 디몰 일대의 호텔에 숙소를 정한 관광객이라면 알 수 없는 보라카이의 내밀한 모습이었다. 가이드는 관광객들에게 그런 곳을 보여주지는 않으려고 할 테니까.

탐비사안 거리 양쪽에는 작은 상점들이 숨어있었다. 제대로 된 간판을 걸어둔 집은 없었다. 과자를 팔면 과자가게, 생선을 팔면 생선가게였다. 술과 담배를 주로 파는 가게, 저런 옷도 팔릴까 싶은 헌옷을 쌓아둔 가게도 있었다. 채소와 과일을 파는 야채가게, 이것저것 되는대로 구색을 갖춘 잡화점 형식의 구멍가게 따위였다. 상점들은 초라하고 남루했지만 각각의 특색을 갖고 있기는 했었다. 무언의 약속을 한 것처럼 상점들은 서로 겹치는 상품을 피하고 있었다.

하지만 서울의 사정은 달랐다.

"이건 반칙이죠. 어떻게 한 건물에 같은 업종을 두 개씩이나 줘요. 세입자들끼리 피 터지게 싸우든지 말든지 건물 월세만 받겠다는 거잖아요."

같은 건물에 유사한 업종이 들어오게 되면 기존의 점주가 반발했고 건물주는 물론 신규 입점하는 사람까지 모두 껄끄러운 적이 되어버렸다. 매일 마주치면서 대화는커녕 서로 눈도 마주치지 않으려했던 비정한 경쟁을 일삼아야 했다.

나는 여전히 장사꾼 습성을 버리지 못했다. 장사하던 관념이 아직도 독사의 혀처럼 번득대며 내 영혼을 지배하고 있었다. 장사꾼의 훈습(薰習)은 페인트 안료보다도 침투력이 강해서 시간이 흘러도 잘 지워지지 않았다. 누군가 수완을 발휘해서 가게를 더 크게 확장하고 조금만 인테리어를 신경 쓴다면 다른 가게들과의 경쟁에서 압도적으로 이길 텐데 그런 차별화된 상점을 찾아볼 수 없었다. 탐비사안 사람들끼리의 암묵적인 약속이거나 오래된 전통인지도 몰랐다. 자기 방식의 삶을 고수하면서도 상대방의 삶을 존중해 주는, 서로 건드리거나 깨뜨려서는 안 될 엄중한 묵계(默契) 같은 것일 수도 있었다.

물론 그곳은 탐비사안 거리였다. 보라카이의 상징이라고 할 수 있는 화이트비치 디몰과는 달랐다. 화이트비치에는 화려한 호텔, 음식점, 술집 들이 더 많은 관광객을 끌기 위해 치열한 경쟁을 벌이고 있었다. 심지어 현지인들조차 표정이 달랐다. 탐비사안 사람들은 해변을 어슬렁거리는 보라카이 개들처럼 느리고 한가한 반면 디몰 사람들은 자스퍼네 식당에서 보았던, 사라진 바퀴벌레처럼 민첩했다.

"마싸쥐이! 마싸쥐이!!"

마사지를 하라며, 디몰 거리를 오가는 사람들 옆에 바싹 따라붙어 집요하게 추근거렸다. '마싸쥐'라는 이름의 끈끈한 쥐 한 마리가 사람의 등 뒤에 달라붙어 뾰족한 주둥이를 처박고 기어이 등골이라도 파먹고야말겠다는 기세였다.

'탐비사안에 남을까? 디몰로 나갈까?'

한국에서 미리 예약한 보라카이 탐비사안 리조트에 도착했을 때는 현지 시각으로 오후 3시쯤이었다. 칼리보공항에서의 입국 수속은 지루하고 길었다. 따듯할 거라는 예상과 달리 장맛비처럼 큰 비가 쏟아지고 있었다. 중동계로 보이는 두 명의 외국인이 쉽게 창구를 통과하지 못하고 입국관리원으로부터 여러 가지 조사를 받았다.

"당신은 왜 이렇게 여기에서 오래 머물려고 하죠?"

마침내 차례가 되어 내 여권을 들고 관리원이 물었을 때, 나는 뜻밖의 질문에 당황했다. 어쩌면 내가 삶의 모든 것들을 포기할지도 모르는, 내 불순한 저의를 알고 있기라도 한 것 같았다. 더구나 나는 서 있었고 유리칸막이 안에 앉아서 안경을 쳐들고 치뜬 눈으로 질문하는 여성 심사원의 표정은, 마치 범죄자를 취조하는 형사처럼 날카롭게 비쳐서 나는 자못 긴장이 되었다.

"오래 쉬었다 가려고요."

나는 최대한 온유한 표정을 지으며 대답했다.

"이 비자로는 30일 이상 머물 수 없습니다. 나중에 출입국관리소에서 비자를 갱신해야만 합니다."

옆자리에 앉은 직원과 타갈로그어로 대화를 주고받은 담당자가 말했다.

여권에 찍어준 도장의 날짜를 보니 내가 체류할 수 있는 기간은 입국일로부터 30일 동안이었다. 인천공항에서 칼리보공항까지 비행기를 타고 왔던 4시간 남짓한 시간보다 칼리보공항을 통과하여 보라카이로 가는 시간이 더 멀고 험하게 느껴졌다. 칼리보공항에서 보라카이로 들어가는 배를 타기 위해 파나 섬 북단 카티클란으로 가는 길은 마치 수백 년 전으로 시간을 거슬러 올라가는 기분이었다. 길은 구불구불했고 간혹 산모퉁이를 돌아갈 때는 납치당하는 것 같은 공포감마저 느껴졌다. 오른쪽으로 눈을 돌리면 키 큰 야자나무 숲 너머 푸른 파도가 울렁댔고 왼쪽에는 간헐적으로 작은 마을을 지나치곤 했다. 뜨거운 태양이 빛나는 녹색거리들은 안전한 평화로움보다는 낯선 이질감을 불러일으켰다. 지금까지 한 번도 경험해 보지 못한 위험한 세계, 야수들이 살고 있는 정글로 빨려 들어가는 느낌이었다. 낡은 자동차의 불편한 승차감 때문이었는지도 몰랐다. 아니, 나는 그 시간 어떤 아름다운 세계로 간다한들 들뜬 여행자가 될 수는 없는 침울한 기분이었다. 내 생의 신호등에 켜진 빨간불, 퇴각명령에 쫓기고 있었으니까.

나는 패키지 단체 여행도 아니었고 모든 수속을 직접 해야만 했다. 칼리보공항에서 카티클란으로 이동할 때 택시를 탔는데 그건 현명한 선택이 아니었다. 비단 비싼 요금 때문만은 아니었다. 봉고차를 탔더라면 다른 관광객과 함께 이동할 수 있어서 최소한 택시기사에게 납치당할 수도 있지 않을까 하는 불안에 시달리지는 않았을 것이었다. 나는 택시기사가 카티클란 부두로 가는지 아니면 오지의 산속으로 들어가는지 알 수 없었다. 혹시라도 일당과 합세하여 나를 패거나 칼로 찌르고 돈을 빼앗지는 않을까 하는 상상을 떨칠 수 없었다.

무사하게 카티클란 제티포트에 도착했고 방카, 판푸 보트를 타고 보라카이 칵반 선착장에 도착했다. 다시 리조트가 있는 탐비사안으로 이동해야만 했다. 트라이시클을 이용했다. 그때까지도 나는 여행객들이 SNS에서 남겨놓은 보라카이에 대한 환상을 느낄 수 없었다. 현지로 다가갈수록 오히려 모든 여행기들은 과장되었거나 유치한 호들갑처럼 느껴져 속았다는 기분마저 들었다.

트라이시클 운전기사는 큰소리로 인사하며 나를 반겨주었다. 그의 과장된 표정들이 오히려 나에게 의심을 샀다. 오토바이를 개조한 트라이시클은 소음과 함께 속력을 높일 때마다 힘에 부쳐 시커먼 배기가스를 내뿜었다. 경유 타는 매캐한 냄새를 맡을 때마다 보라카이가 아닌 기름 냄새가 풍기는 어두운 공장을 찾아온 느낌이었다.

마침내 나는 멀고 험한, 내 생의 종착지일지도 모르는 탐비사안 리조트에 도착했다. 조용하고 외진 바닷가는 전혀 세계적인 관광지라는 느낌을 주거나 어떤 설레는 기분도 자아내지 못했다. 옥빛 바다를 보고 안도했을 뿐이었다.

리조트에서 이틀을 묵고 났을 때 나는 비로소 보라카이의 사정을 짐작할 수 있었다. 화려하고 편리한 보라카이의 중심 번화가는 디몰이었다. 탐비사안은 보라카이 끄트머리에 있는 시골 바닷가였다. 바닷가 안쪽은 전형적인 필리핀 원주민 마을이었다. 탐비사안은 조용하고 한적했지만 불편했다. 현지인들 위주의 조그만 상점들뿐이었다. 상점은 작고 누추하고 불결했다. 더구나 외국인 처지의 관광객들에게는 불편한 것 투성이였다.

아이 어른 할 것 없이 남자들은 웃통을 벗고 돌아다녔다. 기후 탓이겠지만 양말이나 운동화를 신고 다니는 사람이 드물었다. 상점들은 꾀죄죄한 모습 대신 싼 가격을 불렀다. 어떤 원주민은 20페소를 들고 와서 양파 한 개와 풋고추 몇 개를 사 가기도 했다. 동전을 들고 와서 값싼 과자 한 봉지 사가는 아이처럼 달랑 낱개의 야채를 집어 들고 계산하는 사내의 모습은 신선하기까지 했다.

간혹 마을의 작은 성당 마당에서 농구를 하는 아이들을 만나기도 했다. 골목 안으로 들어가면 사람의 집들은 마치 가축을 키우는 우리 같았다. 허름하고 좁은 방안에는 어느 집 할 것 없이 아이들이 작은 동물 새끼들처럼 꼬물꼬물 거리고 있었다. 누구도 부자로 살지는 않기로 약속한 것 같았다. 곳곳의 텃밭마다 잡초만 우거져 있었다. 개떼가 천지였으니 개똥만 쓸어 담아 두어도 거름이 될 터였고 얼마든지 고추, 가지, 배추 따위의 채소를 가꾸어 먹을 수 있을 텐데 아무도 농사를 짓지 않았다. 천성적으로 게으른 따뜻한 지방의 민족성 때문인지 비와 태풍이 잦은 기후 때문인지는 알 수 없었다.

'가이사의 것은 가이사에게!'

그것이 아무리 빛나고 가치 있는 것일지라도 나의 것과 너의 것을 정해놓고 서로 침범하지 않기로 하는, 그 역시 탐비사안 사람들의 불문율이었는지 몰랐다.

나는 탐비사안 거리를 돌아다닐수록 점점 더 먼 시간의 기억 속으로 떠나야 했다. 탐비사안 풍경은 내가 자란 한국의 1970년대와 비슷했다.

어디든지 마찬가지일 것이었다. 보여지는 부분과 감추어진 부분은 다르게 마련이었다. 고가 명품으로 치장하고 연회장에 나왔다고 해서 실제로 그가 부유한 사람인지는 모르는 일이었다. 호텔에 여장을 풀고 레스토랑에서 맛있는 식사를 하거나 맑고 푸른 화이트비치에서 쉬다가 돌아간 사람의 보라카이와 탐비사안 원주민들 사이에 묻혀있는 나의 보라카이는 다를 수밖에 없었다. 관광객들이 예쁘게 화장한 보라카이의 얼굴을 보고 갔다면 나는 냄새나는 보라카이의 겨드랑이나 항문을 쳐다본 셈이었다. 보라카이에는 외국의 관광객들이 몰려드는 화려한 디몰도 있고 원주민들이 부락을 이루어 살고 있는 탐비사안 마을도 있었다.

탐비사안의 불편한 환경과 부딪칠 때마다 나는 디몰로 숙소를 옮길까 고민했다. 디몰은 편리했다. 크고 넓은 위생적인 마트도, 세계 각국의 음식을 파는 레스토랑도, 화려한 호텔도 디몰에 밀집해 있었다. 탐비사안 마을의 강아지나 고양이와 같이 사는 꼬질꼬질한 아이들 대신 디몰의 화이트비치에는 키 크고 날씬한 몸매를 뽐내는 비키니 차림의 현란한 세계의 미인들을 볼 수 있었다.

나는 결국 탐비사안 리조트에 머물기로 결정했지만, 체류비용이 훨씬 적게 드는 탐비사안 마을을 선택할 수밖에 없었지만, 뜻밖에도 탐비사안에서 그동안 미처 몰랐던 나 자신의 모습을 발견하게 되었다. 비로소 어디를 향해서 무엇을 얻으려고 그렇게 처참한 생활의 노예로 살아왔는지를 돌아보게 되었다.

'왜? 무엇 때문에?'

막이 올라가고 불빛이 들어오면서 연극이 시작되듯 정작 모든 활동을 멈춘 뒤에야 도시의 회오리에 갇혀 알아볼 수 없었던 내 초상이 조금씩 복원되기 시작했다.

'달마가 동쪽으로 간 까닭은?'

그건 내가 보라카이로 떠난 이유이기도 했고 그대로 삶을 포기하지 않을 거라면 내가 결정하고 풀어야만할 중요한 질문이기도 했다. 피할 수 없는 당위의 현실이었다. 아내의 침묵이 깨지기 전에 내가 먼저 찾아내야할 대답이었다. 시간이 흐를수록 몸속 세포들이 돌기처럼 들고 일어났다. 때때로 누군가 바늘로 심장을 찌르는 것 같았다.

리조트에서는 와이파이 신호가 잘 잡히지 않았다. 야외식당에는 무선 인터넷 공유기를 설치한 '와이파이 존'이 있었지만 이른 새벽이나 늦은 밤에 어쩌다가 운 좋게 잠깐씩 접속할 수 있을 뿐이었다. 야자나무 줄기가 사뭇 바람에 시달릴 때면 반사적으로 핸드폰을 확인하곤 했는데 와이파이는 미세한 신호조차 감지되지 않았다. 탐비사안이 보라카이의 외곽이었고 리조트 시설이 허름했던 까닭이기도 했지만 현지의 인터넷 환경 자체가 낙후되어 있었다. 현지의 통신사 스마트로 유심을 갈아 끼웠고 항상 데이터를 넉넉히 충전했지만 탐비사안에서는 제대로 이용할 수 없었다.

인터넷 사용자가 뜸한 늦은 밤에나 이른 아침이라야 와이파이 신호가 잡혔다. 카카오 톡 어플을 열고 아내이거나 아이들로부터 메시지가 들어온 것을 확인해야 할 때마다 불안감이 엄습했다. 이미 충분히 무능한 남편이며 가장인 것은 알고 있겠지만 그래도 한 가닥 희망은 버리지 않고 기대하고 있을 것 같았다. 누구보다도 아내는 내 소식을 기다리고 있을 것이었다.

'어떻게 한단 말인가?'

나는 끊임없는 질문으로부터 벗어나지 못했다. 시간이 흘러갈수록 희미했던 불안이 정체를 드러내기 시작했다.

'아버지 이제 들어오셔야죠.'

아이들의 메시지는 내게 분명한 의사를 전하고 있었다. 그동안 고생했으니 다 잊고 쉬다 오라던 처음의 인사는 결코 아이들이 바라던 속내가 아니었다. 가장의 무책임한 방임에 대한 냉정한 취조로 다가왔다. 식당 임대료를 밀렸을 때 건물주로부터 "부탁합니다"라며 독촉하던 목소리가 떠올랐다. 정중한 어조였으나 천근의 쇳덩어리처럼 무겁게 느껴지던 여지없는 압박감이었다.

'너는 이제 무얼 할 거냐?'

탐비사안비치에 서서 나는 푸른 바다에게 질문을 던졌다.

'너는 이제 어디로 갈 거냐?'

탐비사안비치에 서서 나는 흰 구름을 보고 물었다. 움직여야 했으나 몸은 굼뜨고 일으켜지지 않았다. 몸을 움직이기 전 생각의 방향을 정할 수 없었다.

나는 탐비사안비치를 어슬렁거리는 보라카이 개들을 흉내 내고 있었다. 30일을 넘기기 전에 비자를 연장해야만 했다. 불법체류자가 되면 벌금을 물어야 했고 출국할 때 곤란해질 것이었다. 물론 귀국할지 여부조차 결정하지 못한 상태였다. 주체적으로 판단할 수 있는 의지를 잃어버린 것 같았다. 삶의 치열했던 모습들은 사라졌고 나는 어느 것도 선택할 수 없었다. 편두통처럼 머릿속 한 곳에 똬리를 틀고 나를 비켜주지 않는 아내를 상대할 묘법을 찾을 수 없었다.

'이제 충분히 쉬었잖아. 피한다고 해결할 수 있는 문제는 아니잖아. 당신 생각이 있을 거 아냐? 나 혼자 어떡하라고 그래? 나는 다 받아들일 수 있어. 요새 일자리 알아보고 있어. 그만 돌아와.'

마침내 올 것이 오고야 말았다 싶었다. 아내는 더 이상 불안한 침묵을 견디지 못했고 내내 과녁을 겨누며 팽팽하게 당겼던 활시위를 놓고 말았다. 피할 수 없는 삶의 막다른 골목이었다. 아내에게로 돌아가야 했다. 보라카이에 들어와 어느 지역에 거처를 정해야 할까를 놓고 고민했던 것처럼 이제는 분명한 선택을 하지 않으면 안 되었다.

'탐비사안인가 디몰인가? 디몰인가 탐비사안인가?'

좀처럼 결정하기 힘든 화두였다. 세상은 내게 끊임없이 소비를 강요했고 나는 그 소비를 감당하기 위해 죽을 때까지 돈벌이에 미쳐야하는 도시의 벌레가 되어야 했다. 보라카이의 개처럼 시간을 비웃으며 탐비사안비치를 어슬렁거릴 것인가? 디몰 화이트비치 해변에서 외국 아가씨의 하얀 엉덩이를 훔쳐보면서 문명의 수혜를 누리는 대신 "마싸쥐이!"를 외치는 비루한 쥐 한 마리로 살아갈 것인가?

탐비사안에서는 가난해도 좋았지만 불편했고 디몰은 화려하고 편리했지만 그 소비를 감당할 재화를 마련해야만 했다. 당연히 고된 수고를 필요로 했다.

'물론 돌아가야지. 하지만 당신도 잠시 보라카이로 건너왔으면 좋겠어. 그동안 바쁘게 일만 한다고 차분하게 우리를 돌아볼 틈이 없었잖아. 무슨 큰 부자가 된 것도 아닌데 맹목적으로 돌진해 온 것 같아. 모든 걸 내려놓고 잠깐만이라도 우리 시간을 가져보자고. 여기는 가난한 원주민들이 살고 있는 마을이야. 그렇다고 이 사람들이 불행하다는 생각이 들지는 않아. 식당하면서 우리는 한 번도 여유를 누리지 못했잖아. 표 끊고 바로 와. 부탁이야.'

나는 아내에게 보라카이로 들어오라고 문자를 보냈다. 당장 아내에게 할 수 있는 대답이 그것뿐이었다. 아내가 온다면, 아내와 함께 속도를 모르고 살아가는 탐비사안 사람들과 탐비사안 풍경을 느껴본다면 우리는 뭔가 상실했던 삶의 본의를 되찾을 수 있을 것 같은 기대 때문이었다.

'나는 당신이 가정적일 줄 알았어. 애들하고 놀아주고 나랑 함께 시장 보러 다니고. 돈 없으면 어때? 함께 노력해서 먹고 살 수 있으면 되지. 당신이 자꾸 일을 벌일 때마다 솔직히 불안했었어. 남들보다 조금 초라해도 우리 형편에 맞게 생활했으면 지금처럼 힘들어지지는 않았을 거야. 껍데기가 중요한 건 아니잖아. 나는 보라카이 안 가.'

아내의 의사는 단호했다. 아내의 문자를 받고나니 누군가 쓰러져있는 나를 다시 한 번 짓밟기라도 하는 것처럼 처참했다. 깊이 숨기고 있던 내 속의 부끄러움을 상대방에게 들켜버린 기분이었다. 돈키호테처럼 오직 세상의 뒤꽁무니만 쫓아가려했던 맹목적 열망을 반성하지 않을 수 없었다. 영어 한 문장 수학 한 문제 더 풀고 명문대학 입학하는 것 말고 어떻게 살아가야 하는 게 중요한지를 가르쳐주지 않은 세상이 원망스러웠다. 솔뫼식당을 지키지 못한 것이 안타까웠다. 세상이 아무리 요란하게 깃발을 휘둘러도 거기에 속지 말았어야 했을 것은 바로 나 자신이었다.

'지나간 얘기를 해서 뭘 할 거야. 돌이킬 수 없잖아. 나도 이제는 어디서부터 뭐가 잘못된 것인지 알 것 같아. 남 탓 안 해. 궁극적인 원인은 나한테 있었어. 더 이상 세상의 청부 역할은 하기 싫어. 나는 더 있다 들어갈게.'

아내와 화해하는 일은 한편 세상과 악수하는 것이기도 했다. 서로의 진심이 닿을듯하면서도 아직 중요한 무엇인가가 빠져있는 듯해서 나는 아내에게, 세상을 향해서 성큼 다가갈 수 없었다. 모든 경쟁에서 패배하고 외국의 먼 섬, 으슥한 바닷가로 밀려난 뒤에야 나는 비로소 그 정체가 무엇인지를 알 것 같았다. 스물 몇 살 때부터 알게 모르게 내 등을 떠밀고 내 삶을 조종했던 감시자가 누구였는지를. 경주마처럼 앞만 보고 뛰라고 채찍질하던 그 불안의 정체가 무엇이었는지를.

도시벌레

끊임없는 부채질이었다. 갈비탕 서른 그릇만 팔고 삼겹살 10인 분만 팔아도 됐다. 음주운전 여부를 측정하는 경찰관처럼 도시의 사람들은 모두 "더! 더! 더!"를 외쳤다. 도대체 비상구를 찾을 수 없었다. 십 층인가 하면 이십 층을 올라가야 했고 또 삼십 층, 오십 층, 칠십 층, 백 층을 올라가야 했다. 끝은 보이지도 않았고 정상이 어디인지 가늠할 수도 없었다. 정상이 어딘지 안다고 한들 올라갈 수도 없는데 모두들 더 높은 곳으로만 고개를 돌리고 있었다.

"송충이는 솔잎을 먹고 사는 겨."

나는 비록 배우지 못했고 시대를 등지고 사는 촌구석의 무지렁이였을망정 아버지의 말을 새겨들을 필요가 있었다. 아무리 세상의 등쌀이 사나웠어도 남에게 강제로 떠밀리지는 말았어야 했다.

우리는 처음 시작한 식당의 상호를 '솔뫼식당'이라고 정했다. 식당이든 뭐든 장사를 처음 시작했던 나는 창업하면서 어느 것 하나 어렵지 않은 게 없었다. 사업자등록이라든지 영업신고증 이런 것들은 차라리 수월했다. 내가 식당 공사를 할 때 외식업협회 직원이 찾아왔다. 물론 그들은 회원으로 가입하게 하여 회비를 받자는 목적이었지만 그에 상응하는 요긴한 도움을 주기도 했다.

"당신이 생각해봐."

의외로 아내와 내가 오랫동안 고민한 것은 식당 상호였다. 우리는 서로 가게 이름을 지어보라고 미뤘지만 쉽게 떠오르지 않았다. 더구나 처음 선택했던 메뉴가 개고기였기 때문에 더 이름 짓기가 애매했다. 개고기 식당 대부분은 '영양탕' '보신탕' '사철탕' 그런 단어를 뒤에 붙인다는 것만 알고 있었다. 은행나무집·진미보신탕·싸릿골·은자네영양탕… 별별 이름을 갖다 붙여도 썩 마음에 드는 상호가 없었다.

"그냥 솔뫼식당으로 할 거야."

솔뫼는 내 고향 시골마을을 가리키는 이름이었다.

"그래. 차라리 촌스런 게 낫겠다."

내가 이름을 짓기는 하였으나 아내의 지적처럼 촌스럽다는 느낌을 떨칠 수 없었다.

전통개장국집 솔뫼식당 — 플렉스 간판에 붙인 이름이었다. 흰 바탕에 '전통개장국집'은 빨간색으로 '솔뫼식당'은 검은색으로 도안을 했다. 물론 나중에 요리를 바꾼 다음에는 '장닭백숙'이라고 간판을 고쳤다.

이면도로의 잘 보이지도 않는 구석에다 애견문화가 급속도로 퍼지는 시대에 개고기 식당을 차리고 나서 나는 죄인이 된 것처럼 불안하고 초조하기만 했다. 내가 생각해도 이런 후진 식당에 돈을 내고 음식을 사 먹으러 오지는 않을 것 같다는 열등감을 떨칠 수 없었다. 더구나 우리는 식당 간판만 걸어놨지 정작 요리에 대해서는 아는 게 없었다. 어린 시절 고향집에서 어머니가 끓여준 '개장국'을 먹었던 기억뿐이었다. 그런 음식을 파는지도 몰랐고 당연히 사 먹었던 경험도 없었다.

"괜히 태현이 그 놈 말을 들었나봐. 요새 누가 보신탕을 먹어? 집집마다 개 안 키우는 집이 없는데. 그냥 끽다거나 할 걸. 찻집 했으면 주방장이라도 안 써도 되지."

나는 보신탕집을 가르쳐준 고향 친구를 원망하기도 했다. 장사가 안 되다보니 혹시 그가 어린 시절에 품었던 열등의식 때문에 부러 나를 애먹이려고 그런 괴팍한 음식점을 하라고 한 게 아닐까 하는 의심도 들었다. 벼룩시장을 통하여 어렵게 주방장을 구해도 채 한 달을 버티지 못하고 가버렸다. 직원이 혼자인 데다 장사도 안 되고 사장이라고 아무것도 모르는 애송이 젊은 부부들이었으니 일하는 재미를 느끼지 못했을 것은 당연했다.

"어머니 개장국 어떻게 끓이셨어요?"

그때까지도 나는 부끄러워서 도심 뒷골목에 조그만 보신탕집을 차렸다는 사실을 누구에게도 알리지 못했다. 오히려 지인들이 알까봐 두려웠다.

"왜 뜬금없이 개장국여? 먹고 싶은 개비구면. 아무 때구 니려와. 전화만 하믄 아버지 보고 한 마리 만져 놓으라구 할탱께."

어머니는 내가 개장국을 먹고 싶어 하는 걸로 알았다. 나는 차마 단도직입적으로 개장국 끓이는 법을 알고 싶다고 말할 용기가 나지 않았다.

"그게 아니고요, 전에 어머니가 끓여주신 개장국이 맛있었는데 그게 생각나서요. 그거 어떻게 끓이셨어요?"

"뭘 어트케 끓여? 먹고 싶으믄 니려오라니께."

"아니, 끓일 때 어떻게 끓이셨냐고요?"

"야이가 왜 자꾸 아닌 밤중에 봉창 뚜드리는 소리만 한댜. 먹고 싶으믄 아무 때고 니려오라니께. 헛간이 뒤 마리 질르는(기르는) 놈 있어. 해줄텡께 니려와."

"그전에 어머니가 개장국 끓일 때 가마솥에다 뭐 넣고 끓였잖아요. 그것 좀 물어보는 건데."

"참말로 왜 자꾸 같은 말을 되풀이 한댜. 늫기는 뭘 너? 그냥 된장 늫구 삶넝겨. 냄새 안 나게 생강이나 뒤 쪽 집어늫구. 야이가 무슨 보신탕집을 하나 왜 자꾸 개 끓이는 걸 물어보고 그란댜."

나는 그때 언뜻 스치는 게 영감이 있었다. 어머니가 지나가는 말로 던진 된장과 생강에 주목했다. 더 이상 주방장을 쓸 형편이 아니었다. 나는 앞치마를 두르고 얼치기 주방장 흉내를 냈는데 도무지 어떻게 개장국을 끓여야할지 몰랐다. 잠깐씩 일했던 주방장에게 요리법을 부탁했었지만 "맨입으로 되나요?"라며 제대로 가르쳐주지 않았다. 자신만의 비법이라 가르쳐줄 수 없다고 했다. 가까스로 한두 가지 알아낸 건 삶을 때 망에다 고추씨와 양파, 생강을 넣는다는 것 정도였다. 특히 고추씨 넣는 게 비법이라면 비법이었는데 국물의 잡냄새를 없애고 개운한 맛이 나도록 해줬다.

사람들은 차츰 도심 뒷골목에 처박힌 내 식당으로 찾아오기 시작했다. 개장국의 비밀은 재래된장에 있었다. 어머니의 말과 기억 속 어머니의 동작을 통하여 나는 기어이 그 단순한 비밀을 알게 되었다. 슬슬 날이 더워지기 시작하자 식당에 손님으로 가득 차는 기적이 일어나기 시작했다.

"여보!"

처음으로 식당에 손님을 가득 채웠던, 내가 장사를 시작했던 그 해 오 월 어느 날이었다. 나는 장사를 마친 뒤 식당 문을 닫고 아내를 힘껏 끌어안고 소리쳤다. 그 순간만큼 완전히, 충분하게 기뻤던 적은 없었다.

"사장님, 장사도 잘 되시는데 마이너스 카드 하나 만들어두셨다가 또 사업 확장할 때 필요하시면 쓰시죠. 부채도 자산 아닙니까? 거래 안 하셔도 되니까 있다 은행에 오셔서 통장이나 하나 만들어주세요. 저희도 실적 좀 올리게 도와주세요. 대신 저희 회식은 무조건 솔뫼에서 합니다."

돈 냄새에 민감한 은행직원들이 단골을 가장하여 찾아왔다. 물론 이제 겨우 장사의 걸음마를 떼기 시작한 초보 사장으로서 내가 그들의 속내를 알 수는 없었다.

"사람이 말부텀 앞세우고 말이 너무 번지르르하면 못 쓰는 벱여. 말본새에 속지 말어. 말로 다하는 것 같으면 세상에 뭐는 못해. 못 배우고 모냥 빠져도 몸 쓰는 사람이 진실한 겨."

말이라면, 말본새 꾸밀 줄 모르고 제 몸에 밴 육성밖에 모르는 아버지의 말을 들어야 했다. 무성한 말들의 잔치였다. TV를 켜도 그렇고 회식하는 사람들을 보아도 풍성한 말들이 넘쳐났다. 경차나 소형차를 얘기하는 사람은 드물었고 벤츠나 람보르기니를 이야기 했다. 미국이 아니면 독일이었고 프랑스가 아니면 영국이었다. 망속사에서 부목이나 하던 처지였으니 그대로 머리 깎고 염불이나 하면 좋았을 사람이 겁없이 세파와 싸우자고 덤빈 건 아닌지 몰랐다.

조금씩 장사가 되었기 때문이었을 것이다. 장사가 되기 시작하자 내

가슴에도 없던 풍선이 매달리기 시작했다. 설마하니 꿈이라거나 희망 또는 목표라는 표현을 대신했던 그 풍선에 사린가스가 들어있을 줄은 몰랐다. 애드벌룬을 타고 어디까지라도 높이 날아갈 수 있을 줄 알았고 그것이 행복지도라고 믿었다.

　나는 C대학교 대학원의 '외식산업 최고경영자과정'을 다녔다. 일주일에 이틀 수업을 했고 1년 과정이었다. 800만 원의 수업료를 내야 했다. 학사 학위 이상을 소지한 사람들이 석, 박사 학위를 취득하기 위하여 다니는 정규과정과는 달랐다. 대체로 식당을 운영하거나 외식관련 일을 하는 사람들이 입학하기는 했으나 특별한 자격은 없었다. 입학 신청을 하고 수업료를 내면 그만이었다. 최고경영자과정이라는 그럴법한 명칭에 비해 하다못해 이력서 한 장 요구하는 것도 없었고 입학을 위한 단 한 가지의 시험도 보지 않았다. 기초적인 신상 정보를 제출하는 것이 전부였다.

　대학원 측에서는 더 많은 수강생을 모집하는 것만을 목표로 하는 것 같았다. 물론 공부가 명분이기는 하였으나 수강생을 모집하는 학교 측이나 입학하는 사람들이나 서로 구미가 맞는 부분이 있었기에 불필요한 절차를 따지지는 않았다. 산학협력이라는 말을 빌려 이제는 대학도 돈을 잘 벌어야 살아남을 수 있는 세상이 되었기 때문이었다. 학교 측에서는 경영대학원 최고경영자과정이라는 화려한 겉포장을 제공해 주는 대신 비싼 수업료를 챙겼고 입학생들은 돈만 주면 쉽게 들어갈 수 있는 곳에서 새로운 인맥을 쌓았다. 학력에 대한 열등감이 있는 어떤 사람들은 실제 석, 박사 과정의 그 대학원 정규과정을 졸업한 것처럼 이력서나 명함을 위조하기도 했다.

"강한 자가 살아남는 게 아니고, 살아남는 자가 강한 거 맞죠?"

"식당은 요리경연을 하는 곳이 아닙니다. 여러분들은 음식을 잘 만드는 것보다 많이 파는 게 목적인 사람들입니다."

최고경영자과정의 강사들은 매스컴을 통해 널리 알려진 유명한 사람들이었다. 그들은 성공의 신화만큼이나 화려한 입담을 갖고 있었다. 성공하기 위해서는 말기술이 필요했던 것인지도 몰랐다.

"여러분, 화장이 중요한 겁니다. 이쁜 여자보고 함부로 화장빨이라고 비난하면 안돼요. 뉴스 보면 상품보다 포장재가 더 비싸다고, 거품빼야 된다는 기사 보셨죠? 방송뉴스는 원래 그런 거 시비 거는 게 일이고 장사하는 사람들은 그런 말에 속으면 안 됩니다. 예쁘게 포장하고 선전하고, 장사는 품질도 중요하지만 광고가 훨씬 더 중요한 거예요. 우리는 학자가 아니에요. 돈 벌자고 하는 장사꾼입니다."

그는 강사 중에서도 특히 눈길을 끄는 사람이었다. 중견사업가치고는 마흔 살의 젊은 나이에 얼굴도 다시 쳐다볼 만큼 미남이었다. 목소리가 굵고 웅장해서 그가 말할 때는 오페라 가수 같다는 인상마저 풍겼다. 게다가 빈손으로 재래시장이든 마트든 어디든지 흔하게 깔려있는 흔한 과일을 가지고 연 매출 200억을 올리는 신화로 이미 방송에 잘 알려진 사람이었다.

"제가 사과나무를 심어봤나요? 제가 배나무를 가꿔본 적이 있나요? 제가 딸기가 어떻게 크는지 아나요? 제가 현장에서 직접 농사짓는 사람들보다 더 아는 게 있을까요? 과일농사를 왜 짓죠? 그 많은 과일을 혼자 다 먹으려고 농사를 짓나요? 세상의 모든 직업은 다 장삽니다. 뭐든지 팔지 않고는 살 수 없어요. 자본주의를 복잡하게 생각하

131

지 마세요. 자본주의는 장삽니다. 장사 잘하는 사람이 성공하는 거고 장사 잘하는 국가가 강대국인 거예요. 대학교수도 장사꾼하고 똑같다는 사실을 알아야 해요. 재미없는 강의, 수강생이 신청하지 않으면 끝이겠죠."

그의 입담은 찬란했다. 나는 그런 강의를 들어본 적이 없었고 그렇게 현란하게 쉬지 않고 길게 말을 내뿜는 사람을 본 적도 없었다. 혼이 빠진다는 표현이 이런 뜻이구나 싶을 정도로 그에게 빨려들었다.

"지식도 과일도 팔려야만 하는 겁니다. 교수가 실력만 있으면, 농부가 농사를 잘 짓기만 하면 되나요? 결국은 농부도 농작물을 팔아야 하고 교수도 지식을 잘 팔아야 합니다. 아무리 농사를 잘 지으면 뭘 하나요? 창고에 쌓아두면 그게 금이 되고 다이아몬드가 되나요? 자기 머릿속에만 지식이 있고 그걸 밖으로 펼칠 줄 모른다면 박사 학위 백 개를 갖고 있으면 뭘 하겠습니까? 사과밭에 떨어진 사과는 낙과일 뿐이지만 예쁘게 포장을 해서 백화점에 진열해 보세요. 그리고 대구사과라고 하는 것보다는 대구미인사과라고 하면 훨씬 더 주목을 받겠죠. 유행을 창조할 줄 알아야 합니다. 장사는 트렌드예요. 어떤 상품이 고객들의 관심을 끌고 있는지 알아야 합니다. 그래야 더 높은 매출을 올릴 수 있습니다. 장사는 다른 거 없습니다. 매출로 말하는 거예요. 결론은 세일즙니다!"

그뿐만이 아니었다. 식당 차릴 돈이 없어서 영업이 끝난 남의 조명가게에서 시작한 포장마차로부터 8개의 유명 외식 브랜드로 성장시킨 프랜차이즈 대표는 코미디언보다 더 능청스럽고 웃겼다. 외식공부를 하러간 건지 어떤 코미디언의 원맨쇼를 보러간 건지 혼돈될 정도였다.

'내가 정말 우물 안 개구리였구나. 나만 아무 것도 모르고 있었어.'

경영자과정의 대학원에 다닌 뒤 나는 몹시 부끄럽고 낯 뜨거웠다. 함께 공부하는 동기생들에게 명함을 내밀 수가 없었다. 그동안 음식점 하는 업주들의 모임인 온라인 네이버 카페에 내가 솔뫼식당을 차린 뒤 경험한 것들을 글로 써서 올린 게 후회되었다. 나는 그 카페를 통해서 최고위과정에 입학하게 되었다. 처음부터 무엇을 자랑하자는 의도를 갖고 글을 쓴 게 아니었다. 나는 요리부터 식당경영까지 모르는 것들을 질문하면서 별별 시시콜콜한 얘기들까지 다 밝혔다. 직원이 열 명, 스무 명씩 있고 식당의 규모나 매출액이 나와 비교되지 않는 사람들과 어울리고 보니 '하룻강아지 범 무서운 줄 모르고 설친 꼴'이 되어버렸다. 아무도 나처럼 제 속내를 드러내놓고 이야기한 사람들은 없었다. 누가 장땡이나 삼팔 광땡을 들은 줄도 모르고 끗수 들고 촐랑거린 것처럼 민망했다. 놀림 받은 것 같았고 속은 것 같았다. 저희들끼리 히죽거리면서 웃고 즐기려고 어린 광대 하나 세워놓고 "잘 한다! 잘 한다!" 박수치면서 찧고 까불러댄 것 같아 불쾌하기도 했다.

"솔뫼님, 정말 감동입니다. 최고예요!"

내가 카페에 글을 올리고 나면 조회 수가 높고 유독 〈댓글〉과 〈좋아요〉가 많았다. 나는 카페 닉네임을 식당 이름을 따서 '솔뫼'라고 지었다. 회원 수가 십만 명이 넘는 온라인 카페에서 나는 유명 인사가 되었다. 전혀 생각지 못한 결과였다. 카페라면 도시 거리의 커피숍을 가리키는 줄 알았지 인터넷 온라인에서도 그런 공간이 있다는 걸 몰랐었다. 그런 커뮤니티의 존재를 가르쳐준 것도 고향 친구 태현이었다.

"너 학교 다닐 때 공부하던 생각은 다 잊어. 장사는 실전이야. 공부보다 훨씬 어려워. 학교에는 선생님이라도 있지 이 바닥은 서로 다 잡아 먹으려고 하는 경쟁자밖에 없어. 뭐든지 스스로 찾아나서야 돼. 장사 안 된다고 손 놓고 있으면 누가 월세 내주고 밥 먹여주니? 하다못해 카페라도 가입해서 사람들한테 물어봐야지."

태현이 알려준 네이버 카페에 가입한 뒤 나는 하루에도 열 가지 스무 가지는 질문을 올렸다. 맛있는 재래된장 브랜드가 무엇인지 물었고 식당을 대로 쪽으로 옮기면 어떻겠냐는 상의도 했다. 심지어 부부싸움에 대해서도 질문을 올렸다. 지나치게 공짜를 바라는 손님에게 대처하는 요령이며 젊은 아내에게 집적거리는 나이 든 손님들로 인한 스트레스에 대해서도 속내를 털어놨다. 비단 식당경영과 요리에 대한 질문만이 아니었다. 인터넷 카페는 고된 식당 일을 하며 겪는 갖은 애환을 털어놓을 수 있는, 내게는 비상구 같은 곳이었다.

음식장사에는 막상 시작해보기 전에는 알 수 없는 많은 문제들이 숨어있었다. 우선 얼마씩이라도 팔아야만 하는 현실에 쫓겨 처음에는 겨를이 없었지만 점점 손님이 늘어나자 하나씩 둘씩 문제점이 드러나기 시작했다. 영세한 자영업자의 현실이 그렇듯 부부끼리 일하다보니 마땅한 대화의 상대가 없었다. 나는 네이버 카페 〈음식점 사랑방〉에 식당에서 벌어진 일들에 대해 일기를 쓰듯 글을 올렸다. 대부분 좌충우돌 하는 초보적인 이야기였는데 회원들의 반응은 민망할 정도로 뜨거웠다.

"솔뫼님 글이 안 올라오니까 카페 들어오는 맛이 안 나네요."

어쩌다가 바빠서 카페 접속이 며칠만 뜸하다 싶으면 회원들이 노골적으로 나를 찾을 정도였다. 회원들이 '솔뫼식당'을 번개 장소로 추천

할 때마다 부담스러웠다. 내 식당은 누추했고 주차장도 변변찮은 뒷골목이어서 같은 음식점을 운영하는 사장들과 비교되어 선뜻 초대하기가 껄끄러웠다.

"이런 코딱지만 한 식당 하나 하면서 유난을 떨기는."

혹시 개중에는 카페에서의 유명세에 비해 보잘 것 없는 식당을 보고 얕잡아보지나 않을까 싶기도 했다. 더구나 직원 한 명 없이 부부 둘이 운영하는 초라한 식당이었다.

알 수 없는 게 사람 인심이었고 세상 이치였다. 같은 식당을 하는 회원들끼리 모인 카페에서는 숱한 일들이 벌어졌다. 누가 장사가 잘 된다고 매출 공개하면서 한편으로는 권리금을 높여 식당을 매매하려고 하면 회원들은 그를 공격하여 아예 카페에 발을 붙이지 못하게 만들었다.

"그렇게 잘 되는 식당을 왜 팔아?"

"어디 와서 눈탱이를 치려고해, 사기꾼 같은 인간이!"

그들이 왜 나에게 우호적이었는지는 더 긴 시간이 지난 뒤에야 알게 되었다.

"우리 카페에서는 솔뫼님이 최고죠. 솔뫼님 없으면 우리 카페는 시체예요. 나도 장사하지만 장사꾼 얘기 절대 안 믿어요. 솔뫼님은 진짜 때가 안 묻었어. 완전 천연기념물입니다."

그랬던가. 말주변은 없었지만 혼자 일기를 쓰는 일은 익숙한 버릇이었다. 어디에서나 나는 일기를 썼다. 어떤 꿈과 목표를 갖고 희망에 부풀어 계획적으로 기록한 건 아니었다. 나는 늘 사는 게 힘들었고 중심으로부터 멀어져 있었다. 무리보다는 혼자였고 재미있는 일들이 없어서 무엇이든 끄적거리기를 좋아했다. 심지어 미운 사람 욕할 때도 글로 썼다.

사람들은 알고 있었다. 내가 작은 식당에서 부부 둘이 겨우 밥이나 먹고 살만한 생계형 장사를 하고 있다는 사실을. 나에게는 음식점 경영이라든지 요리법에 대해서 별로 배울 것도 없다는 걸. 단지 그들은 내 소박한 모습을 좋아했다. 누가 무슨 말을 하면 호기심을 갖고 귀담아 들었고 남 이야기에 쉽게 감동했다. 아이러니한 일이었다. 사람들은 자신에게 뭘 가르쳐주려는 사람보다 자신이 가르쳐주는 것을 잘 따르고 자신의 얘기를 들어주는 사람을 더 좋아했다.

내 성미도 그렇지 못했지만 나는 식당 초보자에 내세울 게 없었다. 그렇다고 강남 복판의 번듯한 빌딩에 규모가 있는 식당을 하는 것도 아니었다.

고개를 숙이지 않을 수 없었다. 벌거벗은 민둥산처럼 나를 가려줄 화려한 것들 하나 갖지 못했다. 본디 가난한 농부의 아들이었고 운 좋게 전셋집이라도 얻을 수 있는 아내를 만난 게 행운이었다. 아내를 만나지 않았더라면 나는 여전히 망속사에서 심부름이나 허드렛을 하면서 밥이나 얻어먹고 지냈을 것이었다.

"절집에서는 본시 헐벗지 않고 배만 곯지 않으면 되능기라. 돈 조아라카마 퍼뜩 저 아래 시상으로 니려가거래이."

망속사에 살았을 때 주지가 한 달 용돈을 주면서 건넨 말이었다. 봉투 속에는 십만 원이 들어있었고 초파일 때라든지 행사가 낀 달에는 이십만 원을 담아줬다. 밥 얻어먹고 잠자리 편한 것만으로도 만족했지만 봉투를 받을 때마다 주지에게 야속하다는 생각은 들었다.

내 조촐한 살림살이는 고스란히 드러났다. 나는 감출 수도 없었고 감출 것도 없었다. 사람들은 자신보다 확실한 약자에게 너그러웠다. 아니, 그 너그러움은 진정한 자비나 동정이 아닌 방심이거나 안심이었을지도 몰랐다. 나는 그들과 비교되거나 견줄 수 없는 장사의 하수였으니까 내게 발톱을 치켜세우지는 않았다. 그들의 상대가 되지 않는 현실이 내게 만만하게 호의를 베풀 수 있는 근거였을 것이었다. 나는 본디 허풍을 떨고 꾸미는 것과는 거리가 먼 태생적 쓸쓸함이 몸에 배어 있었다. 하나를 하나 이상이라고 말하지도 않았고 그렇게 포장하거나 꾸미는 사람들도 싫어했다. 내가 잘난 사람들에 대해 모종의 적대감을 가졌던 것도 그 성공신화에 가미된 거품을 보았기 때문이었다. 분명 식당 규모도 크고 매출이 높은 건 사실이었지만 가령 한 달 매출이 5천만 원이라면 남들 앞에서는 1억쯤 판다고 허풍을 치기 일쑤였다.

식당을 시작할 때만 하더라도 생활에 필요한 정도의 돈을 벌 수 있기를 바랐다. 사업이란 말도 익숙하지 않았고 식당이란 좋은 식재료를 사용하여 사람들에게 먹을 만한 음식을 제공한 뒤 그에 상응하는 돈을 받는 것으로만 생각했다.

그러나 세상의 이야기는 달랐다. 웅덩이 안에 살고 있는 올챙이에게 시냇가로 나오라고 현혹했다. 올챙이에게는 웅덩이도 충분하고 아직 헤엄치는 것도 서툰데 자꾸만 더 넓은 세계로 나오라는 강요였다.

더 큰 식당, 더 많은 돈을 버는 사람들의 이야기는 내게는 신대륙이었다. 아무도 '프라이드' 같은 소형차를 끌고 다니지는 않았다. 돈을 더 벌어야 했고 사업장을 크게 키워야 했으며 직원을 고용해서 그야말로 사장다운 지위를 누려야할 것 같았다. 식당은 왜 크게 운영해야 하

137

며 돈은 얼마 정도를 벌어야 하고 궁극적으로는 어떤 삶을 살아갈 것인지에 대해서는 생각이 미치지 못했다. 그것은 분명 선의였겠지만 세상은 내게 더 많은 것 혹은 더 큰 것만을 권유했다.

카페의 한 회원이 경영자과정을 입학하라고 했을 때 나는 내게 어울리지 않는 길이라고 생각했다. 부부 둘이 작은 식당을 운영하면서 외식사업 운운하는 표현부터가 썩 입에 달라붙지 않았다. 식탁 몇 개 늘어놓고 겨우 땟거리나 해결하는 형편에 경영대학원에 다닌다는 사실이 우스꽝스러웠다. 스스로 분에 맞지 않는 행세라고 느껴졌다.

"남이 장에 가니까 시래기 들고 쫓아간다고 사람이 제 분수를 모르고 경거망동하면 큰 코 다쳐. 뱁새가 황새 쫓아갈라다 가랭이 찢어지능겨. 다 지 밥그릇이 있는 건디 욕심만 갖고 되는 건 아니거든."

아버지의 훈수에는 헛된 욕심은 없었다. 아버지는 말한 대로 인생을 살다 떠나갔다. 태어날 때부터 고된 일을 해야만 하는 모진 숙명이었는지는 몰라도 고향에서 농사를 짓고 살았다. 죽을 때까지 가난하게 살다 떠났다. 시골의 낡은 집에서 어머니와 둘이 얼마 안 되는 농토에 벼농사를 짓고 고추농사를 지었다.

"나 먹고 남으면 자식새끼덜 좀 주고 뭐 그런 거지, 사는 게 별 수 있나?"

농약이나 농기구를 사야 될 때나 혹간 다쳐서 병원신세를 져야 했을 때를 빼면 시내에도 나가지 않았다. 아무도 아버지의 삶에 눈길을 주지 않았다. 배운 것 없고 기운 쓰는 몸뚱이밖에 달리 재주가 없던 한 농부의 초라한 생애였다. 세종 시에 제법 값나가는 땅 한 마지기가 있긴 했지만 아버지에게는 그저 변함없는 농토의 일부일 뿐이었다.

"기회 있을 때 돈도 벌고 사업도 키우는 거지. 박사장 맨날 소형차 타고 남의 집 셋방살이만 할 거야? 사장이 일하지 않아도 돈이 들어오는 시스템을 만드는 게 사업이지, 박사장처럼 주방에서 일만 하면 세상 돌아가는 것도 모르고 기회를 놓쳐. 판부터 키우고 더 큰 목표를 세워봐."

화려한 세상은 결코 아버지처럼 누추한 삶으로 고개를 돌리지 못하게 했다.

"여보 이제 장사도 어느 정도 되니까 나도 본격적으로 외식사업 공부도 좀 하고 그래야겠어. 이게 뭐야. 맨날 부부끼리 죽어라고 일만 하고. 당신 고생하는 것도 안쓰럽고."

가만히 있다가는 시대의 빠른 속도를 따라가지 못하고 도태되고 말 것 같았다. 세상의 모든 이야기는 "변화하라"는 아우성뿐이었다.

"우리가 아직은 그럴 때가 아니잖아. 그렇잖아도 요새 당신 그 카페 활동한다고 너무 밖으로 도는 것 같아. 나는 그냥 먹고 사는 걱정 없이 우리 식구끼리 오붓하게 살았으면 좋겠어. 자꾸 바람 들지 마. 하루에 삼십만 원만 팔아도 좋겠다고 생각한 때를 생각해봐. 지금은 그래도 그 정도는 넘었잖아. 당신 대학원 다닌다는 핑계로 일 못하면 사람 써야 되고 그럼 얼마 더 파나마나지. 뭐 하러 남 좋은 일을 해. 우리끼리 형편에 맞춰 살면 속편한 걸."

고단한 일을 마친 뒤 좁은 방안에 누워 낮게 속삭이는 아내의 말이 옳았는가 하면 가슴에 매단 풍선을 타고 하늘 높이 올라가라는 세상의 부채질도 거부할 수는 없었다. 아무도 작고 소박한 것이라든지 주위를 돌아보면서 느리게 걷는 게 더 중요할 수도 있다고 말해주지 않았다.

오직 더 힘차게 페달을 밟아야만 된다는 주문뿐이었다. 하지만 나는 쉽게 이정표를 세울 수 없었다. 세상의 바다를 건너는 일은 늘 어려운 숙제일 뿐이었다.

***

솔뫼식당은 동네에서 알아주는 맛집으로 자리잡아가고 있었다. 개고기대신 닭백숙에 재래된장을 풀어서 끓이는 '장닭백숙'과 '장닭죽'을 내놓았는데 손님들은 그 독특한 육수에 기대 이상으로 반응했다.

"어디 가도 이런 구수한 된장 백숙 맛은 없어. 최고야. 박사장 장사 잘 된다고 절대 변하지 말라고. 한국음식은 별 거 없어. 음식은 장맛이라고 자네처럼 진짜 담근 된장을 넣고 써야 돼."

손님들의 괜한 평가가 아니었다. 재래된장으로 만든 음식은 공산품 된장을 쓴 것과는 맛이 달랐다. 재료비가 서너 배 더 비싸게 들었지만 그만한 가치는 충분했다. 가격은 똑같이 받으면서 식재료 비율이 높으니 이익이 줄었지만 대신 손님이 많이 늘어서 결과적으로는 성공이었다.

음식에 눈을 뜰수록 식당운영의 비결은 간단했다. 내 경험으로는 반드시 원재료에 충실할 것이 첫 번째였다. 아무리 요리기술이 뛰어나고 다양한 소스를 개발한다고 하더라도 신선한 원재료를 대신할 수는 없었다. 장닭백숙에는 토종닭에 황기, 당귀, 헛개나무, 부처손, 가시오가피 등 약재를 충실하게 넣고 잘 익은 재래된장을 알맞게 푸는 게 중요한 요리비법이었다. 마찬가지로 추어탕에는 좋은 미꾸라지를 써야 하고 삼겹살구이는 돼지고기 원육이 신선해야 했다.

물론 시장의 욕구는 다양했고 변수도 많았다. 식당음식은 맛만이 아닌 가격과 서비스와 시설에 따라 얼마든지 가치가 달라질 수 있었다. 호텔 음식이 깊은 맛에서 오래된 식당에 뒤진다고 하더라도 화려하고 위생적인 시설 때문에 고객의 선호도가 높은 게 엄연한 현실이기도 했다.

"박사장 어쩌겠어? 우리가 버틴다고 되는 것도 아니고 그래도 이주비는 좀 준다니까 그거라도 받는 게 어디야."

1년 과정의 경영대학원을 마칠 때쯤 나는 새로운 식당을 구상해야만 했다. 어쩔 수 없는 타의에 의한 일이었다. 솔뫼식당 앞에 어린이공원이 조성될 예정이었다. 이미 공원조감도라든지 공사를 알리는 플래카드가 여러 곳에 걸려있었다. 솔뫼식당 자리는 공원진입로로 강제 수용되었다. 건물주가 서울시로부터 얼마의 보상을 받았는지는 알 수 없었다. 철거를 반대하는 상인연합회가 구성되었지만 힘을 발휘하지 못했다. 말만 거창한 상인연합회였지 영세상인 20명도 안 되는 소규모였다. 게다가 철물점, 구멍가게, 식당 등 오합지졸이어서 단합도 되지 않았고 회의를 해도 반도 모이지 않았다. 건물주 2명과 세입자 1명이 철거민 대표를 맡았고 모든 협의는 그들에게 일임하기로 하고 위임장에 도장을 찍었다.

"여보 이건 아닌 것 같아. 우리가 무슨 돈이 있다고 큰 빚을 내고 그래. 그리고 건물주한테 이주비 더 달라고 해. 그 사람들 실제 얼마 보상받았는지도 모른다며. 지금까지 어떻게 일군 식당인데 천오백만 원이 뭐야?"

건물주가, 구청에서 통보한 시일까지 식당을 폐업하는 조건으로 받아준 보상비가 고작 1,500만원이었다. 영업권 손실에 대한 배상은 그만두고 시설한 비용의 삼분의 일도 되지 않는 금액이었다. 아내는 억울하다며 분을 삭이지 못했다.

"이런 억지가 어딨어!"

아내는 소리를 지르며 눈물을 훔쳤다. 아내의 분노가 꼭 보상액이 적은 것 때문만은 아니라는 것을 나는 알고 있었다. 솔뫼식당은 우리의 모든 것이었다. 재산 가치만이 아니었다. 아무 것도 모르면서 생계를 위해 아내와 내가 속울음을 참으면서 겨우 살려낸 식당이었다. 두세 살 된 어린 아이들을 떼어놓고 온갖 고생과 노력을 쏟아서 일으킨 식당이었다. 개고기 식당을 한다고 아이가 유치원 또래에게 나쁜 사람이라고 놀림 받았다는 말을 들었을 때 아내는 어찌할 줄 모르고 당황했다. 장닭백숙을 만든다고 종일 닭고기만 먹기도 했었다. 그때의 질린 경험 때문에 아내는 좋아했던 치킨조차 입에 대지 않게 되었다.

"그동안 경험도 있고 오히려 기회가 될 수도 있어."

아내는 생각보다 깊은 실의에 빠졌다. 아내가 솔뫼식당에 대해 그렇게 깊은 애착을 갖고 있을 줄 몰랐었다. 아내는 나의 어떤 말로도 위로 받지 못했다.

"당신은 마침 잘됐다 싶은 거겠지. 같지도 않은 대학원 다니면서 겉멋만 들어가지고 남 보기 그럴싸하게 새로 차리고 싶어 하는 거 내가 모를 줄 알아? 누구 보여주려고 식당 해? 식당이 뭐 별 거 있어? 좋은 재료 사다가 정성껏 만들어서 사람들 먹게끔 해주면 되는 거지. 마케팅이 어떻고 트랜드가 어떻고, 식당 일이 몸으로 하는 거지 무슨 대단한 학문이라고 폼만 잡고 난리야. 그 시간에 성실하게 일을 해. 술이나 마시면서 입만 가지고 떠들지 말고."

아내는 내 속내를 꿰뚫어보고 있었다. 아내는 늘 나를 붙잡았다. 세상 저쪽으로 달려가려고 할 때마다 가지 말라고 말렸다.

"나도 처음에는 당신과 생각이 비슷했었어. 그런데 우리처럼 하면 진짜 밥이나 겨우 먹고 살 수 있어. 하루 평균 열다섯 시간 이상은 일했을 거야. 사실 월세 주고 세금 내고 재료비 빼면 남는 게 뭐가 있어? 중소기업 다니는 사람들 월급도 안 되잖아. 그 사람들은 근무시간이라도 있고 공휴일 날 쉬고, 우린 뭐야? 정말 이렇게 고생하면 돈으로라도 보상받아야 할 거 아냐? 나 대학원 다니면서 배운 거 딱 하나 있어. 장사꾼은 돈 못 벌면 아무 것도 남는 게 없대."

동네 이면도로에서 작은 규모의 식당을 운영했던 경험을 갖고 경쟁이 치열한 번화가로 나가는 일이 나도 불안하기는 했다. 나는 은행 빚을 내서 신촌에 새로운 식당을 준비하고 있었다.

"여러분, 장사 왜 합니까? 흔히 대기업들이 그런 말들 하죠? 고객의 입장을 생각하고 고객의 이익을 생각한다고. 그게 정직한 얘길까요? 대기업은 돈이 어디서 나죠? 대기업도 다 소비자한테 물건 팔아서 돈 벌고 그 이익금 가지고 사회봉사도 하면서 생색내는 거 아닙니까? 실제는 다 여러분들, 소비자들 돈이었잖아요. 정신들 차리셔야 됩니다. 식당 차리면 밥은 먹고 산다는 건 이제 옛날얘깁니다. 통계로도 나와 있어요. 창업자의 70% 이상이 5년 안에 폐업합니다. 일 힘들죠, 근무시간 길죠, 장사 좀 된다 싶으면 건물주들 월세 올려달라고 하죠, 세금 내야죠, 어떤 이유도 다 필요 없습니다. 장사해서 돈 못 벌면 끝입니다.

사회 봉사하려고 식당 차린 거 아니잖습니까? 꿩 잡는 게 매라는 사실 잊지 마시고 무조건 돈 버세요!"

외식업 관련 월간지 대표가 특강에서 한 말이었다. 장사가 돈 벌기 위한 것이라는 데는 어떤 토도 달 수 없었다. 빚까지 내서 겨우 식당을 차린 뒤 음식 팔아서 남는 게 없다면 아니, 남기는커녕 손해를 보거나 망해서 원금 날리고 빚만 남는다면 그보다 더 한 낭패는 없을 터였다. 솔뫼식당 초기에 손해를 감수하며 고생을 참고 이겨온 아내와 나는 누구보다 그런 사정을 잘 알고 있었다. 식당 하나 일으킨다는 게 얼마나 고된 노력과 정성을 쏟아야 가능한 일인가 하는 것을.

"세상이 얼마나 빨리 변하냐고. 우리 방식으로는 진짜 밥밖에 못 먹고 살아. 아파트값 오르는 거 봐. 애들 중학교 들어가면 돈도 지금보다는 훨씬 더 들어갈 텐데. 우리가 제자리에서 맴돌고 있을 때 세상은 보이지도 않게 달아났어. 바꿔야 돼. 메뉴도 바꾸고 인테리어도 트랜드에 맞게 세련되게 하지 않으면 손님을 끌 수 없어. 세상 추세를 따라가야지. 장사가 잘 되는 식당들도 전쟁이야. 매일 뭐 연구하고 직원들 교육시키고 그래. 대학원 강사들 그냥 책상물림한 사람들이 아냐. 처음에는 우리처럼 작게 시작했다가 프랜차이즈 기업 만들고 성공한 사람들이잖아. 그 사람들처럼 하지는 못해도 흉내는 내야할 거 아냐."

아내에게 설명하면서 나는 스스로 도취되었다. 아내가 말할 때는 아내의 말도 매우 현실적이고 옳은 말이었지만 내 말이라고 하여 틀린 것도 없었다.

'변하지 않으면 망한다!'

경영대학원에 다닌 뒤부터 내 머릿속을 사로잡은 생각이었다. 물론 현실적으로 식당운영을 잘해서 망하지 않고 먹고사는 게 우선이었지만 기왕이면 좀 번듯한 가게를 꾸리고 싶은 욕망도 없지는 않았다.

온라인 카페 〈음식점 사랑방〉의 유명인사가 된 뒤 회원들의 방문이 잦았는데 나는 그때마다 부끄럽고 낯 뜨거웠다. 대학원에서도 업소 탐방이라고 하여 원우들의 식당을 순차적으로 방문했는데 솔뫼식당이 명단에 올랐을 때 나는 대학원을 중퇴하고 싶었을 정도였다. 내 식당처럼 초라한 곳은 없었다. 주차장은커녕 40명의 원우들이 오면 앉을 자리도 빡빡했다.

"저희 식당은 정말 빼주세요. 가게도 좁고 메뉴도 그렇고 볼 게 없어요."

이렇다 할 직원도 없이 아내와 둘이 바쁘게 허둥대는 모습도 보여주기 싫었다. 이제껏 탐방했던 원우들의 식당과는 비교하는 것 자체가 무리였다. 나는 주임교수한테 어려운 부탁이라도 하는 것처럼 사정했다.

"규모가 크고 직원이 많다고 다 좋은 식당은 아니거든요. 트렌드라는 게 꼭 유행을 따라가라 의미는 아닙니다. 오히려 더 경쟁력만 치열하고 살아남기 힘들 수가 있어요. 장닭백숙은 전통요리를 발전시킨 독창성도 있고 다른 사람들이 함부로 따라할 수도 없어서 더 블루오션이 될 수도 있어요. 메뉴가 확실하고 이미지가 분명하잖아요. 그리고 원우님은 정직하게 재래된장을 쓰니까 음식의 기본도 충실하게 지키고 있고요. 일본에 100년 넘게 장수하는 가게들 대부분 작은 식당들이예요. 그런 식당들의 특징은 오래된 전통의 맛을 지키고 있다는 점이지 시설이나 규모 그런 게 아니거든요."

나는 교수의 진지한 눈빛을 보았다. 나의 열등감을 덜어주려고 없는 말을 지어내는 것이라고는 느껴지지 않았다. 교수의 이야기에는 식당을 운영하면서 내가 느끼고 있는 갈등에 대한 묵시적인 답변도 포함되어 있었다.

사실 나는 몇 번이나 최고위과정을 중퇴하고 싶은 충동에 시달렸다. 강사들은 나처럼 작은 식당으로 출발해서 수백 개의 가맹점을 거느린 프랜차이즈 대표 등 외식업으로 성공한 유명 인사들이 대부분이었다. 물론 나는 그들의 존재를 부정하거나 그들의 강의 내용 전부를 불신하지는 않았다.

'뭔지 모르겠어. 맞는 얘기 같지만 사기 당하는 느낌도 있고.'

처음에 신선했던 강의는 시간이 흐를수록 내게 짙은 의구심을 불러일으켰다.

나는 2학기 원우회 총무를 맡게 되었다. 대형 매장을 운영하는 경제력이 있는 사람이 회장을 맡고 실질적으로 원우회를 이끌어 가는 총무는 성격 원만하고 활동성이 있는 사람이 맡는 관례에 비추어보면 나는 의외였다. 당연히 나는 역할에 맞지 않는다고 판단해서 사양했지만 다수의 추천으로 소임을 맡게 되었다. 겉으로는 마다하면서 내심 총무를 맡기 원하는 사람도 많았다. 최고경영자과정이 본질적인 학문 탐구보다는 사업적 인간관계에 목적이 있는 사람들이 많은 이유 때문이기도 했다. 내가 몰랐던 부분의 실질적 외식업에 대한 공부 말고 인맥이 내 관심사는 아니었다.

"식당이 맛만 있다고 장사가 잘될까요? 음식 맛 가지고 승부하는 시대는 이미 끝났습니다. 음식을 팔든 옷을 팔든 아이템은 상관없습니다. 다 똑같아요. 그럼 뭐가 중요하냐? 바로 경영이죠. 경영이 뭡니까?

장사 잘해서 매출 높이고 돈 잘 버는 거예요. 쉽게 생각하세요. 똑같은 음식점인데 승무원처럼 젊고 예쁜 아가씨들이 세련된 유니폼 입고 서빙 하는 곳과 자다가 일어난 사람처럼 털털한 아줌마가 대강대강 하는 곳이라면 여러분은 어떤 식당을 가겠습니까?"

나는 때때로 강사들의 강의내용에 거부반응이 일기 시작했다.

"투자하세요. 여러분들 광고 우습게 생각하지 마세요. 온 국민이 다 아는 삼성전자가 뭐가 아쉬워서 365일 TV광고 때리겠습니까? 월드컵 축구할 때 20초짜리 광고 한 번 내보는 게 얼만 줄 아십니까? 그거 수십억씩 주고 하는 거예요. 여러분이 아무리 비법을 갖고 있고 유기농 재료로 최고의 음식을 만들었더라도 그걸 고객들이 어떻게 알겠어요? 왜 사람들이 유명 프랜차이즈에 가맹하겠어요? 인간의 뇌는 단순해서 자주 듣고 보게 되면 친숙해집니다."

그뿐만이 아니었다. 강의 중에는 '정글에서 살아남는 장사비법 신개념 온라인 마케팅'이란 특강이 있었다. 강사는 모 외식기업의 사례를 들기도 했다. 본사에는 사장이 특별 관리하는 '특전사'라고 하는 마케팅 팀이 있는데 오직 온라인 광고에만 매달린다 했다.

"그 친구들이 뭐하는지 아십니까? 여러분들 파워 블로거 알죠? 회사에서 전문적으로 관리하는 인력들이예요. 바이럴 마케팅, 검색 상위 노출, 이런 거 하는 친구들이죠. 유명한 프랜차이즈나 대형 식당들 광고에 집중 투자합니다. 유명하면 다 맛있게 마련입니다. 순진한 사장님은 음식 맛에만 매달리고 능력 있는 분들은 경영에 몰두하는 차이가 있습니다. 여러분들은 요리사가 아니고 음식을 잘 파는 법을 연구해야 하는 경영자라는 사실을 잊으시면 안 됩니다. 시장에서의 승패는 광고, 마케팅에 달려있습니다!"

시장의 흐름을 따라가지 못하는 내 열등감 때문일지도 몰랐다. 경영
자과정을 공부할수록 내 생각을 지배한 것은 음식이 아닌 다른 그 무엇
이었다.

"매출도 얼마 안 되는데 당신이 일을 해야지. 자꾸 식당을 비우면 어
떡해? 당신이 일하면 직원 한 명이면 충분한데 우리가 두 명 세 명씩 쓰
고 월급 줄 형편이냐고?"

내가 경영을 배운다는 이유로 밖으로 돌수록 아내의 불만은 높아져
갔다.

"투자하지 않고는 시장에서 살아남을 수 없어. 프랜차이즈나 큰 식
당들이 음식 맛만 가지고 성공한 줄 알아? 우리는 블로그 하나 없잖아.
식당도 엄연한 사업이야. 경영에 대해서 모르면 다른 식당들 따라잡을
수가 없어."

변화나 경영이라는 말을 자주 입에 올리면서 아내의 입을 막기는 하
였지만 내 자신도 뭔가 알 수 없는 반발과 불신에 휩싸였다. 본질이 아
닌 시류의 강물에 휩쓸리고 있다는 느낌을 떨칠 수 없었다. 식당을 운
영하는 내가 점점 '음식'에 대한 본질보다도 '경영'이라는 모호한 곁가
지로 화두를 옮겨가고 있는데 과연 올바른 선택인지 혼란스러웠다. 경
영대학원의 수업 중에는 '금융시장의 이해와 자본금 열 배 활용하기'
라는 과목도 있었다.

"장사라는 것은 결국 돈의 흐름을 끊기지 않게 하는 것이죠. 여러분
들 흑자 부도라는 거 아시죠? 기업의 자산도 많고 매출도 높은데 부도
나는 거. 유명 치킨 프랜차이즈를 예로 들겠습니다. 어느 날 방송에 조

류독감으로 닭들이 집단 폐사했는데 인체에도 치명적일 수도 있다 그런 뉴스가 나오면 매출이 바닥나겠죠. 작은 식당이든 큰 기업이든 고정비라는 게 있잖아요? 장사가 되든 말든 월세나 공과금, 직원들 월급은 줘야 잖아요. 그런데 조류독감이 장기화 되면서 돈줄이 끊기는 거예요. 금융권 대출도 막히고 부동산 매각도 안 되고, 그런 상황들은 실제 일어나죠. 갖고 있는 재산은 있는데 현금화시키지 못해서 부도날 수가 있습니다. 캐쉬플로우가 끊기는 경우죠. 사업하는 분들에게는 매우 중요한 부분입니다."

강의 제목이 금융 관련인 것이긴 했으나 강사는 외식업 경영자과정에서 식당이라거나 음식의 본질적인 이야기는 한 마디도 하지 않았다.

"장사가 잘 될 때 대출받으세요. 은행들도 장사하는 곳인데 장사 안 되는 데 돈 빌려주겠어요? 신용보증기금 이런 데서 어느 정도까지는 대출을 받으시고 규모를 키우세요. 규모의 미학이라는 게 있잖아요. 성공한 사업가들은 금융에 대한 지식이 뛰어났다는 공통점이 있습니다. 식당 하나 키워서 프랜차이즈 만들고 가맹점 늘이는 최종적인 이유가 뭐겠어요? 결국은 금융시장 안으로 들어오는 거죠. 회사를 주식시장에 상장만 하면 게임은 끝나는 겁니다. 그 때는 치킨 장사가 아니고 금융업체가 되는 거예요. 더 이상 치킨 팔아서 돈 벌지 않아도 되고 각종 금융시장의 제도를 이용해서 얼마든지 현금흐름을 자유롭게 할 수 있습니다. 그래서 중소기업체들이 코스닥 시장에 상장하려고 발버둥치는 거고요."

강사는 마치 숨겨진 비밀이라도 알려준다는 태도였다.

"그런 속담이 있죠. 밤새 울고 나서 누가 죽었냐고 물어본다는 거예요. 어떤 장사를 하든 된장인지 간장인지는 분간할 줄 알아야겠죠. 자본주의사회에서 장사하는 사람들이 금융시장을 모른다는 건 장님이 밤길을 헤매는 것과 같다는 사실만 기억하십시오."

외식업 관련 경영대학원이 아니라 '자본주의의 비밀'이라거나 혹은 '사업의 전략' 그런 제목의 강의라도 들은 기분이었다. 내가 알고 있었던 음식점에 대한 범위를 벗어나 있었다. 작은 식당도 엄연한 사업인 것은 틀림없었지만 무언가 본질을 벗어났다는 느낌을 부인할 수 없었다. 맛있는 음식을 만들어서 파는 곳이 식당이라고 생각했던 것과는 십만 팔천 리나 동떨어진 이야기들이었다. 광고회사를 들어간 건지 금융회사를 들어간 건지 헷갈릴 정도였다.

내 의구심은 다양한 범위의 수업항목에만 있지 않았다. 나는 강사로서 인기가 많았던 T 브랜드 외식 프랜차이즈 대표 이사를 주목했다. 솔뫼식당 앞 대로변에는 T브랜드의 피자집이 있었다. 홀에도 테이블 13개를 놓았고 배달원이 2명이었다. 누가 봐도 장사가 잘 되는 매장이라고 생각될 만큼 손님이 많았고 포장이나 배달로도 바쁜 집이었다.

"이 동네서 돈 버는 사람은 피자집 송사장뿐이야."

그러나 피자집 사장의 이야기는 달랐다. 장사꾼 속 아무도 모른다는 말이 있는 것처럼 대개는 매출을 가리고 속내를 밝히기를 꺼려하는 여느 사장들과 달리 피자집 사장은 담백한 성격이었다.

"본사 좋은 일시키는 거예요. 매출이라는 게 한계가 있는데 이 거 저 거 본사 물류비 떼고 잘해야 우리는 인건비 따먹는 거죠. 재주는 곰이 부리고 돈은 엉뚱한 사람이 가져간다는 게 딱 맞는 말입니다."

주위의 사장들은 은근한 시샘과 질투를 섞어 송사장의 실제 매출이 얼마인가 궁금해 했다. 주변 업소들의 매출액을 궁금해 하는 건 장사꾼들의 어쩔 수 없는 생리이기도 했다. 그 때마다 송사장은 에두를 것 없이 바로 포스를 보여주며 매출을 공개했다.

"제가 매출은 좀 더 많겠죠. 그런데 마진이 진짜 박해요. 프랜차이즈 업체들이 가맹점을 위해서 사업하는 건 아니잖아요. 점주들 개고생하면 거기다 빨대 꽂고 피 빨아먹는 거머리들이죠. 말로야 뭐 상생 어쩌구 떠들지만 다 헛소리예요. 저 계약기간 끝나면 프랜차이즈 가맹점은 절대 안 할 거예요. 본사 물건 떨어져서 재료 하나만 직접 구매했다 들켜도 작살나요. 이게 완전히 노예계약이거든요. 진짜 불공정해요. 내 돈 들이고 내 장사하는데 뭐 하나도 맘대로 못하면서 이게 뭔 짓인가 싶은 생각이 들 때가 한두 번이 아니라니까요."

송사장의 이야기는 여러 번 들어서 그가 프랜차이즈 본사와의 가맹 조건에 대해서 얼마나 불만이 많은지 잘 알고 있었다. 가끔은 본사 직원들이 나와서 주방을 살펴보면서 식재료를 점검하는 모습을 나도 직접 본 적이 있었다.

T 브랜드의 대표가 특강을 마쳤을 때, 그는 원우들로부터 큰 박수를 받았지만 나는 불편했다. 강의의 내용인즉 시장의 신뢰를 핑계로 인지도 높은 브랜드의 중요성이라든지 시장을 이끌고 가는 외식시장의 변화 즉, 트렌드를 놓쳐서는 안 된다는 게 골자였다. 강의가 끝난 후 그는 여유 있는 표정으로 질문을 유도했다.

"직장 다니다 나와서 처음에는 동네 칼국수집을 하셨다고 들었는데 어떻게 그렇게 대형 프랜차이즈 외식사업으로 성공하셨는지 그 비결을 듣고 싶습니다."

"현재 대표님의 총 가맹점 수와 매출은 얼마나 됩니까?"

대개 원우들은 그런 질문을 던졌다. 하지만 내가 묻고 싶은 건 그런 게 아니었다.

'대표님 강의를 듣고 나니까 마치 대표님 프랜차이즈의 가맹점이 되라는 말 같은데 우리 동네 가맹점 사장 얘기로는 남는 게 없다고 합니다. 프랜차이즈 본사의 횡포가 심하다고 합니다. 결국 가맹점 가입하고 고생해서 장사해봐야 본사만 좋은 일시키는 게 아닌가요? 동네마다 식당이 넘쳐나고 경쟁이 치열한데 대표님 회사 같은 브랜드 가맹점이 된다고 다 돈을 벌 수는 없는 거 아닙니까? 유사 브랜드도 많고 오히려 특징 있는 독립 식당들보다 경쟁만 더 치열하고 장사 안 되도 폐업도 마음대로 못하고 불편한 것들이 더 많을 것 같은데요?'

실제 질문을 하지는 못했지만 그의 특강을 듣는 내내 소화불량의 상태처럼 속이 불편했다.

또 무슨 자산관리사라는 명함을 내놓고 금융시장 어쩌고 떠든 강사는 막판에 대출에 대해서 더 궁금한 게 있으면 자신에게 연락하라는 친절한 안내를 빼먹지 않았다. 최고경영자과정을 공부할수록 뭔가 거대한 사기극에 연루되는 건 아닌가 싶은 불편한 느낌이 가시지 않았다.

'그래서 뭘 어떡하라고? 유명한 프랜차이즈 브랜드에 가맹을 해야 고객의 신뢰를 얻게 되고 트렌드에 뒤처지지 않으니까 대출 받아서 더 번듯한 식당을 차리라고?'

음식과 식당에서 출발한 이야기는 전혀 엉뚱한 세계로 나를 데리고 가서 헷갈리게 만들었다. 배고픈 소녀에게 빵을 사준다는 빌미로 점점 외진 곳으로 끌고 가서는 고작 강간이나 하려는 불순한 의도를 가진 치한을 만난 기분마저 들었다.

처음의 변화니 음식점이 맛만이 아닌 경영을 할 줄 알아야 한다는 강의를 들을 때만 하더라도 충격적이었고 신선했던 강의가 점점 무슨 능란한 사기꾼의 언술로 다가왔다. 비로소 솔뫼식당으로 원우업소 탐방을 온다고 했을 때 입장이 난처했던 나에게 100년 이상 존속하는 일본의 장수식당을 예로 들었던 교수의 설득이 무슨 의미인지 알 것 같았다. 어쩌면 교수는 '식당의 진실'이 무엇인지 알고 있으면서도 외부에서 초청한 인기 강사들과 타협을 하고 있는 게 아닐까 하는 의구심이 들었다.

50대 여교수는 외식산업 관련 최고경영자과정의 주임교수이기는 하였어도 실제 식당을 운영하는 사람은 아니었다. 그녀의 직업은 교수였고 정규 학부가 아닌, 대학의 재정확충을 위해 임의로 편성된 과정을 맡고 있었을 뿐이었다. 매해 학기마다 신입생 모집에 총력을 기울여야 하는 이유가 외식산업, 음식점 경영에 대한 본질적 연구와 상관없이 학생 수에 따라 자신의 현실적 지위 유지 여부가 달렸기 때문이었다.

"가끔은 비싼 돈과 시간 낭비하면서 쓸데없는 짓을 하고 있다는 생각이 들긴 해. 어리석은 짓을 하는 것일지도 몰라. 주임교수는 원우들이 있어야 자리를 지킬 수 있고, 강사라고 와서 떠드는 얘기 들어보면 결국 자기 프랜차이즈 선전이잖아. 금융 강의한다고 하고는 나중에 명함 내미는 거 보면 대출브로커 같고. 실제 중요한 건 밑바닥에서 장사하는 사람들이잖아. 최고경영자니 뭐니 만들어 놓고 뭐 대단한 거나 가르쳐주는 것처럼 하면서 속으로는 다 우리를 밥으로 본다니까. 그렇잖아. 교수고 프랜차이즈고 뭐고 다 우리처럼 바닥에 있는 사람들 뜯어먹고 사는 거잖아."

그는 멀리 군산에서 서울까지 통학하던 원우였다. 그는 1학기를 마친 뒤 "실속도 없고 돈 낭비 시간 낭비네요. 뭐 주고 뺨 맞는다고 우리가 봉이잖아요"라며 중퇴했다. 나는 그에게 속내를 털어놨다. 나도 그처럼 경영자과정에 대해서 의심을 품고 있었다. 자꾸만 음식을 만들어 파는 식당의 본질에서 벗어나는 강의에 대해 회의와 불신이 깊어가고 있었기 때문이었다. 분명 시장자본주의라는 말로 가려진 세상의 검은 이면을 본 것 같았는데 그 정체가 무엇인지 뚜렷하게 규명되지 않을 뿐이었다. 규모가 작고 누추하여 원우업소 탐방을 꺼려했던 나에게 솔뫼식당에 대해서 의미를 부여하고 나의 존재를 평가했던 교수의 말이 어쩌면 진심어린 고백이었을지도 모른다는 생각이 들었다.

모두 안개 저 너머의 애매한 '성공'을 가리키며 초심자를 유혹했을 뿐이었다. 늘 그렇듯 아직 세계의 깊고 높은 곳을 보지 못한, 낮은 자리에서만 살아온 순진한 사람들은 그 허망한 무지개를 잡을 것이라고 세상의 승자들에게 속게 마련이었다. 세상 누구의 말도 아버지나 아내처럼 분명하거나 솔직하지는 않았다.

"변화도 좋고 트렌드고 뭐고 다 좋아. 그래서 어쩌자는 건데? 우린 우리 형편이라는 게 있는데 우리 현실에 맞게 우리 방식으로 운영해야지. 우리가 어떻게 세상을 따라가. 나는 당신이 자꾸 거창한 얘기할 때마다 걱정돼."

솔뫼식당의 폐업이 현실화 되고 여기 저기 대출을 신청한 상태에서 더 큰 규모의 식당 창업을 위해 바쁜 나에게 아내는 자꾸만 바짓가랑이를 잡아당겼다.

"세상은 하루가 다르게 변하고 있어. 다른 사람들은 말처럼 뛰어가는데 우리는 언제까지 달팽이처럼 제자리걸음만 할 거냐고?"

아내의 목소리는 묻혔고 내가 계획한대로 새로운 식당 창업을 위한 일들을 벌여나갔다.

"당신이 하자는 대로 할게. 당신은 뭘 바라는데? 우리 형편에 맞게 어디 또 뒷골목 월세 싼 데로 가서 전통 음식 같은 거나 하자고?"

나는 훗날 실패할지도 모를 결과에 대한 책임이라도 모면할 명분으로 아내에게 공을 넘겼다. 아니, 꼭 실패가 두렵거나 그런 결과에 대한 변명 때문은 아니었다. 더 이상 우리는 가만히 있을 수 없었다. 아내의 말처럼 장사를 벌이지 않고 분수에 맞게 살아갈 수는 없었다. 6년 장사의 결과로 우리는 집값 절반을 은행에서 대출받고 처가의 도움으로 아파트를 구입했다. 장사를 하든 안 하든 매달 얼마씩 갚아야 할 빚이 생겨버렸다. 아이들이 유치원, 초등학교에 입학하고 자연적으로 살림살이의 무게가 늘어나는 것도 있었지만 그런 생활에 필요한 것 외에 세상은 내게 더 많은 짐을 감당할 것을 요구했다.

집값은 빠른 속도로 올라갔고 새로 바꿔야 하는 자동차도 점점 더 비싸졌다. 앞으로 5년은 더 써도 좋겠다 싶은 핸드폰도 사양이 바뀌고 컴퓨터도 모델이 단종되어 교체하지 않으면 안 되었다.

"나도 버거워. 검소하게 생활하고 싶어. 당신 핸드폰 안 쓰고 살 수 있어? 다 스마트폰 쓰는데 우리만 2G폰 쓸 거냐고? 식당 포스 설치 안 하고 공책에다 수기하면서 장사할 거야? 인터넷 가입 안 하고 시시티브이 설치 안 하고 방역업체 안할 수 있냐고? 속도를 늦출 수가 없어. 우리가 브레이크를 밟는 순간 우리는 더 이상 세상을 못 쫓아가. 형편에 맞게 작은 식당을 차리고 싶어도 이제 예전처럼 적은 수입으로는 기본 생활을 할 수가 없는데 뭘 어쩌라는 거야?"

누가 잘못하는 건지 알 수 없었다. 사업이나 세상의 변화를 받아들이지 못하는 아내가 어리석은 건지 능력도 없으면서 세상을 따라잡겠다고 불가능한 일에 모든 걸 걸고 돈키호테처럼 덤비는 내가 미친 건지 몰랐다. 그도 저도 아니면 순진한 삶의 열정을 가진 선량한 사람들에게 이미 잘못 정해놓은 방향으로 빠질 수밖에 없도록 끌고 들어가는 나쁜 세상 탓인지 분간이 되지 않았다.

"어디로 가는 건지 모르겠다. 우리가 왜 이 고생을 하는지 알 수가 없어. 장사해서 돈 벌면 뭐해? 그게 우리 돈야? 여기저기서 다 찢어발겨가고 신용카드 아니면 살 수가 없잖아. 무슨 이런 엉터리 같은 인생이 있어. 우리가 왜 결혼했어? 무슨 허튼 짓 하는 것도 아닌데 부부가 하루도 못 쉬고 일하는데 왜 밥 먹고 사는 것도 빠듯하냐고? 이건 아니잖아. 뭐가 잘못됐어도 크게 잘못됐어. 우리가 누구 좋으라고 매일 이 고생을 하냐고? 당신이랑 커피 한잔 편하게 마실 시간도 없잖아. 이렇게 사는 게 맞아?"

어쩔 수 없는 일이기도 했지만 솔뫼식당 문을 닫고 우리는 신촌에 식당을 차렸다. 식당의 규모는 더 커졌고 청춘을 상징하는 거리인 만큼 식당 인테리어도 더 화려해졌다. 우리는 더 많은 시간을 일해야 했고 더 많은 것들에 대해서 관심을 갖지 않을 수 없었다. 솔뫼식당보다는 확실히 더 높은 매출을 올렸지만 도리어 아내의 한탄은 깊어졌다. 돈을 더 벌면 더 남아야 하고 더 여유를 찾아야 했는데 실상은 더 나빠졌다. 나도, 아내도 더 바쁘게 움직여야했고 무언지 형체도 없고 보이지도 않는 허깨비에 쫓겨야만 했다. 잘못되어 가고 있었다. 잘못되어 가고 있다는 걸 느끼면서도 우리는 그곳에서 벗어날 수 없었다. 아니, 오히려 더 깊은 수렁으로 빠져드는 느낌이었다.

***

어차피 손해를 보는 건 뻔했는데 식당 문이 닫아지지를 않았다. 임대료를 계속 밀리자 건물주는 뒤로 빠졌고 중개인이 나섰다. 당연한 수순인 것처럼 명도소송을 진행한다는 내용증명이 날아왔다. 최악의 상황이었다. 그는 도시 정글의 먹이사슬만을 삶의 준거로 하는 사람이었다.

"박사장님 다 아시잖아요. 건물주가 손 뗄 때는 결론은 뻔한 거잖아요. 시간 끌어봐야 보증금만 더 까먹을 텐데."

알만큼 아는 사이였고 알만큼 알고 있는 사정이었다. 극단의 방법을 써서 분풀이를 하는 것밖에 내가 해볼 수 있는 방법은 없었다. 구로의 곱창집 김사장의 예는 흔히 있을 수 있는 평범한 한 가지 사례에 지나지 않았다. 경쟁이 치열하고 장사가 전쟁 수준의 신촌에서는 상상하지 못했던 살벌한 일들이 벌어졌다. 내가 목격한 '피의 영화'가 있었다. 그 해는 나라마저 흔들리고 있었다. 개인이든 국가든 세계는 언제나 소리 없는 전쟁에서 헤어나지 못했다. 정의의 깃발을 들고 법을 앞장세우지만 어느 누구도 고지를 양보할 생각은 없어 보였다. 평화와 공존을 이야기 하지만 그건 승자의 전리품이어야 했고 패자는 모든 걸 내놓고 제물이 되어야만 했다. 국정농단이라는 새로운 유행어가 나라의 앞날을 어둡게 예고하고 있었다. 대통령과 정부가 몰락을 예고했던 그 해 나는 윤태규를 주인공으로 하는 신촌에서 촬영한 잔인한 '피의 영화'를 목격해야만 했다. 내 식당이 본격적으로 휘청거리기 시작한 것도 그 해부터였다.

'내가 이러려고 대통령을 했나?'

대통령의 뼈아픈 자기고백은 우스개 말장난으로 인용되었다.

내가 이러려고 코미디언이 됐나?

내가 이러려고 쑥 먹고 마늘 먹고 사람이 됐나?

대한민국이라는 나라가 언제 추락할지 모르는 불안의 연속이었다. 언제 어디서 폭탄이 터질지 알 수 없는 지뢰밭 같았다.

'내가 이러려고 신촌까지 와서 장사를 한 건가?'

나는 깊은 탄식을 했다. 우편배달부는 내용증명을 전달한 뒤 내게 사인을 받아갔다. 마치 우편물의 내용을 이행하지 않으면 큰 곤란을 겪을 것이라는 사전경고라도 하는 것 같았다. 밀린 임대료를 이자를 포함하여 완납하지 않으면 임대차 계약을 해지할 것이며 계약기간 만료가 되면 10%의 임대료를 인상하겠다는 사전 통보였다. 더 흉흉했던 소문은 건물 자체가 매매될 수도 있다는 말이 떠돌았다. 임차 상인들이 가게를 내놓듯 건물주들 역시 작자를 만나면 건물을 매매하는 건 당연한 권리 행사였다. 건물이 팔려서 매매 사실을 통보도 받지 못하고 새로운 건물주로부터 쫓겨날 수도 있음은 심심치 않은 현실이었다. 건물이 몰래 매매되는 경우가 세입자들에게는 가장 불행한 사태였다. 건물을 사들인 사람은 더 높은 기대수익을 갖고 투자하는 입장이어서 보증금이든 임대료든 더 올리면 올렸지 낮춰 주는 일은 없었다. 임차인들이 가장 두려워하는 것도 비밀리에 건물이 매매되는 경우였다. 또 번화한 상가 지역은 대부분 임대차보호법의 상한 금액을 초과하기 때문에 건물주 변경으로 인한 뜻밖의 상황에는 달리 대응할 방법도 없었다.

건물주 대신 일처리를 맡은 중개인 임사장의 발길이 부쩍 잦아지기 시작했다. 그렇잖아도 곧 그가 찾아올 것을 예상하고 있었다. 경기가 바닥이라 권리금은커녕 시설 원상복구 안 해놓고 나갈 수만 있어도 다행이라고 떠들던 그의 속내는 뻔한 것이었다. 낚시꾼 밑밥 뿌리듯 사전 포석을 던져놓는 셈이었다. 말로 먼저 조져서 겁을 준 뒤 스스로 백기를 들게 하려는 수작이었다. 내게는 한 가족의 존망을 다투는 문제였지만 그에게는 별로 대수롭지도 않은 사사로운 일상의 하나에 불과했다. 그리고 그는 그런 일에 능숙한 기술자였다. 그 바닥에서는 고전적인 수법임에도 마땅히 대응할 방법이 없었다. 더구나 임대료 2개월 이상 연체하면 명도소송을 할 수 있다는 계약조건은 부동산 거래에 관한 실정법에 기초하고 있었다.

그의 계산은 임대료 연체를 빌미로 나를 빈 몸으로 내보내고 새로 들어올 사람한테 권리금을 받아 일부를 챙길 속셈이었다. 물론 건물주에게 더 많은 돈을 챙겨주는 것은 그들 업계에서는 철칙이었다. 그들은 자본주의의 먹이사슬 구조에 최적화된 사냥꾼이었다. 보호해야 할 대상과 공격해야할 대상에 대해 명확하게 선을 긋고 있었다. 절대로 허튼 짓해서 제 밥그릇 차버리는 어리석은 짓은 하지 않았다.

임사장은 가까이 할 수도 멀리 할 수도 없는 계륵의 존재였다. 그가 부동산 중개를 하며 얼마나 장난이 심한 사람이었는가 하는 것은 정작 신촌의 매장을 계약한 후에 알게 되었다. 애초 나에게 가게를 팔고자 했던 이전의 돼지갈비집 사장이 부른 권리금은 7천만 원이었다. 임사장이 3천만 원을 더 붙여 내게서 1억을 받은 뒤 2천만 원은 건물주에게 주고 나머지 천만 원은 자신이 챙겼던 것이다. 그것도 처음에는 권리금 1억5천만 원에 내놓은 것을 자신이 깎고 깎아서 조정한 금액이 1억 원이라고 생색을 냈고 수수료로 500만 원은 별도로 챙겨갔다. 내가 가게를 매수하기로 결정하고 매도인을 만나려 하자 임사장이 가로막았다. 그의 어투는 명령조였고 왠지 어겨서는 안 될 것 같은 위협마저 느껴졌다. 상대방에게 올림말을 쓰면서 겉으로는 예의바른척하나 제 말을 듣지 않으면 재미없을 거라는 무언의 압박을 드러냈다. 선수라면 임사장이 선수였다.

"저 믿으세요. 신촌이 그래도 대한민국 최고 상권인데 이만한 자리 권리금 일억 오천이면 바닥피도 안 되는 겁니다. 괜히 매수자가 나타나면 팔 사람들이 맘 변하고 값만 올린다니까요. 제가 1억까지 끌어내려볼 테니까 어느 정도 조정될 때까지 사장님은 나타나면 안 됩니다. 이 자리가 작년까지만 해도 권리 2억 밑으로는 구경도 못하던 자리예요."

약간은 덧붙일 거라는 예상을 했고 부동산 중개라는 것이 날마다 성사 되는 것도 아니기에 한 건 한 건에 목숨 거는 사람들이란 걸 알아서 적당히 모른 척 했던 게 화근이었다. 설마하니 그렇게 얼토당토않은 거품이 끼어있을 줄은 몰랐었다.

"이 사기꾼놈아 내 돈 내놔!"

나는 몇 번이나 임사장 멱살을 잡고 고함을 치고 싶었지만 참고 또 참았다. 그들의 손아귀를 떠나서는 도로 식당을 팔아먹을 방법이 없었다. 온라인 시장이나 다른 매체에 광고를 낸들 사람들은 시장조사를 하기 마련인데 먼저 들르는 곳이 부동산 사무실이었다. 나도 마찬가지였지만 다른 매수자들 역시 식당 인근의 임사장 사무실을 찾아갈 건 뻔했다. 부글부글 끓어대는 속내를 억누르고 그와 전략적인 평화를 맺지 않으면 안 될 처지였다. 그들은 절대 자신들의 밥그릇을 놓치지 않았다. 상가 건물주보다도 더한 전권을 중개인들이 갖고 있었다. 장사 안 되는 임차인들은 중개인들과 협력하지 않고는 가게를 빼기 어려운 구조라서 그들이 멋대로 펼쳐놓은 그물에 걸리지 않을 수 없었다.

우습고 어처구니없는 일이었다. 똑같은 물건 놓고 매수하려 할 때는 "2억 밑으로는 구경도 하기 힘든 물건"이라더니 팔아달라고 하니 "원상복구 시키고 쫓겨나지 않으면 다행"이라고 엄포를 놓고 있었다. 거래는 문서라야 효력이 있었고 주고받은 말품 좀 팔은 것 갖고 따져본들 아무 소용없었다. 주사위는 던져졌고 칼자루를 쥔 자는 중개인들이었다. 하든 말든 아쉬울 것 없는 사람들이었고 기다리면 제 풀에 지친 임차인들이 꼬리를 내리고 귀여운 강아지처럼 찾아와서 고분고분 할 것임은 피할 수 없는 숙명 같은, 생태계의 먹이사슬 같은 것이었다. 무엇보다 중개인들은 시간이라는 확실한 무기를 확보하고 있었다.

빈손으로 쫓겨나야 하는 상황이 오기 전에 나는 어떡하든 권리금 얼마라도 받고 식당을 팔 수 있기를 바랐다. 시간이 지날수록 권리금은 터무니없이 추락했다. 시설 일체와 식당의 영업권을 포함한 권리금은 1억5천만 원부터 시작해서 1억2천만 원, 1억 원, 7천만 원… 2, 3년 사이에 완전히 바닥까지 주저앉았다. 이제는 누구라도 하겠다는 사람만 있으면 그가 주는 대로 단 돈 천만 원이라도 고마운 마음으로 받고 나가야 할 상황이었다.

"시간이 지날수록 사장님이 불리하죠. 저 번에 이사비나 받고 던졌으면 작자가 있었는데. 요새 힘들어요. 사람들이 경기가 나빠서 절대 권리금 주고 안 들어오려고 한다니까."

"할 수 없죠. 가격은 시장이 정하는 거니까. 잘 좀 부탁드립니다."

그들은 이미 정답을 갖고 있었다. 다만, 어차피 승패는 정해진 마당에 되도록 손에 피를 묻히지 않으려는 수작을 부릴 따름이었다.

'그러니까 자식아 누가 함부로 신촌으로 들어오라디! 누렇다고 다 금이 아니거든. 세상은 이기는 놈 거야. 니가 재주 있으면 장사를 잘해서 임대료 팍팍 제 때 제 때 내고 아니면 니 수단껏 어떤 놈 데려다 눈탱이 맞혀서 가게를 넘기든지. 너 내가 틀면 가게 못 팔아. 패를 던질 때는 그냥 화끈하게 던져. 괜히 비위 상하게 자꾸 대들면 알몸으로 내쫓는 수가 있어.'

그는 나를 비웃고 있었다. 그의 얼굴에서 추접한 속내가 송충이처럼 꿈틀대고 있었다. 어떡하든지 건물주 핑계를 대면서 빈 몸으로 나를 내쫓으려는 그의 흑심을 저지해야만 했다. 뾰족한 수는 없었다. 내용증명에 적시한 건물주의 요구사항을 바로 들어줄 수 있는 것들은 하나도 없었다. 잘해야 우선 한 달치 임대료를 낼 수 있을 정도였다. 무슨 사정을 해서라도 시간을 끌어야만 했다. 어지저지 하다가 아무 대응도 못했다간 명도소송을 당하고 쫓겨날 판이었다. 부딪쳐본들 원상복구라는 최악의 패를 받고 보증금마저 날릴 일밖에 없었다.

"가게는 좀 보러들 오나요?"

괜한 질문이었고 억지로 하는 연기였다. 당장 쓸 수 있는 카드가 없는 상태에서 임사장의 비위를 건드려 일을 그르치는 실수를 해서는 안 된다고 스스로를 타일렀다. 마음에 없을지언정 죽는 소리도 하고 사정도 하면서 어떡하든 방법을 찾아야만했다. 내용증명을 보내기 시작했다는 것은 순서를 밟겠다는 의미였다. 건물주를 빙자한 임사장의 요구를 들어줄 수 없는 마당에 할 수 있는 거라곤 꼬리를 내리고 죽는 시늉뿐이었다. 목청 높이고 멱살을 움켜잡고 흔들어본들 잠깐의 분풀이였지 그랬다간 내심 임사장 바라던 대로 말려들어 판만 깨뜨리고 빈손으로 쫓겨날 게 뻔했다.

"사장님들은 다 가게 팔아달라고 하는데 매수자가 좀 와야지 전부 팔자뿐이니 일이 될 리 있나요. 여기 저기 물건 브리핑하고, 진짜 광고비도 감당하기 벅차다니까요. 어차피 손해 보는 거 하루라도 빨리 던지는 게 답입니다. 괜히 시간 끌다 건물주들 눈 밖에 나면 그나마 얼마 건지는 것도 힘들어집니다. 사장님도 아시잖아요. 등갈비 하던 친구 빈 몸으로 쫓겨난 거."

임사장이 자꾸 등갈비 사장 얘기를 꺼내는 게 거슬렸다. 말하자면 은근한 협박인 셈이었다.

그 사건은 신촌의 상인들이라면 누구나 잊을 수 없는 악몽이었다. '피의 영화'였다. 신촌에는 갑자기 치즈등갈비 붐이 일기 시작했다. 유명 상권이란 데가 그랬다. 여느 동네와는 달리 최소한의 상도라는 것도 없었다. 법을 위반하지 않고 민원을 유발하지만 않으면 앞집 옆집 사정을 봐줄 여유가 없었다. 누구 뭐 하나 잘된다 싶으면 똑같은 품목이 삽시간 전염병처럼 퍼졌다. 시대 따라 세대 따라 음식 취향도 다르게 마련이어서 젊은 세대로 갈수록 점점 달달한 음식을 찾았고 갈비에 치즈를 듬뿍 얹어 내는 치즈등갈비는 짧은 시간 안에 크게 유행을 탔다. 뉴욕치즈등갈비, 존슨스치즈등갈비, 치즈애등갈비… 이름만 바꾼 유사 브랜드 프랜차이즈 업체들까지 난립했다.

그의 상호는 자신의 이름을 딴 '윤태규치즈등갈비'였다. 치즈등갈비는 유행이 빨랐던 것만큼이나 짧은 시간 안에 거품이 꺼졌다. 문밖까지 긴 줄을 섰던 게 사실이었을까 싶게 어느 날 손님이 뚝 끊겼다. 간밤에 꾸었던 개꿈처럼 쉽게 자취를 감췄다. 불과 5개월 만에 치즈등갈비를 시작했던 사람들이 다시 원래의 품목이나 다른 종류로 간판을 바꿔 달았다. 윤태규의 치즈등갈비가 제일 컸다. 가게 위치도 먹자골목 쪽에서는 가장 중심자리였다. 제 이름을 내걸고 시작한 자존심 때문이었는지 그는 마지막까지 버텼다. 1인분 15,000원하던 가격을 9,900원까지 내려서 할인판매를 했다. 그러나 난데없는 파도처럼 한 번 휩쓸고 갔을 뿐인 손님들은 다시 찾아주지 않았다.

신촌에는 늘 새로운 것들이 창궐했다. 듣도 보도 못한 음식점이 생겨났고 보통 사람이 상상하기 힘든 방식이 등장했다. 선택의 폭은 넓었고 제 돈 제가 쓰는 고객의 권리를 간섭할 수 있는 사람은 아무도 없었다. 한물 간 유행을 갖고 떠난 손님 되찾기는 변심한 애인의 마음을 돌려세우는 것보다 어려웠다. 차라리 한국 사람이라면 천 년 전에도 먹었고 천 년 후에도 먹고 있을, 새로울 것 없으나 그래도 한 끼씩은 찾는 김치찌개 식당이었다면 또 몰랐을까.

"법원 판결문 송달 받았잖아요. 차마 강제 철거하기는 그렇고 해서 시간을 줬으면 그만 비워줘야죠. 건물주 난리예요. 내일이라도 당장 포크레인 불러서 다 깨부수라고. 원상복구 안하고 가는 것만도 다행으로 아세요. 진짜 더 고집 피우면 보증금도 못 찾을 수 있어요."

임사장의 선전포고였다. 윤태규 식당의 건물관리는 임사장이 맡았다. 먹자골목 주요 상가는 대부분 임사장 차지였다. 명의만 건물주였지 행동의 주체는 임사장이었다. 나중에 새로운 상가가 들어선 뒤에 밝혀진 사실이지만 이미 그 자리를 탐내던 매수자가 대기하고 있었다. 부동산중개인의 수익구조가 그렇듯 계약이 빈번해야 돈이 생기는 건 당연했다. 계약기간이 아직 남아있기는 했지만 매수자까지 대기하고 있는 판에 임사장이 임대료 밀린 윤태규를 가만 놔둘 리 없었다. 반년씩이나 세를 못 냈으니 명분도 충분했다. 내용증명을 보냈고 명도소송을 통해 승소해 강제철거에 임박해 있었다.

"장난 적당히 쳐요. 당신이 다 조종하고 수작부린 거 누가 모를 줄 알어! 나는 못 나가. 포크레인 부르든지 한 번 해봐!"

윤태규는 조용한 성격이었다. 겉보기와 달리 그에게 그런 강단이 있을 줄은 몰랐다. 하긴 궁지에 몰린 사람이라면 누구나 달리 방법이 없을 테니 마지막 저항을 하는 것인지도 몰랐다. 서른 중반의 나이에 늦은 결혼을 한지 1년 정도가 됐고 치즈등갈비 유행이 시들해지기 전까지는 부부가 함께 일을 했었다.

"자네 후회할 거야."

그리고 나흘 후였다. 임사장은 집행관을 대동하여 굴삭기를 불렀다. 강제철거를 건물주가 시킨 건지 임사장이 알아서 한 건지는 알 수 없었다. 윤태규는 폴딩도어 문을 잠근 채 식당 안에서 시너통을 들고 비장한 모습으로 서 있었다. 그때까지만 해도 밖에 있는 사람들은 윤태규가 들고 있는 게 시너통인 줄 몰랐다. 돈 좀 더 받는 이유로 그런 일만 전문으로 맡는 굴삭기 기사는 전혀 지체 없이 굴삭기 바가지로 폴딩도어 문을 찍어 내렸다.

"당장 멈춰! 멈춰!"

윤태규가 고함을 지르면서 굴삭기 바가지 위로 뛰어올랐다. 뜻밖의 상황에 굴삭기 기사도 운전을 멈췄다.

"정당한 집행을 방해하면 형사 처벌받습니다. 어서 비켜요."

집행관이 굴삭기 바가지 속에 들어가 주저앉은 윤태규를 설득했지만 그는 움직이지 않았다. 임사장이 어디론가 전화를 걸었고 곧 경찰차와 건물주가 나타났다.

"젊은 사람이 왜 이래? 월세를 반년씩이나 못 내면 가게라도 비워줘야지. 깡패도 아니고 이게 뭔 짓이냐고. 나도 이렇게까지 하고 싶겠어? 내가 원상복구까지 물어내라고는 안 할 테니까 어서 곱게 비켜!"

건물주가 윤태규에게 다가가 소리쳤다.

"보증금도 많이 남아있고 계약기간 끝날 때까지 가게 못 팔면 월세 이자까지 갚고 순순히 나간다고 말씀드렸잖아요. 제가 장사만 십 년 했는데 사장님 속 모르겠어요. 저는 들어올 때 권리금 일억 오천 주고 시설하고 전 재산 다 바쳤는데 빈손으로 나가라고요! 저는 귀도 없고 눈도 없습니까! 사장님은 벌써 부동산 하고 다 짜고 들어올 사람한테 권리금을 다 챙겼다면서요! 말로는 이사비 주고 내보낸다는 핑계대고. 월세 못 준 놈의 죄지만 아무리 자기 건물이라고 하더라도 사람 이렇게 죽이는 건 아닙니다. 난 내 발로는 한 발짝도 못 움직이니까 하고 싶은 대로 하세요."

윤태규는 결연한 태도로 저항했다.

"이 친구 보자보자 하니까 아주 겁이 하나도 없구만. 어서 나와!"

건물주가 윤태규의 왼쪽 팔을 잡아챘다.

"그래 이 돈벌레 같은 인간아. 같이 죽자 어! 같이 죽어!"

윤태규는 가지고 있던 시너 통을 주변에 마구 뿌려댔다. 건물주도 시너를 뒤집어썼다. 한 순간에 벌어진 일이었다. 경찰관이 달려들어 시너통을 뺏을 틈도 없이 어느 새 주위에 불길이 솟구쳤다. 건물주도 비명을 지르면서 불이 붙은 상의를 벗어던지고 식당 밖으로 도망쳤다. 그때까지 슬그머니 사람들 뒤쪽으로 몸을 숨겼던 임사장도 달려들어 주방의 수도호스를 끌어다 불을 껐고 경찰관이 신속하게 소화기를 써서 불길은 크게 번지지는 않았다.

분신을 기도했던 윤태규가 심한 화상을 입었다. 한바탕 동네가 시끄럽게 소방차가 출동하고 구급차가 와서 윤태규를 병원으로 실어 날랐다. 윤태규는 얼굴과 팔뚝에 2도 화상을 입고 3주 정도 병원에 입원했다가 결국 구속됐다.

그 후 들려온 소문은 윤태규는 3년 실형을 선고받고 감옥살이를 한다 했다. 더 씁쓸했던 건 윤태규 아내가 건물주를 찾아와 울면서 사정하여 합의서를 받았고 7천만 원 정도 남았던 보증금은 건물손괴 및 상해에 대한 손해배상 명목으로 한 푼도 찾아가지 못했다는 이야기였다.

"내가 등갈비 그 친구도 엄청 달랬어요. 건물주 설득해서 이사비라도 받아줄 때 나가라고 해도 안 듣더라고. 솔직히 나야 뭐 아쉬울 게 있어요? 건물주 시키는 대로 하고 수수료나 따박따박 받아먹으면 되지 뭐 하러 입 아프게 와서 이런 설명을 하겠습니까?"

그러니까 임사장이 은근 슬쩍 2년 전 윤태규 얘기를 끄집어내는 건 그런 꼴 당하기 싫으면 나보고 곱게 가게 내놓으라는 협박에 다름 아니었다.

"제가 잘 알고 있죠. 항상 고맙게 생각하고 있습니다. 건물주한테 잘 말씀드리시고 빈손으로만 나가지 않게 좀 도와주십시오. 부탁드립니다. 그리고 저희 아버님, 오늘 내일 하시거든요….

내 아버지가 오늘 죽든 내일 죽든 그런 것에 연민할 일 전혀 없는 도시의 냉정한 생리를 알고 있었다. 아버지의 사정을 이야기 한다고 해서 식당이 빨리 팔린다거나 권리금을 더 받을 수 있다는 어떤 보장 따위도 없었다. 임사장이 그런 사정을 봐줄 리도 없었다. 그는 다만 시끄럽지 않게 나를 조용히 내보낼 방법만 찾고 있을 뿐이었다.

나는 아버지를 욕보이고 싶지 않았다. 한 번쯤 아버지 얘기를 하면서 건물주한테 사정이라도 해볼까 하는 생각을 했었지만 그건 평생 농부로 소박하게 살아온 아버지를 두 번 죽이는 어리석은 짓이 될 거라는 걸 알고 있었다. 자존심은 나 하나 무너지는 걸로 만족하기로 했다.

'누구의 아버지도 영원히 살지 못한다. 사람은 늙고 병들면 죽는다.'

도시는 다만 그런 엄정한 사실만을 내게 확인시켜줄 것이 뻔했다.

"관리인 하고 얘기하고 나한테 전화하지 마세요."

건물주는 내 전화를 차단했다.

"사장님도 그때 봤잖아요, 등갈비 그 친구. 저만 깜빵 가고, 보증금도 하나 못 찾고."

임사장은 필요 이상 윤태규의 이야기를 들먹거렸다.

까불 수도 없었고 죽을 수도 없었다. 시간의 노예가 되어 움직일 수조차 없는 현실 때문에 고통스러웠다. 내용증명을 받고도 두 해째 쫓겨나지 않고 버텨온 게 기적이었다. 혹시나 싶어 어떤 사찰의 홈페이지 상담코너에 내 사정을 올렸다. 돌아온 대답은 '마음을 비우세요'였다. 마음은 어떻게 비우라는 것인지 몰랐다. 어떻게 마음을 비우냐고 되물었더니 '그 마음을 비우세요'라는 말장난 같은 답변이 되돌아왔다. 내가 겪고 있는 삶의 문제는 그런 추상적인 이론 따위로는 어떤 해결책도 될 수 없었다. 돈을 필요로 하는 문제였다. 돈이 없어서 해결할 수 없는 문제를 무슨 마음 따위로 대책이 된다는 건지 허무맹랑하기만 했다.

나는 점점 비겁해졌다. 인생에 있어 비겁한 것도 생존의 무기가 될 수 있다는 걸 체험한 것은 처절하게 몰락한 뒤에야 덤으로 얻은 깨달음이었다. 나는 임사장의 그림자만 봐도 걸음을 멈췄다. 무슨 죽을죄를 졌다고 그를 만날 때마다 "죄송합니다. 도와주십시오"라는 말을 기계처럼 반복했다.

세상이 내게 비겁해져야 살 수 있다는 걸 가르쳐줬다. 나는 답장이나 어떤 연락도 받지 못했지만 반성문을 쓰듯 건물주에게 긴 편지를 써서 등기우편으로 보냈다. 최선을 다해서 식당을 살리고 밀린 월세는 못 갚으면 나중에 보증금에서 이자까지 다 까겠다고 서약했다. 나에게는 건물주를 향해 시너를 뿌리고 불을 지르기는커녕 황소곱창 김사장처럼 감히 중개인한테 큰소리 치고 대들 용기 따위는 상상으로도 불가능한 인간이라는 걸 미리부터 친절하게 밝혔다. 나는 누가 밟아도 꿈틀거릴 줄도 모르는, 굼벵이만도 못한 인간이라고 스스로 고백했다. 발톱은커녕 나병환자처럼 발가락도 없는 병신이나 마찬가지라고 내 신체의 장애까지 내보였다. 중개인이 기침만 크게 해도 놀라자빠지거나 까무러칠 수도 있는 겁 많은 인간이라며 백기를 쳐들었다.

"안 될 때는 빌어야지. 우리 인간이 무슨 힘이 있는가? 그저 신한테 빌고 건물주한테 빌고 빌어. 빌어서 안 되는 일은 없는 거야. 비는 게 기도야. 잘못했다고 빌고 잘되게 해달라고 빌어. 어디다 빌어도 상관 없어. 고개 숙이고 빌다보면 하늘이 다 살려줘. 복의 씨라고는 좁쌀만 큼도 없는 인간종자들이 원래 승질만 사나워서 대가리 쳐들고 대들다 가 총 맞는 거야. 하늘이 도와주지 않고 시련을 줄 때는 아직 때가 오지 않은 거야. 때가 아닌 때는 고개를 숙이고 빌면서 바람, 태풍, 구름, 천 둥 다 지나갈 때까지 기다리는 거야."

20년 30년 선방에서 엉덩이가 헐도록 참선을 했다는 '괴상한 큰스 님'보다도 차라리 무당의 말이 훨씬 현실적이었다. 마음을 비우라는 공허한 소리보다는 무당의 터진 입에서 흘러나오는 걸쭉한 육자배기 풍이 훨씬 생생한 처방으로 다가왔다. 적어도 중개인이든 건물주든 그 렇게 빌고 매달리면 최소한 식당 문 폐쇄하고 집행관 대동하여 강제로 끌어내지는 않을 것이었다. 분명 비겁해지는 것이 기도였고 비겁해지 는 것만이 살 길이었다. 건물주 명의의 내용증명 우편물을 받고 명도소 송 중이어서 금방이라도 쫓겨날 것만 같은 위기에서 해를 넘기고 버텨 온 연명의 원천이 모두 비겁함 때문이었다.

그러나 생각해 보면 건물주 때문만은 아닌 것 같았다. 생각해보면 중 개인 임사장 때문만은 아닌 것 같았다. 생각해 보면 장사가 안 되는 게 단순한 내 무능력의 문제라고만 할 수도 없을 것 같았다. 내가 중개인 을 한다면 나 역시 그런 잇속을 챙길 것이었고 내가 건물주라면 또한 월세 한 푼이라도 더 받으려 할 것이었고 월세 밀리는 세입자를 좋아할 리 없을 것이었다. 이미 십 년 경력이 넘은 내가 요리를 못한다는 건 말도 안 되는 평가였다. 요리란 그렇게 어려운 것도 아니고 그렇게 어려운 것이어서도 안 되는 분야였다. 누구라도 정직한 태도로 좋은 식재료를 써서 요리를 하면 충분히 맛있는 게 요리였다. 어머니는 따로 요리 공부를 한 적이 없었다. 어머니의 어머니가 하던 대로, 그냥 눈으로 보고 혀로 맛본 대로 만들었을 뿐이었다. 셰프네 전문가네 외식산업최고경영자네 별별 이상한 표현을 갖다 붙이고 폼 나게 공부한 사람들이 요리한 것보다도 어머니가 만든 것이 더 맛있었다. 그게 음식이었다.

무엇이 문제란 말인가?

문득 도시가 거대한 괴물처럼 느껴졌다. 누군가 잘못된 욕망의 전쟁터를 만들어놓았고 모두들 그 안에서 허우적거리는 게 아닐까 싶었다. 아무도 기쁘거나 즐겁지 않을 수도 있겠다는 생각이 들기도 했다.

"포기해. 게임 끝났어. 관리인한테 잘 말해서 건물주한테 이사비나 좀 달라고 사정해서 물러나자. 당신 아버지 임종이라도 지켜야 될 거 아냐?"

아내의 말은 길들여진 돌쩌귀 같았다. 삐걱거리는 세상의 문고리를 붙잡고 허둥대고 있을 때 아내는 돌연 미끄러운 돌쩌귀가 되어 뻑뻑했던 세상의 대문을 쉽게 열어젖혔다.

"니가 즘, 옆이 있으믄 좋겄어. 내가 살믄 얼마나 살겄니? 사는 게 그르케 심드니?"

아버지가 완전 혼수상태에 잠기기 전, 8월 말쯤 아버지를 찾아갔을 때 아버지가 가까스로 내게 한 말이었다. 어머니를 잘 챙기라는 말끝에 아버지가 마지막으로 한 말이었다. 유언이었다. 이미 아버지는 육신이 다 무너진 상태에서 운명을 기다리는 지경이었다. 삶의 동안에 그런 고

독에 사로잡힐 줄 몰랐다. 내가 세상에서 가장 쓸모없는 인간처럼 느껴졌다.

나는 임사장을 식당으로 불렀다. 비싼 고기라 식당을 하면서 나도 몇 번 먹어보지 못한 원 플러스(1+) 등급 한우 치마살을 준비했다. 몇 년 전 아내와 결혼기념일에 한 번 마셨던 미국산 나파벨리 와인을 함께 준비했다.

"도와주세요. 최대한 빨리 뺄게요."

내 눈가에 짙은 눈물이 뱄다. 임사장은 건물주와 상의하여 답변을 주기로 했고 이틀 뒤, 그는 이사비용으로 오백만 원을 제시했다. 나는 임사장이 준비해온 각서에 서명했고 잔여 공과금 전화의 명의변경 등 떠나기 전에 그가 요구하는 모든 것들을 정리해준 뒤에야 남은 보증금을 돌려받을 수가 있었다.

아내

'당신 뜻대로 해.'

아내와 날선 문자를 주고받다가 내려진 결론이었다. 누군가와 시비 끝에 "당신 뜻대로 해!"라거나 "네 마음대로 해!"라는 말은 결국 대화 의 단절을 의미했다. 또한 그것은 마지막 선전포고와도 같았다. 상대 의 뜻대로 다 해보라고 전권을 위임하는 대신 만족할만한 결과가 나 오지 않았을 때에는 더 이상 어떤 타협도 하지 않겠다는 경고인 셈이 었다.

칼리보공항으로 가는 비행기를 타기 전 뜨거웠던 밤의 기억과 달리 아내는 결연해져 있었다. 책임감 없이 혼자서만 도피한 배우자에 대 한 분노 때문이었을지도 몰랐다. 아내는 간결한 문자메시지를 보냈을 뿐이었다. 짧은 문자가 어떤 공격적인 말보다도 더 나를 긴장되게 하 였다.

식당을 폐업한 후였다. 아내의 태도는 변해 있었다. 더 이상 아내는 예전처럼 원색적으로 나를 비난한다든지, 하고 싶은 말을 여과 없이 쏟 아내지는 않았다. 아내라면 어떤 감정을 갖고 있는지 다 알고 있다고 생각했는데, 시간이 흐를수록 아내에 대해서 아무 것도 모른다는 막막 함뿐이었다.

'잘 있어.'

나 역시 짧은 답장을 보냈다. 내가 보라카이에서 잘 있다는 의미인지 한국의 아내에게 잘 있으라는 당부인지 내가 보내놓고도 헷갈렸다. 일부러 그러지는 않았다. 아내에게 할 말들은 아내를 처음 만난 날부터 시작해야 할 만큼 아득했음에도 어디서부터 시작해야 좋을지 몰랐다.

나는 아내와 '재건의식'을 치르고 싶었다. 더 이상 가정을 지키기 힘들만큼 경제적으로 몰락해 있었지만 아내를 보라카이로 불러들여 다시 시작할 수 있는 용기를 얻고자 했다. 탐비사안비치를 보라카이 개들처럼 천천히 어슬렁거리면서 세계에서 가장 한가한 시간 속에 머물러 보고 싶었다. 그리고 세상의 화려한 헛것들에 속지 말고 옥탑방에 살더라도 뜨거운 사랑과 두터운 믿음으로 의연하게 살아가자는 확약을 가질 수 있기 바랐다.

"마음씨 따뜻하고 당신 고생시키지 않을 멋진 상대자가 있을 거야. 새로운 길을 찾아가."

탐비사안비치를 어슬렁거리면서 나는 배우처럼 중얼거렸다. 아내에 대한 희망은 때로 절망의 무게로 다가왔고 그때마다 나는 차라리 현실이 파탄 났으면 좋겠다는 무력감에 빠지곤 했다.

'당신은 아직도 충분히 예뻐. 남자들이라면 당신 같은 여자에게 반하고 말 거야.'

몰락한 가정을 다시 일으킨다는 것의 현실적 두려움 때문일지도 몰랐다. 차라리 내가 전혀 손쓸 수 없는 한계 상황이라도 닥쳤으면 좋겠다싶었다. 내가 쓰러져 죽든지 아니면 최악의 밑바닥에서 자기방어 본능이 되살아날지도 모를 일이었으니까.

"내가 당신을 얼마나 사랑하는데. 나는 어떤 여자도 싫어. 누구도 당신을 대신할 수 없어. 당신과 함께 한 삶을 아무도 대신할 수 없어. 우리의 역사는 더 지속돼야 하고 반드시 보람된 결실을 맺어야 해. 내 생이 끝나기 전에 한 번이라도 당신께 영광을 바치고 싶어. 모든 것은 당신과 함께여야 해. 당신과 시작한 삶이었고 당신과 함께 마무리해야 하는 삶이야."

물리적인 공간에서 함께 하지 못하는 것보다도 마음으로 공감하지 못하는 아쉬움이 더 컸다. 아내와 함께라야만 가능한 재건의식을 치르지 못한다면 나는 쉽사리 비행기 표를 끊지 못할 것 같았다. 몇 번이나 아내에게 보라카이로 오라고 설득하고 싶었지만 나는 메아리조차 듣지 못하는 허망한 독백으로 만족해야만 했다. 어떤 말들은 삼십 분씩 끊이지 않고 샘물처럼 솟아났다. 큰소리로 중얼거리다가는 웃음을 터트렸고 낮게 속삭이다가는 눈시울이 뜨거워지기도 했다. 나는 아내에게 닿고 싶었다. 아내도 간절하게 내게 닿기를 기다리고 있을 것이라고 확신했다.

그러나 우리는 서로에게 뜨거운 말로 용기를 주지 못했다. 짧은 문자를 보낸 아내에게 나 역시 간단한 답장을 보낸 게 다였다. 어떤 앙금도 없었다. 아내를 사랑하고 아내에게 미안한 마음뿐이었다. 그럼에도 불구하고 말은 살아나지 않았고 내 뜻을 아내에게 전달할 수 없었다. 아내도 마찬가지였다. 아내의 마음은 늘 내 가슴속에 충분했음에도 아내는 격려를 보내지 않았다. 우리는 서로 말을 주고받아야 했다. 말이 끊어진 자리를 찾아야 했고 거기서부터 다시 상실한 언어를 찾아내야만 했다. 말이 사라진 곳이 보이지 않았다. 비단 돈을 잃었다는 이유만으로 사랑과 신의까지 상실해야 할 이유는 없었을 텐데 말이었다.

"어서 말을 해!"

아내와 함께 탐비사안비치를 걸었더라면 그렇게 화난 듯 소리 지르지는 않았을 것이었다. 보라카이 개처럼 탐비사안비치를 어슬렁거리면서 끓어오르는 울분을 참지 못하면 나는 바다를 향하여 분풀이를 해야만 했다.

나는 스마트폰으로 바다를 촬영하곤 했다. 보라카이 개떼들이 달음박질치는 모습을 찍었고 청옥 바다가 연출하는 천의 표정을 낚아챘다. 바다는 모든 감정의 대변자였고 모든 시름의 인수자였다. 아내는 바다를 좋아했다. 늘 좁은 주방이나 식당 안에서 오랫동안 생활했기 때문에 넓고 광활한 자연을 좋아한 것인지 몰랐다. 진작 아내와 여행자로서 보라카이에 오지 못한 것이 후회스러웠다. 이제라도 보라카이로 들어와 나와 희망적인 재건의식을 치르자는 제안을 받아들이지 않는 아내가 야속했다.

"며칠만 문 닫고 동남아시아 여행이라도 다녀오자."

오래 전 식당 일에 지친 아내의 바람이었다.

"우리 형편에 지금 그럴 때야?"

나는 아내의 심정을 헤아리지 못했다.

"베트남 다낭 패키지 싼 거 나왔던데."

아무리 형편이 어려워도 잠시 숨 좀 들이켜야겠다 싶어서 아내의 의향을 물었다.

"가스비도 밀렸잖아. 다낭이고 달랑이고 그런 데 안 가도 좋으니까 밀린 공과금 내라는 독촉이나 안 받고 살았으면 좋겠네요."

그러나 아내는 목청을 높였을 뿐이었다.

아내는 늘 구더기처럼 꾸물거리는 울분을 품고 생활했다. 때로 그 구더기의 횡포를 견디지 못할 때면 빈 스텐 그릇 따위를 싱크대에 집어던져 소란을 피우거나 식당 문 밖에다 굵은 소금이나 왕창 뿌려댔을 뿐이었다.

"재수 없다고, 장사 안 된다고 소금 뿌리지 마. 그건 백제 의자왕 때 궁녀들이 임금의 성은을 입자고 한 행동인데 사람들이 의미도 모르면서 아까운 소금만 내버린단 말이야…."

장사가 안 되거나 재수 없는 일, 부정을 막는다고 소금을 뿌리는 풍습에 대해서 구로동 풍선생이 설명해줬다. 의자왕이 밤에 처소에 들 때 많은 후궁들을 두고 하룻밤 간택을 고민하다가 생긴 일이라고 했다. 사슴을 타고 다녔던 의자왕은 사슴이 멈추는 자리의 후궁 처소를 선택했는데 유독 특정한 후궁의 방문 앞에서만 사슴이 발걸음을 멈췄다 한다. 이에 의문을 품은 다른 후궁들이 살펴보니 그 후궁은 제 방문 앞에 몰래 소금을 뿌려두더라는 것. 이유는 사슴이 짭조름한 간기 있는 것을 좋아하기 때문이라고 했다. 그 사실을 안 뒤 후궁들은 너도 나도 제 방문 앞에 소금을 뿌렸다. 그러자 사슴이 어느 후궁의 방문 앞에 멈추려다 옆에서도 짭짤한 간기가 느껴지니 그리로 이동했다. 그런 식으로 모든 후궁들의 방문 앞에서 비슷한 소금냄새를 맡은 사슴은 어느 후궁의 방문 앞에도 걸음을 세우지 않았다. 그래서 후궁들은 사슴의 발을 묶을 생각으로 더 많은 소금을 뿌리기 시작했는데 사슴은 이제 어디에서도 소금기가 아쉬울 게 없으니 모든 궁녀의 방을 지나쳐버렸다. 이에 화가 난 궁녀들이 사슴이 지나가는 때를 기다려 재수 없다고 마구 소금을 뿌리기 시작하여 생긴 풍습이라고 했다.

나는 아내에게 몇 번이나 풍선생에게 들었던 이야기를 들려주려고 했었다.

"소금 뿌리는 이유는 그런 게 아니래."

그러나 나머지 이야기를 옮기지는 못했다. 소금 뿌리기는 아내에게 작은 신앙 같았다. 식당 문밖에 배추 절이듯 툭툭 여기 저기 뿌리는 왕소금으로 아내는 썩어가는 자신의 가슴을 치유하고 있다는 느낌이었다. 아니, 아내는 정작 그 소금을 나에게 뿌리고 있을 지도 모른다는 생각이 들었다.

식당을 한 뒤로 아내와 나는 자주 부딪쳤다. 다른 사람과 나눈 이야기라면 별 것 아닌 사소한 것이라 덮어두었을 걸 가지고도 예민하게 서로를 할퀴었다. 가령 소주를 냉장고에 채우는 일을 두고도 아내는 재촉했고 나는 늑장을 부리는 일로 호된 말싸움을 하는 식이었다. 식당을 통해서 내가 깨닫게 된 것은 부부가 함께 일한다는 것은 세상에서 가장 어려운 일 중의 하나라는 사실이었다. 더 이상 어떤 말도 아내의 모든 이야기는 내게 듣기 싫은 잔소리일 뿐이었다.

"내가 무슨 나쁜 일이라도 저질렀다는 거야? 사업이라는 게 하다보면 망할 수도 있는 거고 운이 따라주지 않을 수도 있는 거지…."

언제부턴가 내 말끝에는 욕설이 따라붙었다. 남을 비난하거나 거친 언어를 사용하는 것을 경계했는데 가장 존중해야할 아내에게 욕지거리를 섞고 있었다. 정작 화를 낼 대상은 나 자신이었다. 아니, 나에게도 비난받을 여지는 많았겠지만 돌을 던질 상대는 세상이라고 생각했다.

'나에게 헛된 욕심이 있었는가?'

'나에게 내 노력이 아닌 남의 것을 공짜로 탐하려는 사기성이 있었 던가?'

'내가 일하지 않거나 게을렀던가?'

물론 모든 것을 세상의 탓으로 또는 기득권자의 독과점으로 핑계를 댈 수는 없었다. 처음부터 기울어진 운동장에서 경기를 시작했다는 이 유만으로 내 삶의 모든 실패의 원인을 변명할 수는 없었다. 어리석음이 라는 나의 엄연한 잘못이 있었다. 그러나 그럼에도 불구하고, 내 삶을 무너뜨린 주범은 잘못된 사회의 부조리 때문이라고 꼬집어 말하고 싶 었다.

탐비사안비치의 바닷물 수위가 높아져갔다. 점점 모래벌판이 줄어 들었고 그만큼 바닷물이 해안 기슭으로 가까이 다가왔다. 리조트 마당 앞에서 몇 걸음 나가면 파도가 철렁대면서 언제라도 '너를 집어 삼킬 수도 있어!'라며 위협이라도 하는 것 같았다. 새벽 바다를 차지했던 개 떼들도 보이지 않았다. 수십 마리씩 떼 지어 다녔던 녀석들에게도 각기 사는 집이 따로 있는가 보았다.

내가 보라카이로 들어온 지도 한 달이 다가오고 있었다. 비자기간 만 료 전에 출입국관리소에 가서 3,130페소의 돈을 내고 비자를 갱신하 고 체류 기간을 연장해야만 했다. 처음부터 어떤 계획을 갖고 온 것도 아니었지만 체류 기간은 이유 없이 길어져 갔다.

'나 일 다녀.'

아내는 '당신 뜻대로 해'라는 문자를 보낸 걸 끝으로 정확히 8일 후 에 다시 한 번 짧은 문자를 보내왔다. 몹시 무력한, 삶의 무중력지대 같 은 상태에 처해 있던 나는 무언가 섬뜩한 전율을 느껴야 했다. 식당을 폐업하기 전까지 아내가 일을 하지 않은 적은 없었다. 그냥 일이라고 하기에는 의미를 전달할 수 없는, '아내의 일'을 표현하기에는 부정확한 말이었다.

아내의 일은 노동의 한계 상황이거나 최악의 생존이라고 말할 수 있었다. 아내는 6시쯤 일어났고 두 아이를 깨우는 일부터 시작했다. 아내는 입맛 없다고 싫다는 아이들에게 억지로 밥 한 숟가락이라도 뜨게 한 뒤에야 집밖으로 내보냈다. 종종 교복을 다리지 못했거나 준비물을 챙길 수 없을 때면 젖은 눈으로 나를 흘겨보기도 하였다.

아이들을 학교에 보내고 나면 아내는 재래시장으로 향했다. 신촌에는 마트나 백화점뿐이어서 가격도 비쌌고 필요로 하는 식재료를 다 구매할 수도 없었다. 구로에는 남구로시장·구로시장 등 크고 오래된 재래시장이 있어서 장을 보기에 편리했다. 물건이 다양했고 가격이 저렴했다. 특히 야채를 사기에는 더 없이 좋은 시장이었다.

아내는 매일 누군가에게 쫓겼다. 마트 뒤편의 주차장과 재래시장 안쪽 골목과는 거리가 있었다. 백 원 오백 원이라도 더 싼 값에 야채를 사려고 아내는 골목 깊이 들어갔다가 양손에 무겁게 장 본 것들을 들고 나오면서 아예 울상이었다.

"얼마 차이난다고 매일 그렇게 극성을 떨어? 마트에서 장보고 차라리 시간을 아끼는 게 더 이익이겠다. 그 거 조금 싸게 산다고 시장 다 헤매고 시간 낭비하고 힘드니까 아침부터 인상 쓰고, 사업하는 사람이 머리를 써야지…."

시장 볼 때마다 우리는 다퉜다. 시장 초입의 마트로 오라고 한 아내는 한 번도 그곳에서 장을 보지 않았다. 마트보다는 재래시장의 물건

가격이 쌌다. 마트 주차장에 차를 세워놓고 아내를 기다리다 결국 아내를 찾아나서야 했다. 늦어도 10시 전까지는 식당에 도착해야 점심장사를 할 텐데 아내는 매번 시간을 장보는 일로 다 까먹었다. 세상에 제일 시간이 더디 가는 게 시장을 봐오는 아내를 기다리는 일인 듯했다.

"그렇게 머리 좋은 사람이 왜 이런 힘든 식당을 하실까?"

아내는 내 얼굴에 침이라도 뱉고 싶어 하는 표정이었다.

식당에 도착한 아내는 주방으로 들어가기 바빴고 서둘러 점심 장사를 준비해야 했다. 주방에 들어가면 아내는 명의상 사업자 대표일 뿐 더 이상 실질적 사장은 아니었다.

"장사 하루 이틀 할 것도 아닌데 매일 그렇게 직접 장을 볼 거예요? 직접 장을 볼 거면 출근하기 전에 재료는 준비해 줘야 일을 할 거 아녜요? 장사를 하자는 건지 말자는 건지….."

직원이 서너 명이라도 될 때는 그래도 사장이라는 위신을 세울 수 있었다. 팔 만큼은 파는 거 같은데도 남는 게 없자 할 수 있는 방법은 직원을 줄이고 주인들이 일을 더하는 수밖에 없었다. 근무조건이 나쁠수록 직원은 당당했고 주인은 직원의 비위를 맞춰야 했다.

"아, 미안해 언니. 애들 뒤치다꺼리 하다보면 꼭 이렇게 늦어지네. 다음에는 장 일찍 봐올게요."

직원도, 아내도 서로 속내를 감추고 있었다. 주방의 직원은 식재료 구매를 자신이 관장하기를 바랐다. 자신이 주방을 맡고 있으니 야채든 양념이든 직접 발주하고 관리해야 일하기 편하다는 명분이었는데 다른 욕심이 있었다. 가령 상추나 쑥갓을 발주할 때도 직원은 가장 비싸고 좋은 것으로만 주문했다. 그래야 일이 편했다. 또 직접 발주를 담당하면 거래처와 모종의 권리도 형성되고 가끔은 그 과정에서 식재료를 빼돌리는 사람도 없지 않았다.

"식당은 손끝에서 몇 푼 남는 건데 남의 식구한테 어떻게 맡겨? 야채 다듬기 싫으니까 무조건 비싼 거 시키고 제일 좋은 건 자기들이 먼저 먹고. 그래서 앞으로 남고 뒤로 다 까지는 건데."

아내의 말은 옳았다. 실장이라는 책임자를 두고 네 명의 직원이 일했을 때 아내나 나는 주인인데도 함부로 남용되는 식재료 문제에 대해 참견할 수 없었다. 그것을 간섭하면 사장이 최소한의 직원 영역을 침범하는 것이었고 그건 함께 일하는 사람들끼리 서로 넘보아서는 안 될 공존의 규칙처럼 인식되어 있었다.

아내는 퇴근할 때마다 내게 실장에게 재료 아껴 쓰라는 잔소리를 하라고 성화였다. 결국 장사가 되지 않아서 실장 체제를 유지할 수 없게 되자 아내가 주방을 챙겨야만 했다. 아내는 그동안 실장이 뚫어놓은 거래처를 끊고 직접 장을 보러 다녔다. 재료비는 반으로 줄었다.

"우리가 그동안 헛장사 했어. 누굴 믿냐고? 절대로 재료 구매는 주인이 해야 돼."

아내는 재래시장 곳곳 발품을 팔어서 한 푼이라도 싸게 사려고 애썼다. 거래처에서 비싸게 주고 최상품만 시킨 것만은 못했어도 장사하기에는 충분한 것들이었다. 다만 손이 많이 갔다. 시든 이파리를 뜯어야 했고 관리를 잘해야 했다. 당연히 일이 많아지니 주방 직원이 좋아할 리 없었다.

"사람도 없는데 잔일 너무 많이 만들지 마세요. 좋은 재료 써서 장사를 더 할 생각을 해야지 야채 이까짓 거 얼마 한다고 이런 데서 돈을 아끼려고 그래요. 우리 사모는 장사하려면 아직 멀었어."

"내가 그래서 언니 힘들까봐 주방보조 열심히 하잖아. 야채 다듬을 건 그냥 놔. 내가 다 해줄게."

직원, 사장 따질 계제도 아니긴 했지만 아내는 무슨 하녀처럼 고개를 숙였다.

아내는 그렇게 스스로 일을 만들었다. 시간이 나면 커피를 타서 주방 언니에게 바쳤고 설거지부터 냉장고 정리까지 잡다한 일들은 다 아내의 몫이었다. 고깃집인 만큼 종종 저녁 예약이 잡히면 또 혼자 홀로 나와 모든 테이블 세팅을 준비해야 했다. 대학생 아르바이트생에게 맡길 수 없는 일이었다. 밤 10시가 되면 주방 직원은 퇴근했고 손님이 있든 없든 시간만 지나면 돈으로 메꿔야 하는 알바생도 가능한 일찍 퇴근시켰다.

"알바에 시간 뺏기지 마라. 가서 얼른 공부해라. 그게 남는 거야. 그래야 나중에 이런 고생 안하지."

아내는 그 때 그 때 필요한 말을 잘 찾아냈고 삶에 소용되는 말은 결코 피하지 않았다.

"일찍 가자고. 손님도 없는데."

밤 11시가 되면 나도 피곤했다. 중학생인데도 딸아이는 집에 혼자 있기가 무섭다고 했다.

"불 켜놓고 기다려야 손님 한 팀이라도 받을 수 있지, 불 꺼놓고 돈구멍 막아버리면 어디서 한 푼이라도 그냥 생기는 데가 있어?"

그렇게 아내는 자정까지 식당을 지켰다. 서둘러 집으로 돌아가면 새벽 1시였고 아내는 또 그 때서야 자잘한 집안 살림이며 밀린 빨래를 찾아 세탁기를 돌렸다. 내가 거들었지만 아내의 일은 끝이 없었다. 눈 뜨면 일이었다. 항상 잠이 부족했고 어느 날 아침은 싱크대에서 쓰러지기도 했다. 아내는 병원에 입원해야 했었고 의사는 과로가 얼마나 무서운 질병인지를 각인시켜주었다. 당분간 식당에서 힘든 일을 하면 안 되고 휴식을 취해야 한다는 의사의 경고에도 불구하고 아내는 이틀 만에 강제로 퇴원해서 다시 식당일을 시작했다.

아내의 일은 그랬다. 식당을 시작한 뒤로 아내는 그렇게 전쟁 아닌 전쟁터를 지키고 살아왔다.

'보라카이 개만도 못한 인생이구나.'

아내에게 뭐라고 답장을 해줄까 고민하면서도 정작 내 머릿속을 스치고 지나간 생각이었다.

'나 일 다녀.'

아내가 보낸 메시지가 내가 겪어본 일 중에 가장 끔찍한 사건이라도 되는 것 같았다. 뭐든지 아내와 연관된 일은 세상의 가장 막바지 같았다. 함께 식당에서 일해야 하는 것이, 재래시장을 돌아다니면서 장을 보고 올 아내를 기다리는 일이, 또 아내가 하는 말이 내게는 세상의 가장 견디기 힘든 최후의 것들로 느껴졌다. 일 다닌다는 아내의 말이 마치 아무 감정도 없이 자살을 예고하고 그 자리에서 즉시 극약이라도 입에 털어 넣는 듯한 환상을 불러일으켰다. 아내의 어법에는 우회적이란 없었고 즉시 행동할 수 있다는 단호함뿐이었다. 말과 행동의 간극이 없는, 아내의 삶은 늘 액면 그대로였다. 그런가, 그러하지 아니한가가 정확했다.

'일하지 마!'

아내가 다시 일을 해서는 안 될 것 같았다. 나는 말리고 싶었지만 말이 나오질 않았다. 그것은 생각이나 감정으로 교체할 수 없는 현실의 압박이었기 때문이었다.

나는 더 이상 느린 걸음으로 탐비사안비치를 산책할 수는 없었다. 무슨 까닭으로 점점 높아지는 수위 때문에 부드러운 모래벌판도 바닷물에 자취를 감췄다. 제 영토를 뺏긴 보라카이 개들처럼 나도 탐비사안비치에서 밀려났다. 여느 때의 밀물과 썰물과 같지 않았다. 여전히 파도는 "촤아알! 촬!" 밀려왔다 멀어지는 것 같았지만 자꾸만 리조트 마당 가까이 수위를 높여왔다

나는 어떤 결정도 내릴 수 없었다. 보라카이에서의 시간이 지나면 어떤 방식으로든 움직일 수 있을 것이라고 생각했지만 오산이었다. 점점 더 깊은 시간의 터널로 내려가고 있을 따름이었다. 어느 정도 현재로부터 멀어지고 나면 멈출 줄로 알았다. 한 줌 재처럼 미련 없어진 생을 탐비사안비치의 바다에 뿌리든지 모래알 한 줌 만큼이라도 남은 생의 에너지라도 그러쥐고 다시 아내 곁으로 돌아가든지 결정할 줄로 믿었다.

'무슨 일을 또 해? 아직도 세상에 기대할 것들이 남아있어? 차라리 그냥 다 놓고 살아버려. 온 힘을 다하고 사나 포기하고 사나 차이도 없잖아. 이제 당신 스스로에게 면죄부를 줘도 돼. 아직 늦지 않았어. 연애도 좀 하고 거짓말도 좀 해. 차를 타자면 차를 타고 호텔로 가자면 호텔을 가. 그렇게 살아도 돼. 뭐가 문제야. 세상에 정의가 어디 있고 양심이 어딨냐. 제발 더 이상 어리석게 살지 말라고. 이 둔한 여자야…'

일을 다닌다는 아내의 문자를 받은 뒤로 나는 좀처럼 마음의 안정을 취할 수가 없었다. 폭탄을 터트리고 싶은 심정이었다. 모두 소멸시키

고 싶었다. 다 같은 땅에 다 같은 아파트 한 채인데 어디는 수십억씩 하는 부조리한 현실을 인정하고 싶지 않았다. 어떤 사람은 일 분 일 초가 심심해서 딴 짓 못해 발광인데 누구는 하루 10시간씩 힘들게 일을 해도 생계를 꾸리기 힘든 불공평한 세상의 '좆밥' 따위는 되고 싶지 않았다.

'우리는 충분히 개 같은 인생을 살았어. 아니, 개만도 못한 인생이지.'

아파트 경매 처분을 당하고 나면 얼마간 돈이 남기는 할 것이었다. 제1, 제2 금융권에 설정한 채무를 해결하고 나면 잘해야 몇 천만 원쯤 될 것 같았다. 식당을 폐업하고 건물주에게서 되찾은 보증금은 밀린 월세와 공과금 등을 빼고 3천만 원 정도였는데 나는 그 가운데서 1천만 원을 들고 나왔다. 2천만 원은 아내의 통장에 남겼다. 내가 돈을 어떻게 관리하든 아내는 더 이상 상관하지 않았다. 세상 밑으로 꺼져가는 마당에 지하 1,2층 따져서 뭐하겠냐싶은 자포자기였는지도 몰랐다.

"당신도 남잔데 좋은 데 가서 술이라도 한 잔해."

식당 마지막 영업일까지도 극성스럽게 장사를 했던 아내였다. 폐업을 하고 건물주와 정산을 마친 뒤 잔금을 받았을 때 아내는 뜻밖의 이야기를 했다. 농담이나 비아냥으로는 들리지는 않았다.

"망했든 어쨌든 그래도 사장이었는데 큰소리 한 번 못치고. 억울하잖아. 몇 백 주면 실컷 마실 거 아냐? 강남 같은 데로 가서 아가씨들도 부르고 하룻밤이라도 당신 기분대로 해봐."

아내는 전에 없이 담담한 태도였다. 문을 닫는 날까지도 목청을 높이며 장사를 고집했던 모습과는 전혀 달랐다. 식당의 결말에 이르게 되자 섬뜩할 정도로 태연했다. 더 이상 기대할 것 없는 처연한 상황이 도리어 아내의 태도를 무덤덤하게 만들었는지도 몰랐다.

"미안해….".

나는 아내에게 힘들게 말했다. 다른 어떤 말도 할 수 없었다. 아이를 둘 낳고 20년 넘게 부부로 살아왔다는 사실이 거짓말 같았다. 여전히 사랑이라는 단어는 불편했다. 아내에게 온유하고자 하였으나 부자연스러웠다. 나는 말하고 싶었다.

'빈손으로 가는 게 인생이라잖아. 열심히 살았던 걸로 충분해. 그래도 아이들도 컸고 우리가 아무 것도 안했거나 못한 건 아니라고 생각해. 우리 차지가 되지는 않았지만 우리가 열심히 번 돈이 세상을 지키는 양식으로 쓰일 거라고 믿어. 우리대신 애들이라도 잘되겠지. 그동안 당신 너무 힘들게 일했어. 당신 좋아하는 따뜻한 동남아시아 여행이라도 다녀와.'

그러나 낮은 목소리로 아내에게 미안하다는 한 마디 외에 아무 말도 하지 못했다. 오랜만에 아내를 뜨겁게 끌어안았던, 공항으로 나오기 전의 그 마지막 밤에도 나는 아내에게 아무 말도 할 수 없었다.

'사랑해!'

나는 한 번쯤 아내에게 고백하고 싶었다. 돌이켜보면 그런 기억은 희미했다. 옛날 영화처럼 사랑은 점점 아득한 곳으로 사라지고 있었다.

아내의 일은 점점 나를 협박하기 시작했다. 결정을 내리라는 재촉했다.

"일을 할 거야 안할 거야?"

아내의 차가운 목소리가 들려왔다. 식당에서 장사할 때 아는 사람들이 찾아오거나 단골손님과 술잔을 붙들고 늘어질 때면 아내는 눈을 흘

187

기곤 했었다.

"당신은 식당 주인이야. 당신이 사람들하고 같이 술 먹고 놀아도 돼? 당신이 안하면 누가 일하냐고? 당신이 주인공이 아니잖아. 제발 오버하지 마. 인사치레로 한 잔 받고 마는 거지 어떤 식당 주인이 손님이 주는 술 다 받아 마시고 희희낙락 하냐고. 자기 자리를 지켜."

내가 비운 자리는 늘 아내가 떠맡아야 했다. 아내의 생을 지배하는 신은 일뿐이었다.

"사업 같은 거 할 생각하지 마. 자영업 하는 건 어리석은 일이야. 밑천 다 까먹고 모든 에너지를 세상에 바치고도 아무 보상도 받지 못하는 일이야. 엄마한테 애들 맡기고 솔뫼식당 시작했을 때 점쟁이가 한 말이 맞았어. 전생에 죄 많은 사람들이 식당 하는 거래. 세상 사람들에게 밥 퍼주는 걸로 전생의 빚을 갚는다는 거지. 할 만큼하고 완전히 망했으니까 어쩌면 잘된 일일지도 몰라. 죗값은 다 치른 걸 수도 있어."

임종을 앞둔 사람의 유언처럼 아내는 가끔 한 마디씩 던지곤 했었다. 아내의 말은 무당의 공수처럼 들려왔다. 생의 바닥까지 추락하는 동안 아내는 실제 무당처럼 세상의 비밀을 알게 된 것일지도 몰랐다. 아내의 표현은 예사롭지 않았다. 아내의 말처럼 모든 죗값이 치러졌기를 바랐다. 그래서 더 이상의 고난은 없기를.

'아빠 언제 오세요? 엄마 병원 다녀요. 엄마가 우리 보고 연락하지 말라고 해서 기다렸는데 너무 오래 걸리는 것 같아서 걱정돼요. 사업 실패하고 아빠도 많이 힘드시다는 건 알겠지만 이건 아니잖아요. 엄마는 또 일 다니기 시작하는데 말은 안 해도 엄마도 마음속으로는 얼마나 힘들겠어요. 아무리 힘들어도 아빠가 엄마 옆에 있어줘야 하는 거 아니

에요?'

도망자처럼 집을 떠나 보라카이로 온 뒤 한 순간도 아이들 생각이 머릿속을 떠난 적은 없었다. 아이들도 연락이 없기는 마찬가지였지만 아마도 아내가 시켰을 것이라는 짐작대로였다. 아내가 병원 일 다닌다는 딸아이의 문자메시지가 다시금 내 가슴을 짓눌렀다. 협심증 때문에 숨이 불편했다. 사방의 모든 것들이 나를 옥죄어와 질식할 것만 같았다. 잠잠했던 공황장애가 다시 도지기 시작했다.

"청소가 어때서? 나는 당당하게 일하는 게 좋아. 신경 안 쓰고 깨끗하게 청소하고 나면 내 기분이 더 상쾌해져. 인제 힘들게 장사 그런 거 안 할 거야."

식당 폐업이 현실로 다가올 때쯤 아내는 단골이었던 대형병원의 용역업체 소장에게 부탁하곤 했었다. 식당 그만두면 병원에서 청소할 수 있게 해달라고.

"우리 사모님처럼 젊고 이쁜 분이? 농담도 잘하셔."

소장은 지나가는 말로 들었지만 나는 아내가 실제 취직을 하려고 한다는 것을 알고 있었다. 자꾸만 아내의 모습이 내 앞에 어른거렸다. 흰 장화를 신고 빨간 고무장갑을 낀 뒤 변기를 닦거나 밀대를 들고 병실 바닥을 닦는 아내의 모습이었다.

"이게 어때서? 왜?"

아내는 안쓰럽게 쳐다보는 나를 향해 따지기라도 하는 듯했다.

나는 딸아이에게 어떤 답장도 보내지 않았다. 문자를 쓰는 순간 내가 어떻게 무너질지도 모른다는 불안감 때문이었다. 탐비사안비치 새벽 바다에서 보았던 휘황한 일출처럼 모든 것들이 스스로 자명해질 때까지 막연한 시간에 기대는 수밖에 없었다.

'정말 잔인한 인생이구나.'

보라카이의 따듯한 날씨에 화가 났다. 눈보라가 치거나 영하의 추운 겨울일기라면 차라리 나을 것 같았다. 더 이상 추접한 현지 사람들의 오토바이나 트라이시클 따위를 타고 싶지 않았다. 길 위를 점령한 개들을 볼 때마다 걷어차고 싶었다. 웃통을 벗고 거무튀튀한 피부를 드러낸 필리핀 사내들, 꾀죄죄한 꼬락서니로도 키득거리기 일쑤인 거리의 꼬맹이들, 못 먹이고 못 얻어먹어서 쥐처럼 눈빛만 형형한 애기들을 안고 서 있는 초라한 젊은 아낙들… 그럼에도 삶은 아무 문제 될 게 없다는 듯 무정하기만 한 그들의 모습을 일거에 무너뜨리고만 싶어졌다.

나는 비싼 술을 마시며 가지고 있는 돈을 써버릴 생각이었다. 언제나 돈이 문제였다. 가지고 있는 돈이 없거나 써버렸다면 나는 어떤 방식으로든 행동했을 것이었다. 그동안 리조트에서 주는 조식 한 끼를 먹고 55페소짜리 레드호스나 1kg에 65페소 하는 바나나, 한 줄에 10페소짜리 꼬치구이 따위로 버텨왔다. 식사를 참으면서까지 아껴왔던 돈을 쓰레기 버리듯 써버릴 참이었다.

한 번도 시원하게 돈을 써 본 기억은 없었다. 아무리 기분 좋은 자리에 나가도 마지막에 내 신경을 건드리는 건 돈이었다. 3,4만 원쯤 되는 밥값이라면 짐짓 유쾌한 표정까지 지으면서 계산대 앞으로 자신 있게 걸어갈 수 있었지만 금액이 10만 원쯤 되면 머뭇거려야 했다. 나는 식탁 위에 올려둔 핸드폰을 챙기면서 뜸을 들였고 티슈를 몇 장씩이나 뽑아 입가에 지워지지 않는 물감이라도 묻은 것처럼 여러 번 닦았다. 어떡하든 절대로 계산을 하지 않을 생각이면서 마치 지갑이라도 찾는 것처럼 바지주머니를 뒤지기도 했다.

"가자고."

지인이 먼저 일어나면 "잠깐만" 하고 나는 마지막까지 시간을 붙들고 늘어졌다. 나는 화장실로 갔고 기어이 "얼마죠?"라며 일행이 카운터 직원에게 묻는 소리를 듣고 나서야 비로소 안심하고 혁대를 끌렀다. 물론 오줌을 누려고 한 건 아니었다. 꺼진 불이라고 방심했다가 더 큰 화재가 발생할 수도 있다는 걸 알고 있었기에 보다 더 확실하게 상황이 종료되기를 기다리는 것이었다. 카드단말기에서 영수증 인쇄되는 기계음이 들릴 때쯤 나는 마침내 화장실에서 나왔다.

"아 여기 진짜 맛있네요. 다음에 또 올게요."

식당 직원에게 괜한 너스레를 떠는 걸로 나는 민망한 순간을 모면했다. 물론 내가 능청부리고 화장실에 가는 척했다고 해서 언제나 일행이 계산을 마친 건 아니었다. 언제나 고수가 있기 마련이었다. 내게 계산을 미루고 먼저 식당을 나가버리는 자가 있었다. 괜히 화장실에서 꼼수를 부리면서 뭔가 찜찜한 느낌에 계산대로 나와 보면 그는 벌써 밖에 나가있거나 느긋한 표정으로 담배를 피우고 있었다. 그는 인사 대신 손을 흔들었는데 '내가 니 머리꼭대기에 올라가 있다, 이놈아. 그래 화장실에서 아주 생똥이라도 한 판 싸고 더 천천히 나오시지 그래'라며 야유라도 퍼붓는 것 같았다.

한 번도 개운한 기분으로 돈을 써보지 못했었다. 돈 때문에 늘 비겁한 연기를 하지 않을 수 없었다. 아내가 도맡아 시장을 본 것도 내가 돈 쓰기에 미숙했기 때문이었다. 나는 천 원을 달라면 천 원을 줬고 만 원을 내라고 하면 만 원을 냈다. 뒤에 몇 백 원 정도의 우수리가 따라 붙어도 계산을 했다. 누군가 함께 먹은 음식 값을 혼자 내는 것도 부담스러웠지만 남의 물건 값 근거 없이 할인해달라고 요구할 배짱도 없었다.

"당신 장사하는 사람 맞아? 다른 사람들은 자기 입으로 먹은 밥값도 깎아달라고 하는데 장사꾼들이 부르는 대로 돈 다 주는 사람이 어딨어?"

어서 돈을 써버려야 할 것 같았다. 내가 가지고 있는 돈이 내 삶을, 내 생을 파괴시키는 원인이라도 되는 것 같았다.

나는 디몰로 나갔다.

토토를 불러냈다. 그는 보라카이에서 내가 연락할 수 있는 단 한 사람이었다. 토토는 내 명령을 기다렸던 부하처럼 연락을 받으면 즉시 움직였다. 검은색 모자, 흰색 티, 검은색 반바지는 변함없는 토토의 차림새였다. 토토는 작은 키에 얼굴부터 팔다리까지 검은 털이 수북했다. 그는 기껏 거리를 오가는 사람들에게 마사지를 권하거나 개별적인 인연을 통하여 소개받은 한국 관광객들의 가이드를 하면서 생활했다.

삶에 대해 특별한 목적을 갖고 있지 않아 보이는 토토였다. 레이크타운을 왼쪽에 두고 오른쪽으로 꺾어지면 오십 미터쯤 앞에 토토가 사는 집이 있었다. 맞은편에는 현지인 식당 알렉스(Alexis)가 있었다. 자스퍼(Jaspers)도 그랬고 보라카이 사람들은 식당을 할 때 상호를 자신의 이름으로 짓는 전통을 갖고 있는지도 몰랐다.

토토의 집은, 방 한 칸의 자취방이 전부였다. 월세가 매우 비싸다는 이야기를 들었을 때만 하더라도 토토의 자취방이 그렇게 허름하리라고는 상상하지 못했다.

"오! 노노!"

처음으로 토토의 집을 방문했을 때 나는 거의 비명을 질렀다. 그때까지 내가 알고 있었던 집의 개념에 '토토의 방'은 포함되어 있지 않았다. 좁은 골목 이 층 집으로 올라갔을 때 몇 개의 방들이 붙어있었다. 방 안에는 시트도 없는 나무 침대 하나가 놓여있었다. 벽걸이에 걸린 옷가지 몇 개와 바닥에 놓인 선풍기 한 대가 살림살이들의 전부였다. 공동 화장실에서 씻거나 빨래를 해야 했다. 밥을 해먹는 것은 고사하고 커피 한 잔 끓여먹을 수도 없었다.

보라카이의 물가를 이해할 수 없었다. 값싼 건 인건비뿐이었다. 그 방을 사용하기 위해 토토는 한 달에 보통 근로자들 월급의 반에 해당하는 5,000 페소씩을 지불해야 했다. 술을 좋아하는 토토가 그 방세를 내면서도 생활이 가능하다는 게 신기할 정도였다.

"오까이, 노 프라블럼(Okay, no problem)!"

불편하지 않느냐고 물을 때마다 토토의 대답은 한결 같았다.

"토토 좋은 데로 가자."

토토는 내 말귀를 얼른 알아듣지 못했다.

"미스타 팍, 좋은 데? 어디?"

하긴 전혀 다른 방식의 문화생활을 한 그가 내 말을 금방 이해하지 못하는 건 당연한 노릇이었다. 그는 나를 돈 많은 한국 사업가 정도로 받아들였다. 그가 내게 무슨 일을 하냐고 물었을 때 나는 사업가라고 대답했다. 무슨 사업을 하느냐, 직원이 몇 명이냐 라고 물었을 때 나는 유통업을 크게 한다고 아무렇게나 대답해버렸다. 그에게 내 사정을 알리고 싶지도 않았지만 설사 설명을 하려고 해도 그건 매우 복잡한 내용이었다. 지나온 인생을 낯선 외국인에게 쉽고 간단하게 설명한다는 게 오히려 이상한 오해를 불러일으킬 수 있었다. 더구나 현실 상황만이 아닌 심리적 갈등은 표현 자체가 무리였다. 그것도 영어를 써야했는데 내가 그렇게 심오한 영어까지 즐기는 편은 아니었다.

'토토 니가 좋은 데가 어딘지 알 리가 없지. 네가 지금 내 심정을 어떻게 알겠어?'

디몰 거리는 사람들이 물결처럼 출렁거렸다. 슬리퍼를 신고 비키니 차림이거나 모자를 쓴 사람들, 한국 사람들이 그 거리를 장악하고 있었다.

"술 마시자."

벌써 어둠이 내리고 있었다.

내가 보라카이에 들어온 건 11월이었다. 나는 그 때부터 싫으나 좋으나 캐롤송을 들어야만 했다. 크리스마스가 다가오자 캐롤송은 점점 기승을 부린다는 느낌이었다.

'울면 안 돼 울면 안 돼 산타할아버지는 우는 애들에겐 선물을 안 주신대요….'

캐롤송이 레이크 타운 호수 위에서 넘실거리고 있었다. 초록 빨강 노랑 보라 네 가지 색깔의 휘황한 LED 조명이 캐롤송을 위한 호위무사가 되어 번쩍거리고 있었다.

"산미구엘? 탄두아이? 뭐 마실까?"

"비싼 데 없니? 노래도 부르고 아가씨도 있는 데?"

토토는 한 걸음 물러나 나를 다시 쳐다보았다.

"노! 그런 데 없어."

토토는 고개를 흔들었다.

보라카이에 그런 유흥업소는 없었다. 적어도 토토는 내게 그런 곳을 안내하지 못했다. 돈을 쓰려고 해도 돈 쓸 곳이 마땅치 않은 경우는 처음이었다.

"쏘주? 삼겹살?"

토토가 되물었다.

좁은 보도블록 위에 서서 나는 한참동안이나 사람들의 통행을 방해해야만 했다.

'그래 소주나 마셔볼까?'

나는 엉겁결에 고개를 끄덕였고 토토는 화이트비치가 아닌 도로 건너편 불라복비치를 향해 앞장섰다. 한인식당이었다. 보라카이에 온 뒤로 나는 입술을 깨물면서까지 한인식당을 외면했다. 탐비사안비치는 외딴 곳이었고 원주민 외에 한국인이 잘 찾지도 않는 곳이었지만 화이트비치에는 한국인이 절반 이상이었다. 한국인들에게 유명한 관광지인 것은 알고 있었지만 보라카이에 그렇게 많은 한국인이 찾아올 줄은 몰랐었다.

"삼겹살 쏘주 베리 쿳! 쿳! 미스타 팍, 따가이!"

토토는 내게 술을 권했다. 골목 안쪽 보이지 않는 곳이었는데 식당 안을 한국 사람들이 메우고 있었다. 사람들은 더러 옆자리 사람에게 술을 권하며 일상을 떠난 관광객으로서의 호기를 부리기도 했다.

소주와 김치를 먹어보기는 참 오랜만이었다. 리조트에서 열흘쯤 지났을 때 나는 몸 상태가 이상해지는 걸 느꼈고 정신적으로도 매우 흔들렸다. 그 까닭이 김치나 고추장 등 한식을 먹지 못했기 때문이라는 사실은 뒤늦게 깨달았지만 나는 그래도 의식적으로 한식을 외면했다.

"혹시 김치 필요하시면 말씀하세요."

한국인 리조트 사장이 나를 배려해 주었지만 나는 괜찮다고 했다. 김치를 먹지 못해서 화가 날 정도였지만 적어도 보라카이에 있는 동안은 한식을 먹어서는 안 될 것처럼 멀리했다. 사실 빵이나 소시지 계란프라이 등의 리조트 조식은 내게 전혀 맞지 않는 음식들이었다. 식당을 운영했으면서도 내 식사는 늘 김치와 장류였다. 빵이나 피자, 파스타 등 서양식 면류는 아예 입에 대지 않던 음식이었다.

"맛있니?"

나는 토토에게 작은 소리로 물었다.

"오카이! 딜리셔스!"

토토는 아예 소리를 질렀다. 옆에 있던 한국인 청년이 토토를 향해 술잔을 쳐들고 "건배!"를 외쳤다.

두 잔의 소주를 마시고나자 뱃속에 감전이 되는 느낌이었다. 김치를 삼켰을 때는 토해야 할 것처럼 몸 전체에서 격렬한 반응이 일어났다. 한 달쯤 음식을 제대로 먹지 못하고 물을 바꿔 마신 탓이었다. 내 몸은 면역력이 떨어져있었다. 나는 물을 마신 뒤 진정했고 다시 소주를 마셨다. 삼겹살은 먹을 엄두가 나지 않았다. 기름기 있는 고기를 삼켰다가는 곧 설사를 할 것 같았다.

"미스타 팍! 왜?"

아무렇지 않은 듯 안정을 취하려고 해도 몸이 다스려지지 않았다. 소주 네 잔, 반 병쯤 마셨을 때는 자꾸 기침이 올라왔다. 연기를 쏘인 것처럼 눈이 맵고 눈물이 났다.

"토토, 미안해."

나는 천 페소짜리 두 장을 토토에게 준 뒤 한인식당을 나왔다. 따라 나오려는 토토를 막으며 뒤로 밀어버렸다.

도로 건너 바닷가, 불라복비치로 향했다. 불라복비치에는 거친 바람이 불었다. 화이트비치와 달리 상가가 없는 불라복비치는 어둠에 젖어 있었다. 나는 모래벌판 위로 누웠다. 먼 하늘에서 별들이 빛났다.

열 살 때였을 것이다. 여름이면 마당에 멍석을 깔고 흙냄새 나는 아버지 옆에서 눕곤 했었다. 수많은 별들이 빛났고 아버지는 가끔 손뼉으로 모기를 잡았다.

"나중에 크믄 우리 진섭이는 뭐이 될겨?"

"면서기유."

"핀때(펜대) 잡을라믄 공부 잘해야 하넌디."

"내가 일등이잖아유 아버지."

"그려 근동에서 우리 진섭이 따라올 애덜은 웁지. 하늘 천 따 지 검을 현 그 다음이는 뭐여?"

"누루황이지유 아버지. 내가 그런 것두 몰르깨미(모를까봐) 물어봐유. 또 물어봐유 아버지."

"아녀, 뎠어. 진섭이는 공부 열심히 해서 후제 핀때 잡고 편안히 살어. 공부 못하믄 아버지처럼 농사나 짓고 쇠새끼처럼 심들게 일만 해야 되능겨. 알었지?"

나는 아버지에게 '집 우(宇) 집 주(宙)'도 외우면서 자랑하고 싶었지만 아버지는 벌써 코를 곯아대며 잠에 빠져있었다.

"아버지!"

나는 낮은 소리로 아버지를 불러보았다. 입관 전 마지막으로 내 얼굴로 비벼댔던, 냉동 사체가 된 아버지의 얼굴에서 전해지던 차가운 촉감이 되살아났다. 아버지의 장례식을 치르면서 가장 슬픔이 복받쳤던 순간이었다. 입관하기 전 마지막으로 유족들에게 아버지의 얼굴을 보여주는 이별의 시간이었다.

"아버지이! 아버지이!"

여동생은 울다가 기절했다. 막내 남동생은 마구 입관실 바닥을 발로 굴러댔다. 어머니도 형도, 입관실에 참관한 가족들은 모두 절절하게 슬픔을 토로했다. 동참했던 친지들도 손으로 눈물을 훔치며 아버지와의 작별을 안타까워했다.

'아버지 미안해요….'

나는 내내 흐르는 눈물을 가릴 수 없었다. 아버지는 입을 앙다문 모습이었고 할 말을 다 못한 사람처럼 미련을 둔 표정이었다. 장례지도사의 만류에도 불구하고 나는 아버지를 끌어안고 오랫동안 아버지의 얼굴 위에 내 얼굴을 묻었다.

"왜 그렇게 일만 하시다 가셨어요? 일 좀 하지 말라니까 일이 그렇게 좋았어요? 하루도 편히 쉬지 못하고 이게 뭐예요 아버지! 아버지 얼른 일어나서 대답 좀 하세요. 소리라도 질러보시란 말이에요!"

막내 남동생은 절규했었다. 아버지는 참으로 일만 했었다.

'아버지 어디로 가셨어요?'

나는 불라복비치 하늘의 별을 보며 물었다. 아버지를 향한 때늦은 죄책감이 밀려왔다. 생활은 늘 나의 마음과 엇나갔다. 아버지가 운명하기 전 나는 하루라도 빨리 아버지 곁으로 돌아가고 싶었다. 아버지가 죽이라도 삼킬 수 있고 말귀라도 알아들을 수 있을 때 아버지 곁으로 가려했지만 현실의 덫에서 빠져나올 수 없었다. 식당을 폐업하고 달려갔을 때 아버지는 사자와 다름없었고 내게 어떤 말미도 주지 않고 일주일 후 다른 세상으로 떠나버렸다.

불라복비치가 블랙비치라는 이름으로 환치되었다. 검은 기억들의 소용돌이였다. 삽시간 주위가 스산해지고 몸이 떨렸다. 아버지를 향한 연민이 멈추어지지 않았다. 밤하늘을 올려다보았지만 달콤했던 유년의 추억은 사라졌고 다시 만날 수 없었다. 병원으로 청소하러 다닌다는 아내의 '나 일 다녀'라는 문자가 칼이 되어 내 몸 곳곳을 찌르기 시작했다. 아버지에 대한, 아이들에 대한, 아내에 대한 죄책감이 산사태처럼 나를 덮쳤다.

"준수 에미한티 가거라. 그러믄 못 쓰는 벱이여."

어디에선가 아버지의 음성이 들려왔다.

나는 몸을 일으켜 세웠다. 구차해진 기분 때문에 더 이상 오토바이나 트라이시클 따위를 의지하고 싶지는 않았다. 탐비사안을 향하여 천천히 걷기 시작했다. 걸음을 옮길 때마다 '아내의 일'이 포로병의 등 뒤에 겨누어진 총구처럼 바싹 나를 따라붙었다.

아로스 칼도

무망한 시간의 횡포였다. 들끓는 생각뿐, 모든 것들은 단조로웠다.
침대에 누웠다가 잠들었고 눈이 떠지면 일어났다. TV 리모컨을 켰을
때, 방송이 나오면 뉴스를 보았고 영상 없이 잡음만 나오면 다시 리모
컨을 눌렀다. 예고 없이 전기가 나가듯 TV도 어느 때는 아무 것도 나오
지 않았다. 방송프로그램은 다양했지만 나는 채널을 유일한 한국방송
54번 YTN에 고정시켰다. 일부러 뉴스를 봐야할 만큼 궁금한 나라 소
식 같은 건 없었다. 리조트 방에는 더블베드 두 개가 있었고 나 혼자 지
내기에는 지나치게 넓었다. 큰 방에 혼자 있어야 할 때마다 느끼는, 삶
으로부터 유폐당한 듯한 불안함을 피하고 싶었다. 나를 바라보는 내 안
의 감시자로부터 달아나고 싶었다. 그 예리한 의식을 막으려고 TV 소
음에 의지했다. 조금만 정신이 오롯해지면 어김없이 '아내의 일'이 삶
처럼 발톱을 세우고 덤벼들었다.

　하루에도 몇 번씩 같은 내용의 뉴스가 반복됐다. 뉴스는 나를 공격하
는 내 예리한 의식을 둔화시켜주었다. 이를테면 초점을 흐리는 것이었
고 현실을 잊게 해주는 모르핀주사와 같은 것이었다. TV에서 들려오
는 앵커의 음색에 몰두했다. 때로 그것은 페루 쿠스코 음악처럼 제법

흥겹게 살아 오르기도 했다. 단순한 음성, 소리뿐이었다. 그 내용에는 아무 관심도 없었다. 사람들이 서초동 법원 앞에 모여서 검찰개혁을 외친다거나 광화문에 모여서 나라를 살려야 한다고 궐기한다는 것 모두 그저 무성영화의 장면처럼 소리 없이 지나갔다. 시간은 흘러갈 것이었고 어느 쪽으로든 방향은 정해질 것이었다. 먼 바다를 건너와 전해 듣는 혼돈에 빠진 내 나라의 미래라든지, 사랑의 항해를 시작한 탐비사안 안젤린의 위태로워 보이는 앞날이라든지. 또 틈만 보이면 나를 공격하는 '아내의 일'은 어떤 식으로든 내 몸에 상처를 입힐 것이었다.

비자의 유효기간은 12월 21일까지였다. 성탄절이 다가오고 있었다. 천주교 국가라고 할 수 있는 필리핀 보라카이에는 가는 곳마다 캐롤송이 흘러넘쳤다. Bermonths라고 하여 그들은 달을 표현하는 영어 단어 뒤에 ber가 붙는 9월부터 12월까지 캐롤송을 즐겨듣는 문화를 가지고 있었다. 그것은 산뜻하고도 생뚱맞은, 어딘지 아귀가 맞지 않는 듯한 이질적인 감정을 불러일으켰다. 교회를 나가지 않더라도 12월이 되면 이유 없이 설렘을 퍼프렸던 거리의 캐롤송은, 서울 거리에서 사라진 지 오래였다.

더 이상 탐비사안 새벽바다를 견딜 수 없었던 나는 리조트의 조식을 거르는 대신 스테이션3로 나갔다. 나는 한 시간쯤 걸었고 HUE 호텔에 자리를 잡았다. 커피숍이며 레스토랑이며 풀장에서 화장실까지 호텔 HUE는 혼자인 내가 누구의 눈치도 보지 않으면서 시간을 보내기에 편리한 곳이었다. 와이파이 접속이 잘 안 되는 보라카이에서 스마트폰을 편리하게 쓸 수 있는 곳도 바로 휴 호텔이었다.

뜨거운 태양 아래서 12월의 캐롤송을 듣는 일이 나에게는 부자연스러웠다. 나는 그때까지 한 번도 뜨거운 크리스마스를 겪어본 적은 없었다. 성탄절은 으레 춥거나 흰 눈이 내리는 겨울과 동반하는 것이라는 깊은 잠재의식 때문이었다. 추운 날씨에 두꺼운 외투를 차려입고 또 다시 소득 없는 한 해를 보내야만 하는 헛헛함 같은 것을 보라카이에서는 느낄 수 없었다. 애써 또 한 해가 가고 있다고 생각을 가다듬어 보아도 후끈한 날씨는 금방 내 의식을 짓뭉개버렸다.

'아버지 그만 돌아오세요. 진짜 너무 심하네요. 아버지 떠난 지 한 달도 넘었습니다. 엄마가 많이 힘들어 하시는 것 같습니다. 일 다니시는 거 말고 아버지를 기다리시는 것 같아요. 아버지 푹 쉬다 오시게 연락하지 말라고 하는데 그게 엄마 속마음은 아닌 것 같습니다. 아버지 빨리 돌아오세요.'

아들은 비슷한 메시지를 몇 번째 보내왔다. 벌겋게 달군 인두로 생살을 지지는 듯한 통증이 느껴졌다. 나는 돌아가야 한다는 내 마음 속 채찍에 시달리고 있었다.

"땅에서 넘어진 자는 또 그 땅을 짚고 일어나는 법이야. 배운 게 도둑질인데 어쩔 도리가 없잖아. 장사했던 사람들은 다른 일 하기 힘들어."

구로동 풍선생의 이야기였다.

그러나 나는 다시는 식당이든 뭐든 장사를 할 엄두가 나지 않았다. 장사 이전에 다시 무엇을 시작할 의욕조차 없었다. 다시 하고 싶어도 더 이상 밑천도 없었다. 돈도 다 까먹었지만 삶의 구경꾼으로 지낼 수만 있다면 나는 내 생으로부터 한 걸음 비켜나 있고 싶었다. 저 찬란한 무대에 더 이상 내가 설 자리는 없었다. 10년 20년을 참으면서 존재감전혀 없는 단역 배우를 견뎌왔던 이유는 누구처럼 나도 언젠가 주목받는 스타가 될 걸 믿었거나 그런 욕심을 갖고 있었기 때문은 아니었다. 나는 최소한 그 무대에서 필요한 한 역할을 담당하고 있다는 것과 견딜 수 있는 정도의 보수는 받을 줄로 알았다. 그 당연한 정도의 수고만큼은 외면 받지 않기를 바랐고 그것은 어떤 욕심이나 기대도 아닌 현실을 유지하는데 필요한 최소한의 조건이었다.

나는 체류기간을 연장했다. 돌아가야 한다는 현실의, 아내에 대한 부채에 시달리면서도 비행기 표를 끊는 일은 망설여졌다. 준비 없는 출발에 대해 자신 없었다. 설령 다시 식당을 하게 된다고 하더라도 이제는 오롯하게 내 스스로 그린 그림이 있어야 한다고 생각했다. 오직 열심히 일한다고 해서 세상은 결코 마땅한 곳으로 내 생의 열차를 이끌고 가지 않을 것이라는 걸 유념해야만 했다. 또 다시 누군가의 잔치를 위해서 맹목적인 설거지나 하고 있을 수는 없었다. 가만히 있거나 세상이라는 이름으로 요구하는 것이라고 해서 무턱대고 따라가는 어리석음을 반복하지 않아야 했다. 소위 성공했다고 하는 유명한 사람이라거나 그것이 시대의 대세라는 이유로 덮어놓고 꽁무니를 뒤쫓는 어리석음을 피해야 했다.

호텔 휴의 안락한 소파에 누워 나는 세상을 바라보았다. 하늘은 맑고 깨끗했다. 1그램의 무게도 느껴지지 않는 하얀 구름과 청자 색깔 하늘을 바라보는 일은 나를 외로움에 빠뜨렸다. 풀장에서는 아이들을 데리고 온 가족들이 수영을 즐기며 행복한 시간 속을 유영했다. 나의 아이들은 커버렸다. 아들과 딸 그들은 스무 살이 넘어버렸고 지난 날 내가 청년이었을 때처럼 먹는 끼니와 잠잘 숙소의 방값을 벌기 위해 편의점에서, 택배업체에서 알바를 하고 있었다. 안타까운 미안함을 빼면 아이들과 공유할 수 있는 아름다운 기억들은 없었다. 지나간 시간에도 현재의 시간에도 내 삶에는 기쁨을 찾아볼 수 없었다. 아내는 장화를 신고 병원 화장실 청소를 하고 있을 것이었고 나는 삶의 중심으로부터 멀어져있었다.

무엇이 틀렸단 말인가?

누구의 잘못이란 말인가?

호텔의 안락한 공간을 이용하는 대가로 나는 돈을 지불해야 했다. 11시까지 운영하는 아침 뷔페는 650페소를 요구했다. 과일 빵 소세지 고기 파스타 채소 주스 커피…. 뷔페에는 맛있는 음식들이 충분히 마련되어 있지만 입맛을 잃은 지는 오래였다. 망고 몇 조각을 먹는 게 식사의 전부였고 나는 오렌지주스와 커피를 몇 잔씩이나 마셨다. 하루 한 번도 제대로 된 식사를 하지 않더라도 배가 고프다고 느낀 적은 없었다. 영혼의 허기와 갈증만 점점 심해졌다.

스마트폰 노트를 열어놓고 나는 푸념처럼 쓰기 시작했다.

'왜 그렇게 열심히 일했는가? 돈은 왜 벌지 못했는가? 성실하게 일했는데도 왜 한 가정을 지키지 못하는가? 누구의 잘못인가? 이것은 모두 나 자신의 잘못이란 말인가? 사회는 무엇이고 국가는 무엇인가? 결국 세상은 약육강식의 먹이사슬만이 지배하는 원시 정글과 같단 말인가? 당신은 인자한 목자를 가장한 뒤 재물이 생길 때마다 몰래 당신의 침실 밑에 숨겨두지 않았는가? 내가 일하지 않겠다고 했는가? 내 아내가 화장품이나 바르고 술집을 돌아다니면서 바람이나 피웠는가? 선한 마음들이 이루어낸 성과물을 훔쳐가는 자들은 누구란 말인가? 내가 아들과 딸에게 정직하고 성실한 태도로 살아가라고 가르쳐야 할 이유가 있겠

는가?'

그러나 나는 알고 있었다. 세상을 향한 내 질문들이 얼마나 허망한 것인가 하는 것을. 얼마나 씁쓸한 낙서에 불과한 것인가를. 푸념에 지나지 않았다. 모두 패자의 변명이라고 손가락질 할 것이었다. 그리고 세상은 또 강물처럼 도도하게 흘러갈 것이었다. 누군가 밥 한 그릇 먹을 게 없어서 굶어죽는다고 하더라도 세상은 노래를 부르면서 흥겨운 춤을 출 것은 뻔했다.

따라가서도 안 되고 따라갈 수도 없는 세상.

등질 수도 없고 등져서도 안 되는 세상.

"박진섭! 너는 누구인가?"

나는 탐비사안으로 돌아왔다. 다시 새벽바다를 걸어야 했다. 그랬다. 답은 언제나 내 안에서 찾아야만 했다. 세상이 억지를 부리건 말건 운동장이 기울어졌건 말건 내 인생의 연기자는 나였다. 사회나 국가에 대한 위대한 사명을 느껴본 적은 없었지만, 한 번도 내가 그런 대단한 존재라는 몽환적 자존감에 빠져 들뜬 적은 없지만 돌아보면 나는 어김없는 사회의 주역이었고 이제는 기성세대 위치를 피할 길이 없었다. 사회나 국가에 문제가 있다면 기성세대 중 한 명인 나에게도 점 하나만큼의 의무라도 없다고 말할 수는 없을 것이었다. 설령 그 중심세대의 주변부를 얼쩡거리는 미미한 돌멩이 같은 존재라 할지라도 말이었다. 모두 연회복을 입고 무대 가운데서 멋진 노래를 부르고 있을 때 나만 혼자 들길을 걷는 듯한 쓸쓸함을 이겨내야만 했다.

"일마야 자꾸 묻지마래이. 니가 부처 아이가 이 멍칭한 화상아. 니가 누군지 니만 똑바로 알으래이. 하모 아무 문제없다. 그 걸 보고 도라 카는 기라. 니가 누군지 알마 끝이다. 그기 깨달음이다. 도라 캐서 빌 꺼 없다."

오래된 기억이었다. 망속사에서 부목을 하며 밥이나 얻어먹으며 지냈을 때 나는 가끔 주지에게 질문을 던지곤 했었다.

금강경의 내용은 무엇입니까?

가장 중요한 공부는 어떤 것입니까?

세상에 흔들리지 않고 자기의 길을 가려면 어떻게 해야 합니까?

주지의 답변은 언제나 간결했고 쉬웠다. 그의 대답은 때로 무성의하게 들렸지만 내가 알지 못하는 뜻이 담겨있을 것이라고 생각했다. 아내를 만났고 망속사를 떠나 식당을 하면서 나는 그 모든 질문과 대답들을 잊고 지냈다. 파도가 넘실거리는 퍼런 바다의 표면에서 20년도 더 지난 시간 속에 묻혀있던 그의 칼칼한 음성이 되살아났다.

'나는 누구인가?'

삶의 장막들이 걷히고 났을 때 결국 내가 마주친 것은 그 누구도 아닌 내 자신의 얼얼한 초상이었다. 피할 수 없는 한계라고 하더라도 세계를 떠날 수는 없었다. 세상이 바뀌지 않는다고 하더라도, 내가 그 부조리한 세상을 바로잡기 위해 어떤 기여도 할 수 없다고 하더라도 나는 또 그 세상과 마주서지 않을 수 없었다. 다만 나다운 모습이어야 한다는 결기만을 되새겼다. 이제 무턱대고 고래가 춤추는 세상의 바다로 첨벙거리고 뛰어들지는 말자는 다짐이었다. 가장 큰 고래를 잡는 것만이 삶의 정수에 이르는 것은 아닐 것이었다.

'나다운 모습으로 나에게 충실하며 세상에 속지 말자. 나의 길을 걸어가자. 아내와 이야기하고 아내의 손을 잡자. 우리는 얼마나 아름다운 사람들인가? 우리가 세상의 꽃이라는 걸 잊지 말고 언제나 내가 있는 곳이 세상의 중심임을 알자. 돌아가야 한다. 옥탑방에서 살아야 하고 더 가난한 생활에 쪼들리더라도 받아들이자. 끌어안고 가자. 한 번도 가만히 있는 내게 세상이 따뜻하게 다가온 적은 없었다. 세상이 부조리하다고 하여 세상을 떨칠 수는 없지 않은가? 어쩌면 세상만큼이나 내 어리석음 탓도 컸을 것이다. 지나치게 욕망을 따라갔던 것도 사실이다. 얼마큼의 돈을 벌겠다고 그렇게 허둥거렸는가? 천천히 가도 된다. 아니, 늘 제자리에서 맴돌아도 상관없을 것이다. 어떻게 늘 더 크게 파이를 키울 수 있겠는가? 이제 나는 달려가지 말자. 보라카이 개처럼 천천히 어슬렁거리자. 도대체 뭐가 문제란 말인가?'

피하고 싶었던 내 속의 내가 던져주는 차가운 질문들이었다. 아무리 24시간 TV를 켜놓더라도 끝내 외면할 수 없었던 진정한 나로부터 들려오는 자성의 메아리였다.

탐비사안에서 마지막으로 안젤린을 만난 것은 22일이었다. 안젤린은 리조트로 나를 찾아왔다. 약속 날짜를 잡지는 않았지만 나는 미리 안젤린에게 보라카이를 떠나게 되면 알려달라고 했었다.

"내일 칼리보로 떠나."

나는 리조트 식당에서 삼겹살 바비큐를 주문했다. 안젤린은 몇 점밖에 먹지 않았다. 안젤린과 식사를 한 뒤 탐비사안비치 야자수 숲길을 빠져나왔다. 칼젠의 집 앞을 지나가면 탐비사안비치의 한적한 바다에 머물 수 있었다. 몇 마리의 개들을 빼고는 그곳까지 산책을 오는 사람들은 드물었다. 우리는 비밀 연애라도 할 것처럼 해안 기슭 나무 밑에 나란히 앉았다.

"칼리보로?"

"응. 엄마가 칼리보의 가게에서 일하라고 했어."

"마이클은?"

그는 안젤린이 사랑하는 남자 친구였다.

"칼리보로 떠난다고 말했지. 일요일마다 나를 만나러 온다고 약속했어."

"안젤린. 나도 이제 탐비사안을 떠난다."

"한국으로 돌아갈 거야?"

"응. 내 아내도 있고 아들과 딸이 기다리고 있어."

"아빠 언제 가는데?"

"….."

나는 대답하지 않았다. 아직 비행기 표를 끊은 건 아니었다. 이제 그만 집으로 돌아가야만 한다고 스스로에게 명령하고 있을 뿐이었다. 유령처럼 내 눈앞에 어른거리는 '아내의 일'에 호출당하지 않을 수 없었다.

"안젤린!"

나는 먼 바다를 바라보았고 안젤린은 왜냐는 표정으로 나를 쳐다보았다.

"마이클이 왜 좋아?"

"마이클을 사랑해."

"사랑이 뭘까?"

"…아빠 무슨 일 있어?"

나는 고개를 끄덕였다. 안젤린의 표정이 어두워졌다.

"왜? 엄마가 아픈 거야?"

나는 고개를 가로저었다.

탐비사안비치에서는 일몰, 선셋, 석양을 볼 수 없었다. 세계 3대 석양이라는 찬사를 붙이며 여러 나라의 수많은 관광객들이 오직 선셋 세일링만을 목적으로 보라카이 화이트비치를 찾아오기도 하는 것과 비교하면 의아한 현상이었다. 해는 탐비사안비치에서는 아무도 모르게 숨어버렸다. 화이트비치처럼 휘황한 노을은 고사하고 표시도 없이 사라져버렸다는 사실을 어둠이 내려온 뒤에야 알게 되었다.

조금씩 날이 저물어 갔다. 나는 스마트폰의 사진 창을 열었다. 오래된, 안젤린처럼 싱그러웠던 아내의 사진을 찾았다.

"오! 베리 뷰티풀!"

안젤린은 아내의 사진을 감상했다. 사진 창 안에는 아내의 시간들이 산속 옹달샘처럼 맑게 보관되어 있었다. 풀 섶에는 이슬이 영롱하고 새벽의 옹달샘 물은 아직 산속의 어떤 짐승도 입을 대지 않은 깨끗한 상태였다. 어느 때 아내는 여섯 살이었고 열네 살이었고 스물한 살이었고 서른세 살이었고 마흔 살이기도 했다. 스마트폰에 아내의 모든 사진을 옮겨둔 것은 아내가 쓰러졌을 때였다. 식당을 하면서 과중한 일에 시달렸던 아내는 어느 날 싱크대 앞에서 쓰러졌고 의사는 과로 때문이라고 진단했다.

"과로는 아주 무서운 질병입니다. 그냥 하루 이틀 쉬면 괜찮아지는 걸로 쉽게 생각하는데 과로로 쓰러지면 갑자기 숨이 멎을 수도 있습니다. 모든 병의 원인이 과로 때문이라고 할 수 있습니다. 지금 아내 분상태는 위태롭습니다. 나이 든 분들보다 젊은 사람의 과로가 훨씬 더 심각한 거예요. 병원에 일찍 오지 않았더라면 큰일을 당할 수도 있었습니다. 당분간 식당에서 힘든 일을 하시면 안 됩니다."

의사는 내게 아내의 건강상태가 심각하다고 경고했다. 안정제 주사기 바늘을 꽂고 병실에 누워 있는 아내를 바라보면서 처음으로 아내가 잘못될 수도 있다는 생각을 하게 되었다. 식당을 시작한 뒤로 내게 아내는 사랑스러웠던 한 사람의 여인에서 단순히 힘든 노동을 전담하는 일꾼이 되고 말았다.

아내대신 아이들에게 밥을 해주고 구겨진 교복을 다려주려고 다리미를 찾다가 나는 장식장 안에 있던 아내의 오래된 앨범을 발견했다. 아내는 가난한 시골에서 자란 나와는 다른 유복한 성장기를 갖고 있었다. 집안은 화목했고 결혼을 하고 식당을 차리기 전까지는 힘든 일을 하며 고생을 한 적도 없었다. 나는 다리미가 고장났다는 말로 아이에게 구겨진 교복을 입혀 학교로 보냈다. 나는 출근도 미룬 채 아내의 잃어버린 시간들로부터 눈을 뗄 수 없었다.

'얼마나 곱고 예뻤던 아내란 말인가!'

내 가슴은 불에 닿은 비닐처럼 오그라들었다. 숨도 쉬어지지 않을 것처럼 마음이 아파왔다. 오직 식당에 사로잡혀 모든 것을 잊고 있었다. 아내에게 미안했고 당장 어떤 조치도 취할 수 없는 현실 때문에 괴로웠다. 아내를 살뜰히 챙겨야겠다는 다짐으로 핸드폰에 아내의 사진을 담았다. 힘든 일, 사소한 문제로 다투게 될 때마다 가끔씩 아내의 사진을 꺼내볼 참이었다.

그러나 아내는 의사의 권고를 무시하고 이틀 만에 퇴원했다. 아내는 다시 힘든 식당 일에 시달렸고 나는 때때로 나쁜 말 폭력까지 행사하면서 여전히 시지포스의 형벌과 같은 현실의 굴레를 벗어나지 못했다.

"엄마가 예뻐요."

안젤린은 사진을 확대한 뒤 아내의 모습을 오래 지켜보았다.

"미인 대회에서 1등 했었어."

나는 낮은 목소리로 말했다. 아내가 실제로 미인 대회에 나간 적은 없었지만 그 순간 아내에게 최고의 찬사를 보내고 싶었다. 안젤린과 대화하고 있었지만 내 머릿속을 차지한 사람은 아내였다. 안젤린과 마이클이 어떤 감정으로 사랑하는지 알 수 없었지만 우리에게도 그런 보랏빛 사랑의 색채 속에 묻혀 달콤하게 보낸 기억은 있었다.

나는 무엇이 악마였었는지를 생각해 보았다. 저녁 하늘이 바다 위로 낮게 내려앉고 있었다. 바닷물 수위가 높아지면서 점점 해안 기슭으로 가까이 밀려왔다. 바다 먼 곳에서 어떤 일기의 변화가 일어나고 있는지도 몰랐다. 바람은 늘 곁에서 제 모습을 알아봐달라고 투정이었지만 크리스마스가 다가올수록 유독 사납게 극성이었다.

"이 사진이 제일 멋진 것 같아."

안젤린은 스마트폰 사진 창에서 아내의 스물한 살을 불러냈다. 양수리 한강 옆에서 푸른 버드나무가지를 잡고 서서 무채색 선글라스를 낀 모습이었다. 나는 내가 함께 하지 못했던, 사라진 아내의 그 소중한 시절에 대하여 애틋함을 느끼곤 했었다.

"악마한테 모든 것들을 빼앗겨버렸어."

안젤린은 더 초롱초롱한 눈빛으로 나를 바라보았다.

그러나 나는 안젤린이 알아듣지 못하는 이야기를 더 이상 친절하게 설명해주고 싶지는 않았다. 내 혼잣말일 뿐이었기 때문이었다. 모든 것을 지워버린 컴퓨터 명령키 하나처럼 악마는 우리들의 시간 속에서 가장 따뜻한 기억들을 소멸시켰다. 식당 · 장사 · 중개인 · 건물주 · 무한경쟁 · 무능한 정부 · 햇볕이 들지 않는 음지의 방 · 브레이크가 고장 난 마주보고 달리는 열차들 · 벌레가 우글거리는 도시…. 모두 악마의 분신이었다.

"안젤린, 사랑은 처음의 마음을 잊지 않고 오래 함께 하는 거야."

나는 중얼거렸다. 안젤린은 당황스러운 표정으로 계속 나를 쳐다보았지만 나는 연기처럼 변해가는, 저무는 바다의 황망한 모습으로 시선을 보냈다.

"와이프를 생각하고 있었어."

나는 안젤린의 어깨를 두드려줬다. 마닐라 같은 대도시로 떠나라거나 꿈을 갖으라고 했던 말을 거둬들이고 싶었다. 더 넓은 세계로 나가서 공부를 하고 더 높은 성공을 거둬 행복한 삶을 살라는 것. 나는 그 말을 번복하고 싶었다. 성공과 행복이라는 이름으로 가려져 있는 생의 본질 같은 것을 설명해주고 싶었다. 그것들이 얼마나 위험하고 사람의 삶을 어긋나게 할 수도 있는 그릇된 구호일 수 있는가 하는 것을.

"아빠는 지금 엄마가 보고 싶은 거지?"

"하하. 맞아."

나는 그만 안젤린으로부터 핸드폰을 건네받고 함께 일어났다. 탐비사안 터미널로 걸으면서 안젤린을 위해 준비한 선물을 언제 줄까를 생각했다.

안젤린을 위한 선물을 고르는 건 매우 어려운 일이었다. 디몰로 나가서 맛있는 걸 먹고 예쁜 옷을 사 줄까, 트라이시클을 빌려 타고 푸카

쉘비치로 드라이브를 할까…. 결국 안젤린에게 가장 필요한 돈을 주기로 했다. 처음에는 1,000 페소를 줄까 2,000 페소를 줄까 고민하다가 나는 탐비사안에서 보낸 내 시간의 의미를 더해 안젤린에게 마음을 담아 주기로 하고 10,000 페소를 준비했다. 10,000 페소는 보통 성인들의 한 달 월급 이상이었다. 한화로 치면 240,000 원쯤 되는 금액이었다. 가난한 사람들의 마을 탐비사안이었고 안젤린에게는 매우 큰돈이 될 것이었다. 야나의 집에서 어린동생들을 돌보며 안젤린이 이모로부터 받는 월급은 2,000 페소, 한화 50,000 원 가량이었다. 사업을 실패했고 돈이 없어서 고통 받고 있음에도 나는 가난한 안젤린에게 돈을 주고 싶었다. 오직 냉정한 경쟁만이 판치는 삭막한 도시살이에 지쳤던 만큼 한 번쯤 나는 누군가에게 작은 희망이 되고 싶은 감성을 떨칠 수 없었기 때문이었다.

'Look under your feet. There is always joy there. I hope your love will last forever — 네 발밑을 쳐다봐. 거기에 언제나 기쁨이 있단다. 네 사랑이 영원하기를 바란다.'

메모에 쓴 내용이었고 나는 그것을 10,000 페소와 함께 봉투에 넣어 가지고 있었다. 안젤린에게 전하는 인사는 다시 한국으로 돌아가야 할 내 자신에게 이르는 말이기도 했다. 나는 그동안 더 높은 곳이나 더 빨리 가기 바랐던 삶의 방향을 바꾸기로 했다. 아파트가 아닌 옥탑방에서 살게 되더라도 아내의 손을 잡고 천천히, 화목한 시간들 속에서 삶의 모습들에 성실하기로 한 다짐이었다.

그리고 그것은 오래 전 망속사 마루 아래 대뜰에서 보았던 조고각하(照顧脚下)의 의미가 떠올라서 쓰게 된 메모였다. 깨달음은 멀리 있는 게 아니며 자신을 돌아보면 그 안에 다 해답이 있다는.

나는 안젤린과 꼬치구이 노점으로 다가갔다. 전에 먹어보았던 돼지고기대신 닭내장으로 우리는 이번에도 세 개씩의 꼬치를 주문했다.

"언젠가 또 만날 수 있을 거야. 이건 아빠가 안젤린에게 주는 선물…."

나는 주머니에서 봉투를 꺼내 안젤린에게 주었다. 안젤린이 내 허리를 끌어안았다. 나는 안젤린의 눈물을 보고 싶지 않았다. 메모를 쓸 때도 그랬지만 안젤린이 내가 전하고 싶어 하는, 내가 내 자신을 향하는 독백에 다름 아닌 '조고각하'의 깊은 뜻을 이해할 수 있기만을 바랐다.

***

다음날 안젤린은 보라카이를 떠났다. 각반 선착장에서 배를 타고 카티클란 제티 포트에 도착하여 엄마를 만난 뒤 전화를 걸어왔다. 내가 생각보다 훨씬 큰돈을 선물해준 것에 대하여 안젤린은 몇 번이나 "아빠 정말 고마워"라고 인사를 했다.

"네가 잘 지내기를 바란다."

기분이 공허해졌다. 어떤 기약도 없는 덧없는 일에 한때의 감상에 젖었던 것 같아 쓸쓸해졌다.

"언제나 아빠를 위해서 기도할게."

"안녕."

점점 거칠어지는 탐비사안비치의 바람을 맞으며 나는 안젤린과 그렇게 마지막 인사를 나눴다.

'미안해 여보. 연말 안에 갈게. 다시 시작할 거야.'

이제 돌아가야만 했다. 나는 아내에게 메시지를 보냈다. 뜨겁게 끓어오르는 감정과 달리 문자의 내용은 짧고 단순했다. 몇 번이나 아내를 불러들여 보라카이를 여행하면서 부드러운 목소리로 아내를 향한 마음을 고백하고 싶었지만 아내의 단호한 거절로 성사되지 못했다. 12월 31일에 보라카이에서 함께 하지 못한 아내와의 시간을 계획한 뒤 나는 30일 오후 1시 30분에 칼리보공항에서 인천공항으로 들어가는 진에어 항공권을 예매했다.

나는 크리스마스이브를 기다렸다. 보라카이에 들어온 지 한 달이 넘도록 단 한 번도 즐거운 관광객이라거나 여행자로 지내본 적은 없었다. 지병처럼 걸핏하면 두통에 시달렸고 식당을 운영하면서 보냈던 쓰라린 시간들로부터 자유롭지 못했다. 이전투구의 전장 같은 도시의 날들이 혐오스러웠고 또 다시 그곳으로 돌아갈 의욕을 상실한 시간들에 붙잡혀 있었다. 종종, 죽음을 떠올리곤 했었다. 자신의 성실한 태도와 달리 삶을 치욕스럽고 절망하게 만드는 도시의 늪으로부터 달아날 수 있는 비상구를 찾을 수 없었다. 날마다 탐비사안비치 새벽바다를 걸으면서 한편으로는 쓸쓸한 내 생이 끝날 수 있기를 바랐다. 아내와 지나치게 힘들게, 열심히 살았던 시간들이 서글펐다. 어슬렁거리며 따라오는 '보라카이 개'만도 못했던 숨 가빴던 시간들에 대하여 어디에라도 따져보고 싶었다. 그렇게 처절하게 살아야만 했던 어떤 이유도 찾을 수 없었다. 밥 세끼를 먹기 위한 대가치고는 지나치게 가혹한 몸부림이었다.

그러나 모든 고민과 갈등의 끝에서 언제나 내 자신을 만나야만 했을 뿐이었다. 내 삶의 고통이 비뚤어진 사회의 욕망과 모순 때문에 비롯된 것이라 하더라도 그것을 탓해서 바꿀 수 있는 것은 아무 것도 없었다. 어리석음 때문이었겠지만 타자가 만들어놓은 사회의 덫에 분별없이 빠져들었던 건 순전히 내 잘못이었다. 모든 것들로부터 철저하게 유린 당하고 망한 뒤에야 나는 비로소 나를 둘러싼 생의 대지를 바라보게 되었다. 이제부터는 철저히 내 방식으로 살아야겠다는 것뿐이었다. 멋모르고 시장자본주의의 욕망을 따라가다가는 언제 어느 구덩이에 빠져 죽을지도 모른다는 것. 나는 내가 딛고 선 발밑을 잘 살피기로 했다.

"Look under your feet! There is always joy there!"

더 큰 식당이나 더 높은 매출만이 목표였던 어리석은 방식이 문제였었다. 도시의 장치에 걸려들지 않았더라면, 방향이 아닌 속도의 함정에 빠지지 않았더라면 나는 얼마든지 아내와 달콤한 목소리로 속삭이며 입맞춤할 수도 있었을 것이었다. 설령 중개인에게 사기를 당하고 장사가 안돼서 식당 문을 닫게 되었더라도.

리조트의 직원과 가족들까지 초대하는 크리스마스이브 파티에서 나는 노래 부르고 춤추기로 마음먹었다. 이제껏 고개를 숙이고 입을 열지 않았던 모습을 버리고 흥겹게 어울려보리라고 상상했다. 안젤린이 탐비사안을 떠나던 날 나는 모처럼 아떼에게 방 청소를 부탁했는데 그녀는 내게 다음날 이브 파티에 참석하라고 권유했다. 누구나 무료로 참석해서 맛있는 음식과 술을 마시고 춤추며 노는 흥겨운 파티라고 귀띔해 주었다.

그러나 모두가 기대했던 크리스마스이브 파티는 실현되지 않았다. 이브의 밤이 되었을 때 음악도 틀지 않았고 춤을 추지도 않았다. 본격

파티를 해야 할 시간에 모두 다른 일을 하느라 분주했다. 이미 11월부터 그 날의 파티를 준비해온 그들이었다. 틈틈이 음악을 틀어놓고 팀별로 춤 연습을 해왔다.

직원들은 모두 유리창에 테이프를 붙이는 중이었다.

"무슨 일이죠?"

나는 셔틀버스 운전기사에게 물었다.

"따이뿐 따이뿐!"

태풍을 대비하는 중이라고 했다. 그랬다. 이미 전날부터 바람은 위협적인 횡포를 부리고 있었다. 며칠 전부터 해안 기슭으로 바닷물이 수위를 높여온 까닭도 태풍의 전조였는지 몰랐다. 보라카이 개들이 새벽바다에 모습을 드러내지 않던 이유도 곧 다가올 자연재해를 인지했기 때문이 아니었을까 싶었다.

나는 좀 심한 바람이 불어오는 모양이라고 생각했다. 한 번도 눈앞에서 태풍을 당해본 적은 없었다. 뉴스에서 지붕이 날아가고 간판이 떨어지는 장면을 본 적이 있었다. 월파(越波)라고 하여 큰 파도가 덮쳐 해안가 식당의 유리창이 파손되던 모습도 TV뉴스로만 보았었다. 태풍이 불어오면 다음날 새벽 탐비사안비치로 나가서 시원한 바람이나 맞아야겠다는 생각을 했다. 모처럼 신나게 몸을 흔들며 파티를 즐길 기대가 사라진 것이 아쉽기는 하였다.

나는 산미구엘 라이트 한 병을 들고 야외 식당에 앉았다.

비가 오기 시작했다. 비가 오는데도 와씰리나와 샤샤는 풀장에서 수영을 즐기고 있었다. 러시아 아가씨인 그들은 누구의 눈치도 보지 않았고 자신들의 기분에 충실하기만 했다. 그들은 하루 전 리조트에 들어왔고 내 옆방에 묵었다. 간밤에도 그들은 새벽까지 리조트 야외식당에서 떠들며 술을 마셨다.

연말의 성탄절이 다가오면서 탐비사안 외곽 리조트에도 손님이 늘어났다. 리조트는 스물다섯 개의 큰 방을 보유하고 있었지만 불이 켜지는 방은 보통 예닐곱 개에 불과했다. 건물이 낡은데다 별다른 부대시설을 갖추지 못했기 때문이었다. 탐비사안이 보라카이의 변두리인 까닭도 있었다. 값싼 숙박료가 아니라면 특별히 관광객의 이목을 끌 이유는 없었다.

바람은 더 거세졌고 빗발도 굵어졌다. 풀장이라고 하더라도 더 이상 수영을 하기에는 무리일 것 같았다. 러시아 아가씨들도 그만 풀장에서 나왔다. 리조트 직원들은 여전히 창문마다 박스를 대고 테이프를 붙이기 바빴다. 야외식당에 내놓은 냉장고까지 들여놓는 걸 보면서 태풍의 크기를 가늠할 수 없었다.

나는 그만 리조트 방안으로 들어왔지만 사뭇 소란스러운 바람 소리 때문에 마음이 안정되지를 않았다. 세상의 모든 것을 뒤집어버릴 것 같은 그런 무서운 바람소리는 처음이었다. 침대에 누워도 눈이 감아지질 않았다. TV를 켰지만 방송은 나오다 말다를 반복했다. 한국을 떠나올 때도 그랬지만 보라카이에 와서도 한 번도 기분 좋은 뉴스를 시청한 적은 없었다. 대통령의 지지율 부정이 긍정을 앞질렀다느니 또는 긍정이 부정을 앞질렀다느니 같은 소리만 되풀이될 뿐이었다. 2020년 총선 승리를 위해 여야가 사활을 걸고 싸운다느니….

'여보 내가 돌아갈게. 미안해. 또 무슨 길이 있겠지. 가난하면 어때? 이곳 탐비사안 사람들은 다 가난해. 그래도 다 잘 살아. 당신 말이 옳았

어. 세상을 따라간다고 바보 같은 짓을 하는 게 아니었는데….'

나는 한꺼번에 타이레놀 두 알을 먹었다. 그리고 나는 혼미해져갔다. 머릿속 생각이었는지 잠꼬대였는지 알 수 없었다. 몸살이 심해지면서 유사의식의 상태로 빠져들었다. 어서 아내에게, 다시 내 삶의 자리로 돌아가고 싶었다. 더 이상 건질 건더기가 없다는 걸 알면서도 삶의 미련을 지키고 있는 아내의 손을 한시라도 빨리 붙잡아 줘야겠다는 때늦은 죄책감이 밀려왔다.

나는 시간을 알 수 없었다. 전기가 들어오지 않았다. 선잠에 들었던 건지 몸이 개운하지 않았다. 밖에서는 사나운 굉음이 요동치고 있었다. 전기가 나가면 리조트에서는 발전기를 돌렸는데 아예 불도 켤 수 없다는 건 상황이 심각하다는 의미였다. 창문에도 불빛 한 점 어른거리지 않았다. 어두컴컴했다. 핸드폰 조명을 밝힌 뒤에야 실상을 파악할 수 있었다. 나는 그때야 누군가 내 방문을 두드리고 있다는 사실을 알아차렸다.

"빨리 나와요!"

리조트의 필리핀 직원이 건너편 지붕 위에서 긴 대나무로 내 방문을 찍어대면서 외쳤다. 바람과 빗소리 때문에 그의 목소리를 알아듣지 못했던 것이었다. 방문 밖은 매우 다급했다. 바닷물이 마당을 덮친 상태였고 더 큰 파도와 물결이 밀려오고 있었다. 풀장 옆에 서 있던 키 큰 야자나무 두 그루가 거대한 시신처럼 쓰러져 있었다. 나는 섣불리 마당으로 뛰어나갈 수 없었다. 죽을 수도 있겠다는 공포감이 닥쳤다.

"어서 나와!"

리조트에 투숙했던 손님들도, 한국인 사장도 아무도 보이지 않았다.

대나무를 들고 내 방문을 찍으며 나를 깨웠던 그는 언젠가 원숭이처럼 맨발로 야자나무를 올라가 코코넛 열매를 땄던 원주민 다니였다. 그는 짐승처럼 사납게 외쳤다. 나는 마당까지 덮친 바닷물 속으로 뛰어들었다. 몸을 가누기가 곤란했다. 파도는 내 머리를 덮치기도 했고 물살에 쓸려갈 것만 같았다. 아내의 얼굴이 보였고 아이들의 얼굴이 지나갔다. 삶의 가장 힘든 숙제를 남겨놓고 혼자 도망친 벌을 받는가 싶기도 했다. 매우 짧은 순간에 많은 영상이 스쳐갔다. 장례식장 사체실에 갇혀 있던 아버지의 차가운 얼굴이 다가왔다.

"정신 차리고 얼른 나가라!"

아버지가 두 눈을 뜨고 내게 소리치는 말이 들려왔다. 물살을 헤치고 나가기가 힘들었다. 다니가 대나무 끝에 밧줄을 매달아 던졌다. 거센 비바람에 리조트 지붕 위에 서 있는 그가 밑으로 떨어질 것만 같았다. 그는 다행히 빨래건조대를 두는 평평한 곳에 서 있었다. 나는 다니가 던져준 줄을 잡았다. 힘에 부쳤고 자칫하다가는 줄을 놓칠 것만 같았다.

다니는 내가 줄을 잡은 것을 확인하고는 갑자기 지붕에서 리조트 풀장이 있는 자리로 다이빙을 했다. 날랜 동작이었다. 잘못 떨어지면 머리를 다칠 수도 있었다. 그는 키가 작았다. 발을 딛고 선다면 물속에 잠길 것이었다. 그는 자신의 몸에 줄을 묶었다. 그리고 두 다리를 야자나무에 동여매듯 휘감고는 줄을 당기기 시작했다.

나는 조금씩 다니가 끄는 대로 이동하기 시작했다. 바닷물을 많이 들이켜서 실신할 것만 같았다. 몸속의 마지막 기운들이 새나가는 느낌이었다. 어느 순간 의식이 희미해진다고 느꼈다. 공포대신 미묘한 달콤함마저 느껴지는 순간이었다. 누군가 거대한 두 손으로 나를 떠받친 뒤 세상에서 가장 포근한 곳으로 데려가는 것 같았다.

그러니까 내가 리조트에서 눈을 뜬 건 이른 아침 다섯 시쯤이었고 — 보라카이 시계는 서울보다 1시간 느린 시차가 있다 — 나는 다니에 의해 구조되고 다니의 집에 도착하자 곧 쓰러져 깊은 잠에 빠지고 말았다. 의식을 잃었던 것이었는지도 몰랐다.

"죄송합니다. 다 빠져나온 줄 알았거든요."

다니의 집이었다. 한국인 리조트 사장이 창백한 얼굴로 내 머리맡을 지키고 있었다. 나는 몹시 추웠고 사뭇 몸이 떨렸다. 파도에, 태풍에 떠내려가지 않았다는 사실에 스스로 깊은 감동을 느꼈다.

"이제 괜찮아요. 걱정하지 마세요."

내 손을 잡고 다니가 위로해 주었다. 비로소 다니가 위험을 무릅쓰고 나를 구해주었다는 사실을 상기했다.

"고마워. 고마워요."

나는 다니를 안아주고 싶었지만 몸이 말을 듣지 않았다.

"다니 아녔으면 큰일 날 뻔했습니다. 다니가 나무도 잘 타고 수영도 잘하거든요. 제너레이터부터 손 좀 보고 다시 오겠습니다."

한국인 사장은 리조트로 돌아갔다.

필리핀 중부를 강타한 태풍 '판폰'이었다. 나는 그 태풍의 이름이며 피해 규모에 대해 나중에 인터넷 신문기사를 보고 알게 되었다.

'순간 최대 풍속이 시속 200㎞에 육박하는 강한 바람을 동반한 판폰이 지난 24일부터 26일 사이 작은 섬들이 모여 있는 필리핀 중부 비사야 지역을 관통했다. 이로 인해 홍수와 산사태, 주택 붕괴, 정전 등의 피해가 속출했다. 특히 일로일로주 등지에서 최소 24명이 목숨을 잃었고, 12명이 실종된 것으로 재난 당국은 집계했다. 통신이 두절된 채 도로가 끊긴 지역도 있어 피해자가 더 늘어날 우려도 있다. 또 5만 8천여 명의 이재민이 발생했고, 항공기 결항과 함께 선박 운항이 전면 금지되는 바람에 2만 명이 넘는 승객이 한때 항구에 발이 묶였다. 한국인 관광객이 많이 찾는 유명 관광지인 보라카이 섬에서도 상당수 주택과 리조트 건물 일부가 파손됐고, 정전과 통신두절로 주민과 관광객이 큰 어려움을 겪은 것으로 알려졌다. 보라카이 섬으로 가는 관문인 칼리보공항의 터미널 지붕과 벽 일부가 파손되는 바람에 공항이 일시적으로 폐쇄되기도 했다. 판폰은 27일 오전 4시 현재 필리핀 북서부 수비크만에서 서쪽으로 335㎞ 떨어진 남중국해에서 순간 최대 시속 150㎞의 강한 바람을 유지한 채 베트남을 향해 북서진하고 있다.'

나는 다니의 식구들을 둘러보았다. 내 주위에 다니의 아이들 셋이 둘러앉아서 긴장된 표정으로 나를 바라보고 있었다. 여전히 밖에는 비가 오고 있었다. 대부분의 원주민 집들이 부서지고 지붕이 날아간 것에 비해 다니의 집은 안전한 편이었다. 다니의 집 앞에 흔치 않게 블록으로 지은 집이 바람막이 역할을 해준 덕분이었다.

"이거 드세요."

다니의 아내가 죽을 가져왔다. 나는 다니의 손을 잡고 몸을 일으켰다. 무엇이라도 먹어야 했다. 다니의 아내가 끓여준 죽을 떠먹기 시작했다. 시간이 흐른 뒤에야 그 요리가 필리핀 사람들이 즐겨 먹는 아로스 칼도(Arroz Caldo)라는 닭고기 죽이라는 걸 알게 되었다. 아로스 칼도는 스페인어로 '쌀 수프'라는 뜻이었다. 필리핀이 스페인의 식민

지였던 영향을 받아서 만들어진 음식이었다. 필리핀에 주둔했던 스페인 사람들이 필리핀 내 중국 식당에서 본 따 만든 것이 필리핀 죽 요리로 발전하게 된 것이라고 했다.

나는 죽 그릇의 아로스 칼도를 깨끗하게 먹어치웠다. 지금까지 먹어본 어떤 필리핀 음식보다도 맛있었다. 생기가 돌았고 기운이 났다. 다니의 아내는 말도 없이 일어나서 또 한 그릇의 아로스 칼도를 가져왔다. 비로소 음식 모습이 눈에 들어왔다. 얼핏 그것은 더러운 개밥 같았다. 색깔은 거무죽죽했고 그릇은 한 번도 씻은 적이 없었던 것처럼 땟국이 누렇게 밴 플라스틱 대접이었다.

"정말 맛있네요."

다니의 아내를 쳐다보면서 인사를 하는 순간 나는 그만 눈시울을 붉히고 말았다. 다니의 아내에게서 왜 아내의 얼굴이 보였는지 몰랐다.

"어때? 한 번 맛 좀 봐."

장닭백숙을 만들겠다고 하루에도 몇 번씩 같은 요리를 반복하면서 아내는 나에게 시식을 권했다. 재래된장을 넣고 끓인 장닭백숙은 맛 이전에 모양이 볼품없었다. 거무스레한 빛깔이 보기에도 먹던 음식을 재탕한 것 같았고 개장국만큼이나 시대에 걸맞지 않는 메뉴로 생각되었다. 아내가 지은 '장닭백숙'이나 '장닭죽'이라는 이름도 촌스럽게 느껴졌다. 그에 비해 깊은 맛이 느껴지기는 했다.

"글쎄 이런 걸 누가 사 먹을까? 너무 촌스럽고 좀 그래. 나는 이런 메뉴는 안 했음 좋겠어."

"그럼 어떡해! 당신이 좀 해보든지! 아무 것도 하지 않고 손가락이나 빨고 있을 수는 없잖아!"

내 대답을 듣고 난 아내는 소리를 지른 뒤 주방 바닥에 주저앉았다. 아내는 소리죽여 흐느꼈다. 여름에 그나마 조금 팔았던 보신탕은 말복이 지나고 나자 거짓말처럼 사람 하나 찾아오지 않았다. 게다가 아이들은 개고기 파는 식당은 나쁜 사람들이라는 친구의 놀림까지 받고 있었다. 아내는 더 이상 묻지 않았고 달력 뒷장에 검은 매직으로 '장닭백숙 — 재래된장으로 삶은 토종닭 요리'라고 써 붙인 뒤 초라하게 신메뉴를 출시했다. 신기하게도 장닭백숙과 장닭죽은 손님들에게 소문이 나면서 팔려나갔다. 우리 식구를 먹고 살게 해주었다. 밀린 월세를 낼 수 있었고 대출을 받기는 하였지만 아파트를 살 수 있었던 것도 장닭백숙 덕분이었다.

"나는 그냥 우리 방식으로 형편에 맞게 하고 싶어. 그래도 장닭백숙은 많이 알려졌잖아. 솔뫼식당 자리에서 멀지 않은 곳에 작은 가게를 얻어서 하는 게 좋을 것 같아."

내가 C 경영대학원의 경영자과정을 다니면서 신촌에 새로운 식당을 내려고 했을 때 아내는 우리 형편에 맞지 않는 길이라고 말렸었다.

아로스 칼도는 영락없는 장닭백숙이나 장닭죽이었다. 다니의 아내가 두 그릇째 떠다준 아로스 칼도를 나는 내내 바라보기만 했다. 알 수 없는 전율이었다. 내가 지금까지 보라카이에 와서 탐비사안비치의 새벽바다를 걸으며 고민했던 문제의 답을 찾은 느낌이었다. 저 도시의 정글에서 막무가내로 세상을 따라가려고만 했던 어리석음에 대한 통렬한 반성이 일어났다. 한동안 짜릿한 심연의 파동이 그치지 않았다.

"이 음식 이름이 뭐예요?"

나는 다니의 아내에게 물었다. 다니의 아내는 초라한 모습이었지만 선한 얼굴을 갖고 있었다.

"아로스 칼도."

다니의 아내는 속삭이듯 대답했다. 다니의 아내는 무척 수줍어했다.

아·로·스·칼·도!

나는 성자의 이름을 부르듯 다니의 아내가 가르쳐준 음식 이름을 마음에 새기면서 또 한 그릇의 아로스 칼도를 말끔하게 비웠다.

"다니, 고마워."

나는 두 손으로 다니의 손을 잡았다. 다니의 집에서 다니의 부부, 다니의 아이들 셋과 함께 나는 거기 오래 머물고 싶어졌다. 이제까지 느껴보지 못했던 따뜻함이었다. 한 번도 그들 원주민들의 누추한 생활을 동경한 적은 없었다. 개와 고양이와 함께 사는, 사람의 집도 짐승의 우리도 아닌 곳을 볼 때마다 못 볼 것을 본 것처럼 뜨악해하기만 했었다.

'이제부터는 내 방식의 삶을 살 거야. 가난하지만 평화로운 다니네처럼, 탐비사안비치의 자유로운 보라카이 개들처럼.'

저 화려한 도시에서 쫓겨난 자의 변명이라고 해도 상관없었다. 나의 깨달음이었다. 20여 년을 벌레처럼 일만 하면서 나는 도시의 총애를 받고자 애썼지만 그건 어리석은 짓이었다는 걸 도시는 내게 자명하게 가르쳐주었다. 내가 어떤 노력을 다하더라도 도시는 처음부터 나를 받아줄 마음조차 없었다는 걸 나는 모든 걸 다 바친 뒤에야 알게 되었다. 도시는 지금까지 나를 희롱하고 속였지만 그 대가로 이제 도시는 나로부터 버림받아야 마땅했다. 이제는 도시가 어떤 속임수를 쓰더라도 두 번 다시 속지는 않을 터였다. 비싼 아파트, 좋은 차, 목숨처럼 소중하게 여겼던 일터 식당… 그 어떤 것에도 목매지 않을 것이었고 다시는 도시의 허망을 꿈꾸지 않을 것이었다. 삶을 속박하는 모든 건 고스란히 도시에게 되돌려줄 참이었다. 사람이 아닌, 도시를 위한 벌레가 되지는 않을 각오였다.

판폰이 지나간 지 이틀이 되자 탐비사안은 평화를 되찾았다. 이제 사람들은 부서지고 쓰러진 집들을 고치기 시작했다. 내가 처음 그 바다를 보았을 때처럼 바다의 뱃가죽도 홀쭉해져 있었다. 날이 밝으면 웃통을 벗은 탐비사안 사내들이 하나씩 둘씩 망치를 들고 나타났다.

"하이! 미스타 팍!"

뼈대만 남은 지붕 위에서 탐비사안의 가난한 어부 칼젠은 나를 만나자 히죽거리면서 크게 외쳤다. 새벽바다로 보라카이의 개들도 능청스럽게 꼬리를 흔들며 모습을 드러냈다. 마치 아무 일도 없었다는 것처럼.

태양 · 눈부신 하늘 · 청자색 바다… 여전히 보라카이는 아름다웠다. 칼리보공항도 다시 문을 열었고 세계의 손님을 실어 나르기 시작했다.

(끝)

어느 날 아침 나는 식당의 벽면에 걸어둔 칠판에 다가가 분필로 글씨를 썼다.

〈도시벌레〉

왜 그런 말이 떠오른 건지, 어떤 생각으로 그렇게 쓴 건지 알 수 없었다. 공교롭게도 한국현대사에서도 격랑의 한 해로 기록될, 촛불혁명이 일어난 2016년의 일이었다.

그 후 나는 '도시벌레'에 사로잡혀 지냈다. 도시벌레의 형상을 만들어 주고, 숨결을 불어넣고 반드시 생명체로 태어나게 해야만 한다는 소명의 식을 떨칠 수 없었다. 그것이 내 생의 의무 같았다.

서울에서 가장 뜨거운 젊음의 거리라고 하는 신촌 한복판에서 나는 10년 동안 식당을 운영했다. 식당에는 늘 많은 손님들이 찾아왔지만 대학생이든 청년 알바든, 주변 상인들, 교수, 의사, 기자, 문인 할 것 없이 누구도 행복해 보이지 않았다. 모두들 무엇인가에 쫓기고 있었다. 더구나 2016년 그해는 '국정농단'이라는 해괴한 용어가 대한민국을 통째로 뒤흔들고 있었다.

손꼽히는 명문대학을 졸업하고도 취직하지 못하는 청년들과 하루 15시간 이상 쉬는 날 없이 가게를 운영해도 적자를 벗어나지 못하는 상인들이 부지기수였다. 최저시급을 과다하게 인상시켰지만 근로자들은 오히려 수입이 줄었다고 불만이었고 소상공인들은 더 이상 자영업을 하지 말라는 거냐며 비명을 질렀다.

도대체 무엇이 문제란 말인가?

한국은 OECD 10위권의 경제선진국이라는데?

주택보급률은 이미 100%가 넘었지만 집 없는 서민들의 눈물은 마르지 않았고 중국경제성장의 둔화로 수출이 끊겨 고철이며 폐지 값이 똥값이라면서도 골목 곳곳에서는 여전히 허리가 휜 노인들이 리어카를 끌고 다녔다.

나랏무당이라도 된 것처럼 국가의 불행이 내게 전이되었다. 슬펐다. 현실은 암울했다. 상대를 향한 지칠 줄 모르는 돌팔매질만 계속되고 있을 뿐이었다.

관객이 불과 예닐곱 명밖에 없는 심야극장에서 영화 〈1987〉 〈노무현입니다〉를 보면서 흐르는 눈물을 주체할 수 없었다. 1987년, 나는 스물세 살이었고, 거리의 이름 없는 무명씨 하나가 되어 최루탄을 맞으며 "호헌철폐, 독재타도!"를 외쳤었다. 그러나 30년의 시간이 흘렀어도 변한 건 없었다. 세상은 달라졌다고 했지만 고통은 언제나 밑바닥 서민, 도시벌레들의 몫이어야만 했다.

또 다시 국민들은 촛불을 들고 거리를 덮었지만 나는 회의적이었다. 공평하고 풍요로운 세상이 올 것이라고 기대하지 않았다. 부자는 더 부자가 될 뿐이었고 가난한 사람은 더 가난해지는 양극화의 부조리와 갈등만 심화될 뿐이었다.

왜 현대인들은 문명사회의 행복한 주인공으로 남지 못하고 오히려 그 도시를 지키는 파수꾼으로 전락하고 마는 것인지 이유를 알고 싶었다. 조금 더 느린 속도로 가난하게 살더라도 사람답게 존재할 수 있는 방법은 있을 것이라고 생각했다.

20여 년 동안 먹고 살기 위해 안간힘을 썼지만 비슷한 방식을 지속했다가는 숨이 멎을 것만 같았다. 도시살기가 점점 힘에 부쳤다. 소득도 없는 삶의 질주를 멈추지 못하는 아이러니를 극복하고 싶었다. 기껏해야 죽도록 장사해서 가게 월세 내고, 직원 월급 주고, 은행 원리금 갚고, 각종 세금과 공과금 내고 나면 더 이상 빚지지 않고 먹고 살기나 하면 다행인 개 같은 날들이었다. 하루에도 몇 번씩 나는 왜 이렇게 미친 도시의 일벌레로 살아야 하는가를 묻지 않을 수 없었다.

왜 서민들은 밑바닥에서 땀 흘려 일해도 집커녕 밥 먹고 살기도 힘든가?

왜 수십 년을 일제에 부역한 친일파들이 청산은커녕 여전히 적산가옥부터 대지전답을 다 차지하고 별천지 세상에서 끄떡없이 잘 살고 있는가?

왜 어린학생들에게까지 총질을 난사하여 천인공노할 범죄를 저지르고 권력을 찬탈한 군부독재 잔당들이 수천 억 자산가가 되어 뻔뻔하게 거리를 활보하는가?

나는 부패한 권력과 재벌기업이 어떻게 결탁하는지, 지식인 나부랭이들이 어떻게 양심을 팽개치고 권력자에게 아부하여 기생충이 되는지 파헤치기 시작했다.

독립운동가들의 몰락과 광복 후 미군정의 혼란을 틈탄 친일파들의 재등장, 대한민국 초대 정부의 탄생, 박정희의 5.16 군사 쿠데타, 4.19혁명과 5.18광주민주화운동, 6.10민주항쟁 그리고 2016촛불혁명이 일어나기까지 한국현대사를 꼼꼼히 살펴보았다.

그러나 곧 깊은 무력감에 빠지고 말았다. 기적적인 경제발전과 민주화를 이룩했다고 호들갑을 떨고 있었지만 변한 건 아무 것도 없었다. 언제나 세상은 '당신들의 천국'일 뿐이었다. 소수 계층들이 멋대로 대한민국을 도륙 난장판으로 만들고 있다는 처연한 현실을 확인했기 때문이었다. 정의롭지 못하고 공평하지 않은 세상에 분노가 치밀었다. 제대로 하루 쉬지도 못하고 아내와 둘이 식당에서 그야말로 벌레처럼 일만 하는 내 삶이 한없이 어리석게 느껴졌다.

나는 2년 동안 A4 용지 130쪽 넘게 그린 도시벌레를 커서 한 번 누르는 것으로 간단히 삭제해버렸다. 분명 역사에는 사형으로도 모자라는 무거운 처벌을 받아야만 할 책임자들이 존재했지만 그들에게만 탓을 돌리고 싶지 않았다. 더 이상 역사와 사회를 그들에게 책임지라고 외치는 것도 자존심 상했다. 나를 돌아보고 주위를 돌아보았다. 말할 것도 없이 진정한 역사의 주인공이라면 이름 없는 뭇 서민들, 평범한 국민들 다수였다. 모든 것을 언제까지 정치인들 탓으로만 돌릴 수는 없지 않은가?

부패한 권력과 타락한 정치인 못지않은 위인들은 장삼이사의 내 이웃들 사이에도 얼마든지 넘쳐났다. 건물주의 부당한 횡포로 소중하게 일군 전 재산을 뺏기고 피눈물을 흘리며 삶의 나락으로 내팽개쳐지고 마는 힘없는 영세자영업자들을 한두 번 목격한 게 아니었다. 나는 내가 경험했고 생생하게 기억하는 이웃들의 모습을 그리기로 했다. 우리의 삶을 행복하지 못하게 파탄에 빠뜨리는 진짜 주범이 누구인지 밝히고 싶었다.

나는 필리핀 보라카이로 떠났다. 보라카이 원주민 마을 탐비사안에 위치한 낡은 리조트를 숙소로 정했다. 도시 복판의 현장을 떠난 생에 대한 '우선멈춤'은 나에게는 절박한 당위의 현실이기도 했다. 더 달린다면 파멸할 것 같았다.

나는 너무나 문명적인 도시 서울에서의 생활과 가난한 나라의 원주민 생활이 어떻게 차이가 나는지, 문명과 자연의 방식이 충돌하는 지점이 어디인지, 그 사이에서 어떻게 화해해야 하는지 해답을 찾으려고 노력했다.

소설 도시벌레 초고를 끝냈을 즈음 세계는 코로나19 전염병이 들끓었고 나는 여차하다가 국제 고아가 될지도 모르겠다는 불안감에 귀국을 서둘렀다. 좀 더 머물렀더라면 공항을 폐쇄한 그 나라의 외진 섬에 갇혀 꼼짝없는 유배 신세가 될 뻔했다.

코로나19 사태로 인하여 세계는 전혀 다른 생존방식을 모색하고 있다. 코로나19가 터질 것을 알고 쓴 것은 아니지만 도시벌레에서 내가 얻은 해답도 그것이었다.

세상의 유행에 동요하지 말고 본래의 자기 모습을 찾고 오롯이 자기답

게 살아가자는 것. 개인의 삶을 억압하고 깨뜨리는 부조리한 사회거악이 분명 존재하지만 개인들 역시 본질적 가치를 잃어버리고 도시자본주의의 탐욕적 욕망의 노예가 되어서는 안 된다는 것.

작가의 말을 쓰고 있는 이 시간, 세계는 타인과의 대면을 막고 있다. 카페에 갈 수 없고 밤 9시가 넘으면 식당이나 주점에서 술도 마시지 못하도록 통제하고 있다. 물리적 소통의 금지는 물론 불편하다.

그러나 이제쯤 우리는 한번은 홀로 가만히 머물러 볼 필요가 있지 않을까?

우리 사회는 그동안 너무 빠르게 양적 팽창만을 추구했다. 속도를 줄이고 내가, 우리가 지금 어디로 가고 있는지 돌아볼 수 있는 절호의 기회일 수도 있다.

이 부족한 소설 한 편을 위해 보낸 시간과 노력들을 생각하면 내 자신의 무능력에 대한 자괴감을 떨칠 수가 없다. 내 소설의 소리 없는 공동저자인 아내나, 어려운 시기 선뜻 작품을 선택해 주신 출판사 대표께, 또 이 소설을 읽으실 독자들께 진심으로 감사드린다.

2020년 9월 10일